「今日中に処女を抱かないと俺は死ぬ」と片想い中の伯爵令息に告げられたので、抱かれることにしました。

Tama Akane
and
Kei Kumanomi

茜たま
ill くまのみ鮭

一度限りと思ったら
実は執着溺愛ルート
だったなんて!?

ぶんか社

Contents

Kyouju ni shojo wo dakanaito
oreha shinu to
kataomoichu no hakushakureisoku ni
tsugeraretanode,

Dakarerukotoni shimashita.

ヴィンセント・クロウ
魔術学術院はじまって以来の
天才と呼ばれている。
名門クロウ伯爵家の三男。
エステル・シュミット
魔術古道具に情熱を注ぐ
研究員。ヴィンセントのことが
学生の頃から好き。
Character

キース・カテル

魔術古道具探索部隊隊長。

リュート・アンテス

エステルとヴィンセントの共通の友人。

ユオン・クロウ

クロウ家次男。

トマス・クロウ伯爵

ヴィンセントの父。

オベロン・クロウ

クロウ家長男。

第一章　今日中に処女を抱かないと俺は死ぬ

「今日中に処女を抱かないと俺は死ぬんだよ」


一つ一つの単語すべてに突っ込みどころしかない。

それを平然と吐き捨てた男が今私の目の前で、無造作に自分のシャツの胸元をくつろげている。

ダークシルバーの癖のある髪の下、いつもより更に据わった赤銅《しゃくどう》色の瞳。

首筋から鎖骨にかけて刻まれた赤黒い呪いの紋が、まるで息をするように鈍い光を放っている。

「おまえ、処女だよな？」

普段の彼なら、絶対に口にしない単語。

全部全部……あの、おかしな呪いがかけられた古道具のせいだ。

分かっているのにそれでも私の胸は、痛いほどに鼓動を速めてしまうのだけれど。


学部棟を抜けると研究棟だ。

並ぶ扉の十二番目。毎朝のことだけれど、この扉を開くとき私の胸には確かな誇らしさが広がる。

ラセルバーン王国の魔術学術院《アカデミー》。

ドアノブを回したその奥は、私、エステル・シュミットが二十一歳にしてついに獲得した城、自分だけの研究室だ。決して広くはないけれど使いやすく計算して秩序を保ったその空間に入ると、毎朝満ち足りたため息が零れてしまう。

今日最初にすることは決めている。

昨日のうちに壁沿いの棚に並べておいた、粘土の塊たちの乾燥度チェックだ。

水の分量をわずかに変えたそれらの一晩明けての硬度を測れば、先週発掘された古道具がいつ作られたものかを割り出すことができるはず。

我ながらなんて完璧な計画。うっとりしちゃう。

扉を閉めて、両手の指をわきわきさせながら棚の粘土たちに手を伸ばした瞬間だ。


があぁぁぁあぁぁぁぁぁあぁぁあん！！！！！


鼓膜が破れるほどの音と床をうねらせる振動が、壁一枚隔てた隣の部屋から響いてきた。

棚がしなって揺れ、並べていた塊が端から床に落ちていく。

「ああぁぁ!!」

無残に潰れた粘土たちの前に膝を突き、一瞬悲嘆にくれた後、私は廊下に飛び出した。

すぐ隣の扉を渾身の力を込めて開くと、中から煙がぼわんと出てきて咳込んでしまう。

「ヴィンセント・クロウ!!　けほっ……こ、今度は何をしたの!?」

こちらも、私の研究室と全く同じ造りの細長い部屋だ。

だけど秩序なんてものは欠片もない。机にはうず高く資料が積み上げられて元の姿をとどめておらず、棚も半分崩れたまま。床には本が一面無造作に重ねられ、足の踏み場もない。そんなひどい状態の部屋の真ん中で、黒焦げの物体を両手に抱えた背の高い男が興奮した顔で振り返った。

「発見だぜエステル。昨日持ち込まれた爆発玉あっただろ」

ダークシルバーの癖のある髪に特徴的な赤銅色の三白眼。タイも結ばず着崩した白いシャツと黒いズボンの上に、学術院の研究員であることを示すバッジが付いた黒いマントを羽織っている。

「あの、どんなに火をつけようとしても全くつかなかった？」

「そ。だけど逆に水をぶっかけたら一気に爆発した」

爆発玉——爆発の魔術をかけられた大小さまざまの玉は、通常なら一定の温度を超えることで爆発する。だけど先日北の外れの洞窟から発掘されたというそれらは、暖炉に投げ込もうが直接火をつけようが全く爆発する気配がない、と魔術省からここ学術院へと持ち込まれてきたものだ。

魔術古道具《ブロカント》にはよくあることだが、もう魔術の効果が切れているのだと思っていた。なのにそんな秘密が隠されていただなんて。……悔しいけれど、好奇心が抑えられなくてソワソワしてしまう。

「そう。私も確認してみたいから、ちょっと見せてくれる？」

「え、もうないけど」

「……？　だって何個もあったでしょう？」

「まとめて水かけたから、一気に爆発した。もう残ってるわけないだろ」

思わず天を仰ぐ。それでさっきの爆発音か。

「いきなり全部実験に使ってしまうバカがいる？　魔術省にはなんて報告するのよ！」

「いいだろ、仕組みが分かったんだから。報告書はおまえが適当に書いといてよ」

「いい加減すぎ！　大体なんで私が書くの！」

すでにそのことには興味をなくしたように床にしゃがみ込んで他の古道具をいじり始めていたヴィンセントは、私を見上げて小首をかしげた。

「だってさ、俺の報告書より絶対おまえの報告書の方が分かりやすいもん。俺、エステルの報告書大好き」

「な」

「バカでも分かるように書いててすげーと思うぜ？　あれって才能だよな」

「……絶対に褒めてないでしょ！」

叫び返しながらも、「エステル（の報告書）大好き」なんてセリフに一瞬でも胸が跳ねてしまった自分が情けない。

もうやだ。絶対に認めたくない。

こんな身勝手な同期が、学術院はじまって以来の天才で。

面倒なことを全部こっちにぶん投げながら、予想外の方法で次々に結果を出してしまう、魔術古

道具界期待の星で。

無頓着なくせに天性の見た目の良さと伯爵家の三男という出自の良さも相まって、女性研究員や女子学生たちの憧れの的で。

——そして私が、もう五年間もこじらせた片想いをしている相手だっていうことを。


世界には、かつて「魔術」があった。

強い魔力を持つ「魔術師」の力をもって、このラセルバーン王国は建立されたという。

しかし今や、魔術師は一人も残っていない。

長い歴史の中で圧倒的多数の「魔力なし」と交わることで、徐々にその数を失っていったと教科書には書かれている。

現在、唯一「魔術」の恩恵にあずかることができる手段。それが「魔術古道具」だ。

私、エステル・シュミットは弱冠二十一歳にして、ここ、ラセルバーン王国の魔術学術院で研究室まで与えられた、「魔術古道具」研究員なのである。


「あの爆発玉だけどさ」

ブツブツと文句を言いながら部屋を出ていこうとした私に、ヴィンセントはなんてことないように言った。広げた両脚の間に置いた傘のような形の古道具にかちゃかちゃとレンチを突き立てて骨組みをバラバラにしながら、顔も上げずに続ける。

「常識と真逆の行動に呼応して爆発するってのは、悪意を持った人間が所有したらすげー危険なものだと思う。同じ場所から他に何か見つかったら調べてみたいって魔術省に伝えといて」

確かに。

爆発玉に火をつけるのが危険だとはみんな知っているけれど、水をかけたらいけないとは思わないだろう。ほんの少しの情報操作で、すごく怖い武器になるのかもしれない。

もしかしてヴィンセントはそこまで考えて、すべてを爆破してしまったのだろうか。

そうだとしたら、やっぱりすごい。そしてやっぱり……ちょっとだけ、悔しい。

かつて魔術師たちが自分の魔力を封じ込めた「魔術古道具」は、今もこの国のあちこちに眠っている。

発掘されたそれらがどのような力を持っているのか解析して、検証し、利用方法を考える。それが私たち、「魔術古道具」研究員の仕事なのだ。

「でも、ヴィンスはエステルを本当に認めていると思うよ」

私がじとりと見返したので、リュート・アンテスはひょいと肩を竦《すく》めた。

「そんな感じ、少しもしないんだけれど」

「知ってるだろ。ヴィンスは興味ない相手には全く興味がない。虫けらと同じさ。いや、まだ虫の方が観察対象として面白いと思ってるだろうな」

リュートが顎で示す先、カフェテラスの入り口の席に視線を向ける。

黒いズボンに包まれた長い脚を無造作に組んで、銀色のマグで珈琲を飲みながらヴィンセントが本を読んでいるのが見えた。

木漏れ日を浴びていつもより明るく見える赤い瞳は酷薄な三白眼で、だけどしっかり涙袋があることで、妖しく甘い印象になる。薄い唇は凛々しく引き結ばれ、輪郭は男らしく精悍だ。

数人の女子生徒が、意を決したように何かをヴィンセントに話しかけた。

しかしヴィンセントは顔を上げることもなく、マグを口元に付けたまま手元の大きな古い本を凝視している。

しばしの沈黙の後やっと動いたと思ったら、テーブルに載った他の本と入れ替えて、また何ごともなかったように本へと視線を落としてしまった。

「一応弁護すると、あれはわざと意地悪しているわけじゃないの。聞こえていないだけなのよ。本に夢中になると、世界が滅んでも気付かないかもしれない」

「エステルが呼べば気付くさ」

絶対そんなことはないと思う。

リュートは学生時代からの私たちの同級生で、「魔術医療」を専門にしている研究員だ。

ここラセルバーン王国魔術学術院は、中等部と高等部を有する教育機関であり、そこで育成した人材によって魔術の研究を深めていく、研究機関でもある。

魔術学術院の組織は、私とヴィンセントが所属する「魔術古道具研究」、そんな古道具を発掘してくる「魔術古道具探索」、そしてリュートが所属する「魔術医療研究」の三つに分かれている。

得体の知れない魔術の研究には、常に危険が付きまとう。

古道具にかけられた魔術が暴走したり、発掘先に罠が仕掛けられていたりすることもある。それは、「呪い」と呼ばれる恐ろしい魔術だ。

そういったものから研究員や探索員を護り治療するのが「魔術医療」なのである。

「あんまりそういうふうに煽らないで」

「どうして？　期待しちゃうから？」

「ほらもう、またそんなことを言う！」

リュートはくくっと笑いながら肩をすくめた。優しく可愛らしい顔立ちに柔らかそうな金茶色の髪。すごくいい人なんだけれど、私の不毛な片想いを面白がっているところがあるのが玉に瑕《きず》だ。

「言えばいいのに。好きよヴィンセント、一緒に研究頑張りましょう、て」

「絶対無理。そんなこと言って気まずくなったら、私ここにいられなくなる」

学生時代、ちょっとした出来事がきっかけで、私はヴィンセントのことが好きになった。

だけどその気持ちは、今まで一度も口にしたことはない。もしかしたら態度には出ているかもしれないけれど、（実際リュートには勘付かれてしまっているので）ヴィンセント本人には幸か不幸かちっとも気付かれることのないまま、今に至っている。

「ヴィンセントは私のこと、絶対に都合のいい研究仲間としか認識していないし、そもそもあいつ、恋愛感情とか世界で一番無駄だと思っているでしょ」

「あー」

　まあ確かに、休日を公園でのデートに費やすヴィンスというのは想像できないね、と、リュートは楽しそうに笑う。

　私はため息をつきながら、お皿の上に残ったオムレツを口に運んだ。

「そうよ。それにやっぱりあいつはああ見えて、伯爵家のご令息なわけだし」

　クロウ伯爵家と言えば、その歴史は王家より古い。

　王国建立の立役者で、はじまりにして最強と謳《うた》われる伝説の魔術師、エグモント・クロウ。近隣諸国の中でこのラセルバーン王国が優位性を保っていられるのは「魔術古道具」の埋蔵量が圧倒的に多いからだが、それはひとえにエグモント・クロウの力によるところが大きいといわれている。

　そのエグモントを始祖に持つクロウ家は、この王国の魔術の象徴ともいえる家柄だ。

　あまりに強い影響力を持ってしまうことを避けるために自ら伯爵の爵位にとどまっているという噂だが、代々魔術省の長官の座を引き継いでいる名門中の名門である。

　ヴィンセントは三男だけれど、彼自身の傑出した実績も相まって、名門貴族のご令嬢からは結婚相手としての指名が途切れないという。

「もう二十一歳だもの。いつヴィンセントから婚約や結婚の報告を受けても動揺しない覚悟はできているの」

「それはエステルだって同じでしょ。探索員の隊長に、ダンスに誘われたって聞いたけど」

　リュートは耳が早い。

明るく楽しく話すのも聞くのも上手で、その中性的な見た目もあって人から警戒されることがなく、老若男女知り合いがとっても多く、あらゆる情報を集めてきてしまうのだ。

「あれはそういうのじゃないわ。私が全く社交の場に出てこないから、同情してくれただけ」

「そんなことないと思うけどな。研究員にまで上り詰める才媛だし、その上エステルは可愛いもの。さりげにこの学術院での男性人気ナンバーワンなんだよ？」

カップの中、紅茶の表面に浮かぶ自分の姿を見る。

ハニーブラウンのふわふわした髪に、黄緑の少し垂れ気味の大きな目。

確かに、小さい頃から愛嬌があって話しかけやすいと褒めてもらえることはあった。

でもそれはあくまで、両親が営む下町の食堂で「看板娘」と呼ばれる範囲のものだ。

鼻は低いし、道具を傷つけないように爪は短く切ってあるし、発掘場に赴くこともあるから肌だって日焼けをしてしまう。身長だってごく平均的だ。その上油断するとすぐ太る体質である。声だって大きいし、こうと決めた持論は曲げないで主張してしまうし、どこでも寝られるし、内緒だけれど研究に没頭すると二日くらいならお風呂に入らず過ごしてしまうことすらある。

そもそも私は貴族ではない。先祖代々生粋の庶民だ。

ヴィンセントの花嫁候補になるような上流貴族の令嬢方とは、生まれも育ちも振る舞いも、全然違うのだ。

それはもう、丁寧に磨き上げられた宝石と、どこまでも転がっていくゴム玉くらいに。

だから、私は自分が彼とどうにかなれるなんて思わない。ただいじましく片想いを隠しながら、同期の研究員として切磋琢磨《せっさたくま》していきたいだけだ。なのにそれすらも追いつくことができないどころか、最近いっそう水をあけられているようで、ただただ焦ってしまうわけで……。

どんよりと落ちてしまった私を、リュートがやれやれという顔で慰めてくれる。

「そんなにゆっくりしていていいの？　午後から大量に運ばれてくるんでしょ、魔術古道具」

私はぱっと顔を跳ね上げた。

「そうなの！　さっきヴィンセントが爆発させた爆発玉について魔術省に問い合わせたら、同じ場所から見つかった古道具が他にもたくさんあるって言われたの！」

「へー」

「それがね、すごい話なのよ！　長く発掘作業を続けてきた北の山の洞窟に、突如横穴が発現したんですって。そこからざくざくと、今まで見たことがなかったような古道具が掘り出されてきたっていうの。すごくない？　国中の研究者が、総出で鑑定に当たらなきゃいけないほどの未解析の魔術古道具が一気に見つかったのよ!?」

ぱっとテラス席を見る。ついさっきまでそこに座っていたヴィンセントの姿はなくなっている。

私は慌ててお皿やコップをトレイに載せると、つんのめりながら立ち上がった。

「たいへん!!　面白いものまた全部先に取られちゃう！　リュート、またね！」

「はいはい。君もヴィンスに負けない仕事バカだよ。いってらっしゃい、気を付けて」

リュートは苦笑を浮かべながら、慣れた様子でひらりと手を振って見送ってくれた。

特別に手配した広めの作業部屋には既に台車が運び込まれ、山盛りの古道具を探索部隊の隊員たちが次々と降ろしているところだった。

「申し訳ありません、遅れました！」

「いえ、今着いたところですから」

作業着に着替えて腕まくりをしながら駆け込むと、指揮を執っていたがっちりとした身体《からだ》つきの男性が、私を振り返って笑顔になる。

さっきリュートが言っていた、私をダンスに誘ってくれたキース・カテルさんだ。

学術院の前線部隊、魔術古道具探索部隊で最近最も成果を上げている第一隊の探索部隊長である。

「書類にサインいただけますか。結果はまとめて三日後にというのが魔術省からの伝達ですが、さすがに間に合わないようなら、僕が交渉してきます」

「必要ない。三日後ね」

答えたのは、台車の足元に座り込んだヴィンセントだ。

めぼしい古道具を自分の周りにずらりと並べて、さっそく解体を始めている彼の様子を、探索員たちが遠巻きに眺めている。

「多分三日で大丈夫だと思います。資料をまとめて王城に届けますね」

礼をしながらもうずうずと台車に近付いていく私に、キースさんは苦笑して囁《ささや》いた。

「ではよろしくお願いします。エステルさん、よかったら今度お食事でも」

ドキッとして振り返ったけれど、彼はもう部下を引き連れて部屋を出ていくところだった。

ちょっと気まずい気持ちで床に座るヴィンセントの様子を窺う。

複雑な形の薬瓶のようなものの口を覗き込んでいるヴィンセントは、こちらを見ることもない。

おそらく今の会話など聞こえてなかったのか、聞こえても関心がないのだろう。多分後者だ。

ほっとしたようなちょっとだけ切ないような気持ちを私は急いで心の片隅に追いやって、宝の山から大きなランタン……のような何かを引っ張り出す。

今日こそは絶対、ヴィンセントよりもすごい魔力が込められた魔術古道具を発見して、その成り立ちと利用方法を解析してみせるんだ、と気合を入れながら。


お互い一言も発さずに作業を続けて、気付けば窓の外はすっかり夕方色になっていた。

ひと息つこうと水差しからコップに移した水を飲みながら、私はほう、とため息をつく。

「ねえ、ヴィンセント。すごいね。どの道具にも魔力がこもってる。こんなに取れ高が高い発掘なんて、初めてじゃない？」

「ん。今まで雪と氷に閉ざされていた場所らしいからな。そんなとこにこれだけのものを持って籠ってられるなんて、かなり力が強い魔術師だったんだろう」

「魔術師か……。もう残っていないのが本当に残念。一度でいいから、本物の魔力を持つ人間に会ってみたかったたな」

私のつぶやきに、ヴィンセントからの返事はもうない。

口にレンチを咥《くわ》えたまま、胸に抱えた丸い球のようなものの一部をばきりと物理で剥《は》がしている。

……また、あれも分解してしまうのだろうか。

古道具の解析方法は、私とヴィンセントで大きく違う。

私は、先人が残した膨大なデータを元に道具の傾向を細かく分類し、可能性を一つ一つつぶしていくことで、一本の道筋を割り出していく。要は、情報分析型だ。

一方のヴィンセントは、しいて言うなら直感型。

なんでだか分からないけれど、触ったらピンとくるらしい。表面じゃ分からないなら中を見ればいいなどと言って、貴重な古道具をすぐに分解してしまう。どんなに貴重な古道具も一度分解したあと完璧に元の形に組み立て直し、何食わぬ顔で持ち主へと返却してしまうのだ。

「仕組みが分かれば楽勝」なんてヴィンセントは言うけれど、そんなことができる研究員、他に聞いたこともない。

やっぱり天才、なのだろう。

——悔しいな。

全国の努力型の秀才の方々のためにも、いつか絶対に自分のやり方でヴィンセントに「すげーな」と言わせてやりたいものだ。

そしてそれがかなう時が来たら、私の心の中にくすぶるどうにもならない彼への不埒《ふらち》な想いなんかも、やっと昇華させることができる気がするのだ。

いつかきっと。絶対に、絶対に。

「エステル、その金色の壺とって」

台車の端に埋もれていた、つるんとした光沢のある小さな壺を指さしてヴィンセントが言う。

「これ？」

言いながらそれを持ち上げて、私は少し首を傾げた。

「どうした？」

「見た目よりかなり重いなと思って」

ヴィンセントの瞳がきらりと光った。

「そりゃ期待できるな。貸して」

「だめ」

伸ばされた手から、反射的に壺を遠ざけた。

「なんだよ」

「私が先に調べる」

「なんでだよ、俺が先に目を付けたんだよ。貸せよ」

「いやよ、先に手に取ったの私だもん！　あーもう、だめだってば……‼」

立ち上がったヴィンセントが、容赦なく腕を伸ばしてくる。頭上に持ち上げたそれを、今度は背中に移そうとして……つるり、と手が滑った。

「「あああ‼」」

とっさに伸ばした私たちの手は、それぞれに壺の端をパシリと掴《つか》む。

ほっとしたその瞬間、壺からまばゆい光が放出された。

手を放そうとして……だめだ絶対に落としてはいけないと、必死で指先に力を込めた。

「エステル……!!」

目も開けられない光の向こう、ヴィンセントの叫びが聞こえたような気がしたけれど。

閃光に、思考さえも焼き切られて、私の意識はそこでぷつりと途切れた。


幼い頃から魔法について書かれた本が大好きだった私は、勉強して勉強して奨学金を取り、王立魔術学術院の高等部への進学を決めたのだ。

今まで本でしか見たことがなかったたくさんの魔術古道具を実際に見ることができたことも、第一線で働く研究員や探索員の方々の授業を受けられることも、何もかもがとても刺激的だった。

しかし、学術院で学ぶ生徒は大多数が貴族子息で、庶民かつ女子である私に対する風当たりは強かった。さらに試験で上位の成績を取ってしまってからは、それは如実な逆風になる。

揶揄《からか》われたり無視されたりするくらいなら気にしないでいられたけれど、入学して半年ほどたった時に盗難の犯人にされかけたときは、さすがに参ってしまった。

授業のために魔術省から借り受けていた貴重な魔術古道具の懐中時計が紛失し、それを私が盗んでいくのを見たと生徒の一人が証言したのである。

「そんなことしていません。私は絶対に、盗んでなんて」

「でもエステル、いつもうっとりとあの時計を見つめていたじゃない」

「見つめてはいたけれど、手に取ったり持って帰ったりなんてことは、考えたこともありません！」

必死で訴えながらも、じわじわと絶望が心を蝕《むしば》んでいくのを止められなかった。

生徒はもちろん先生たちまで、みんなが私を白い目で見ていることに気付いたからだ。

学問の場において、出自なんて関係ないと思っていた。貴族じゃなくても庶民でも、頑張ればいつか認めてもらえると信じていた。

だけど、今の自分には何の信頼もない。いや、信頼する理由がないのだ。

こんなにも簡単に、身に覚えのない罪すら着せられてしまうほどに。

もっと気を使えばよかったのだろうか。

庶民の私に成績を抜かれて、貴族の彼らが面白く思うはずがない。それならもっと礼儀を尽くして、なんなら敢《あ》えて少しぐらい成績を落としてでも、彼らを立てておくべきだったのだろうか。

でも、そんなの……。

「あれ、あの時計なくなっちゃったの？　困ったな」

ぼそっとした、でもよく通る声が、群がる生徒たちの後ろから響いてきた。

みんなが振り向いた先に立っていたのは、名門伯爵家の三男でどの試験でも必ず零点か百点を取ることで有名な、ヴィンセント・クロウだった。

ちなみに零点は欠席をしているからだ。寝過ごしたり他のことをしていたりして、試験の存在を忘れてしまうことがしょっちゅうあるらしい。

「どうしたの、ヴィンス。なにか困ったことが？」

私が犯人だと証言をした女子生徒が、甘い声で尋ねる。

「いや。あの時計、耐久性がかなりあるって聞いたから、どれくらいか試してみようと思って爆発玉仕掛けておいたんだよね。小型だけどすげー威力のやつ」

ヴィンセントは、こきりと首を鳴らす。

「あと五秒で爆発するんだけど。よーん、さーん、にーい、いーち」

その瞬間、その女生徒はものすごい勢いで制服のマントのポケットから何かを取り出し、床に叩きつけた。

ころりと転がるのは、昨日まで展示されていた魔術古道具の懐中時計。私が盗んだのを見たと、彼女が証言したばかりのそれだった。

さすがの耐久性。床に落ちたくらいでは破損もない。

「あ、違った。起爆装置ここに持ってたわ」

ヴィンセントが、マントの内側から小さなボタンを取り出す。飄々《ひょうひょう》とした表情のまま、唖然とする周囲を見回した。

「ありがとう」

時計を隠し持っていた女子生徒が先生たちに連れて行かれて、私を責め立てていた他の生徒たちも気まずそうに解散したあと、そこには私とヴィンセント・クロウだけが残っていた。

「別に。言っとくけど、それあんまりいい古道具じゃないぞ？」

「もしかして、七十二年前に東の海岸沿いで発掘された魔術古道具と製作者が同じかしら」

思わず前のめりに尋ねると、ヴィンセントは、一度ゆっくりと瞬きをした。

「やっぱり？　短針の形が特徴的だし、あと盤面の材質の、光を受けた時の輝き方が似ているような気がしたの。だけど仮にそうだとしても、あの魔術師の古道具ってまだ解析されていないのよね？　適切な修理ができたら、どんな力を発揮するんだろう」

魔力が込められた古道具。そのほとんどが、用途も不明な状態で発掘される。

魔術古道具研究とは、その適切な用途を解析し、必要な修理を施して、人々の生活に活かすこと。

だけどふと、不安な気持ちになった。私にそんなことができるのだろうか。この貴族ばかりの学術院で。始まりから、つまずいてばかりだというのに。

「そんなことまで分かるなんて、どれだけしつこく眺めてたんだか。変な奴」

ヴィンセント・クロウは、呆れたように肩をすくめる。

「おまえ、あれしきのことで次の試験からは成績を落とそうとか思ってないよな」

「え」

「あんな馬鹿たちと対話したところで理解し合えるなんて期待するな。おまえが気を遣ったところで、あいつらはまた別の粗《あら》を探してくるだけだ」

「そ、それはそうかもしれないけれど、でも、それなら他にどうしたら。私はあなたと違って、伯爵家に生まれたわけでもないんだし……」

私を見つめるヴィンセント・クロウの赤い瞳は、まだらに色を変えていく。

すべてを生み出す炎のようだ。吸い込まれそうな熱を発するこんな瞳、見たことがない。

「おまえは確かに、何も持たない最底辺だ。そんなおまえができることは一つ」

ええっ。最底辺とまでは自称していないけれど……。

動揺する私を無視して、ヴィンセントは長い指を一本立てる。

「文句を言う奴らの方が格好悪いと思えるくらい、圧倒的な結果を出すこと。以上」

言いたいことだけ言い捨てて、ヴィンセントはさっさと歩き出してしまう。私は慌ててその背中に声を張った。

「圧倒的な結果って、どれくらい？」

「んー。最低でも、学術院で自分の研究室をもらえる程度」

研究室。高等部卒業後、その上の研究機関に進む難関試験に受かって、さらに研究内容の意義を、学部長と魔術省に認められなくてはいけない。文字通り、この国の研究者の中枢だ。庶民の、それも女性がその席に就くなんて前代未聞。

「あとは……そうだな、俺がライバルと認めるくらい」

夕方の日差しが斜めに差し込む学校の廊下で、黒い制服のマントを揺らしながら、ヴィンセント・クロウは振り返ってニヤリと笑った。

その笑みは、十六歳の私の心にすとんと落ちてじわりとそこを熱くする。

「あの、ありがとう。爆発玉なんて嘘をついてまで助けてくれて」

「あー」

ヴィンセントはさっきの起爆装置をもう一度ポケットから出して……こちらを向いて後ろ向きに歩きながらそれを目の前に掲げ持ち、不意に吐き捨てた。

「人を呪うための古道具」

「え？」

「蓋の裏に名前を刻んだ人間の寿命を一秒ごとに削り取る——あの時計が持つ魔術が、そういうものだったらどうする？」

「待ってヴィンセント、そんな恐ろしいものが」

「覚えておけ、エステル・シュミット」

ブチ。

ヴィンセントの親指が起爆装置のボタンを押し込む。

同時に私の背後、魔術古道具が並べられていた棚から轟音と爆風。

「今の時代に存在しない方が、幸せな魔術古道具もあるんだよ」

起爆装置を放り投げたヴィンセントは、一瞬舌を出すと駆け出した。

騒ぐ生徒たちの声と煙を背中に受けながら、私は走り去る彼の姿を呆然と見つめていた。

なんて人だろう。本当にあの古道具の力を知っていたの？　どうやって？　どこまでが本当？

なんてとんでもない。なんて、なんてめちゃくちゃな。

私はその日、ヴィンセント・クロウにつかまってしまった。

心の奥の深いところに、爆発玉を仕掛けられたかのように。

あれから五年が過ぎた今、それはじりじりと爆発の時を待っているのだ。


開いた視線の先には、見慣れない天井があった。

とっさに身体を起こす。白いブランケットに白いシーツ。ギシリと軋むベッドは、女子寮の部屋のものではない。

一瞬世界がぐらりと揺れた。

「目が覚めたか。身体におかしなところはないか」

ベッドサイドの椅子に、ヴィンセントが座っていた。長い脚を窮屈そうに組んで、こちらを見ている。

「ごめん、大丈夫。私……」

洞窟から発掘された魔道具たちを検分していた時、あの金色の壺が光って……あれ。そこから先の記憶がない。なんだかぼーっとしているみたいだ。

私たちの他に誰もいない、かすかに消毒液の匂いがする部屋。

医療班の所有する、個室の病室の一つだろうか。

「何が起きたの？　あの壺、やっぱり普通じゃないよね。もしかしてもうバラバラにしちゃった？」

「いや、俺もさっきまで意識不明だったから」

さらりとそう言って、ヴィンセントはため息をついた。

いつものように面倒くさそうだけれど、なんだか困っているようにも見える。こんなヴィンセントを見るのは初めてで、私は動揺しながら身を乗り出した。

「ねえ、どうしたの？　ヴィンセント。何かあったなら私にもちゃんと共有してほしいんだけど」

ベッドの上で居住まいを正した私を見て、ヴィンセントはまたも大きくため息をつくと椅子から立ち上がった。

いつも通りタイがなくボタンも外され緩んだシャツの首元に指をひっかけて、ぐいっと無造作に横に引いた。喉から鎖骨あたりまでの精悍なラインがいきなり覗いて、私はどきっとして……。

ん？

思わず身を乗り出した。

ヴィンセントが軽く首をかしげてみせる。

筋が綺麗に浮かんだ首に、赤黒い……紋章？

私の掌《てのひら》くらいの大きさの、刺青《いれずみ》のような印が刻まれている。

「呪われた」

お腹空いた、と言うのとまったく同じ調子で彼は言った。

私は一瞬目を剥《む》いて、しかし続く言葉でさらに目玉が飛び出すほどに驚愕する。

「今日中に処女を抱かないと俺は死ぬ」

「……！？！？」

「おまえ、処女だよな？」

「………！！！！？？？？？」

「悪いが連帯責任だ。責任もって、俺に抱かれろ」


「それじゃ、この診察室は立ち入り禁止にしとくから、二人とも心おきなく頑張って。あ、ちなみに今日はあと残り二時間だから、もたもたしてたらヴィンス、死ぬから」

最後だけやたらどすの利いた声で付け加えて、リュートは部屋から出ていってしまう。

あれから、呆然とする私をよそに部屋に入ってきたリュートが、この呪いについて魔術医療の観点から説明をしてくれたのだ。……とはいっても、内容は結局ヴィンセントが言った通り。

あのおかしな壺の光に包まれて気を失ったヴィンセントが目覚めると、首に呪いの証である紋章が刻み込まれていたらしい。

「すぐ解析した。タチの悪い呪いだ。その日のうちに誰かの純潔を散らさないと、死に至るってやつ」

「いやいやいやいやいや!!　そんな呪いおかしくない？　絶対変でしょう？　二人して私を騙そうとしているでしょう？」

わめく私の膝の上に、リュートがそっと医術書を開く。

「千年前、いつまでも花嫁を娶ろうとしない息子に業を煮やした両親が、魔術師に頼んでこの呪いをかけたんだって。死にたくなけりゃ彼女を抱けと、処女の婚約者を扉の前に待機させて」

「そ、その伝承は聞いたことあるけれど、くだらない笑い話だと思っていたわ……」

「俺だってそう思ってた。だけど紋章はまさにその形だし、確実に魔力の反応を示している」

リュートの背後からヴィンセントが身を乗り出して、やけに偉そうな口調でほら、と見せつけてくる首筋の紋章は、本に書かれた伝承のそれと全く同じ形をしている。

反論できない私をよそに、ヴィンセントは「まあ、ちょうどよく処女がいてよかった」などと続けた。もう一度気絶してしまいたい。

「とにかく」

リュートは時計を見ながら立ち上がる。

「たとえこの呪いが偽物だったとしても、何もしないまま今日が終わるのを座して待つわけにいかないでしょう。だってもしも本物だったらヴィンスは二時間後に死ぬんだよ？　それでもいいの？」

早口でそう言って、すごい勢いで荷物をまとめると、さっさと部屋を出ていってしまったのだ。

扉が閉まる瞬間私と目が合い、なんとも形容しにくい表情でリュートは大きく頷いた。

……励ましている、つもりだろうか。

外側から魔術錠が掛けられる低い音がガチャリと響き、部屋の中がしんとした。

「じゃ」

私が座るベッドの前に進み出て、ヴィンセントが首をコキリと鳴らす。

黒いマントを床から拾い上げ、椅子に放り投げた。ずしゃり、と重そうな音がする。いったいどれだけの工具が内側に仕込まれているのだろう、なんてどうでもいいことをぼんやりと考えてしまう。

次に、シャツの裾をズボンから引き出した。

はだけたシャツからは、紋章の刻まれた首筋から鎖骨、胸、お腹までが覗いている。

それらはすごく引き締まって、筋肉が美しく削り込まれた線を描いていて……ヴィンセントはあまり現場に出ることを好まない印象が強いけれど、もしかしたら、意外と鍛えているのかもしれない。それとも何もしなくてもこれなのかしら。不公平だなぁ、神様は。なんて脳内が忙しく現実逃避をする。

「最後にもう一度聞くけどさ、おまえ本当に処女だよな？　ここで変な嘘つくなよ。俺の命が懸かってるんだから」

「……私をなんだと思ってるの。勉強と研究に追い立てられて、恋人を作る暇だってなかったんだから」

ふうん、とヴィンセントは両眉を上げる。

「さっきの探索員の隊長も？」

「え……」

「あいつと恋人同士なのかって聞いてんの。デートしてるんだろ？」

ギシリ、とベッドの端に手を突いて、ヴィンセントはベッドにぺたんと座ったままの私の顔を覗き込む。

赤い瞳の奥が、ゆらり、と揺れたような気がした。

「キースさんのこと!?　そ、んなことない。デートだって、してないし」

「ふうん」

勢い込んで否定した私に、ヴィンセントはどうでもよさそうな表情になる。

「ならよかった。おまえが処女じゃなかったら、俺死んじまうもんな」

もう、最悪だ。最低だ。

だけど、殴ってやろうかと見上げた彼の首筋には、赤黒い紋章が鈍く光っている。

「覚悟決めろよ。得体の知れない魔術古道具をいじることを生業にしてるんだ。こういうこともある」

分かってる。呪いが降りかかったら、できる対処に躊躇《ちゅうちょ》なんてない。

そのくらいの覚悟はとうにできていた。

ああ、だけど、ヴィンセントに見つめられると頭がぼーっとしてくる。身体が熱い。

しびれる頭の中で、私が取る道は一つしかないことも分かっている。

だってリュートの言う通り、この呪いがたとえインチキだったとしても、本物である可能性がほんの少しでもある限り、私はこの部屋を飛び出していくことなんてできやしないのだ。

だってそんなことをして、もしも明日ヴィンセントが死んでしまったら……。

そんな恐ろしいこと、考えたくもない。

ヴィンセントはしばらく考える様子を見せてから、「一応、服は脱ぐか」と言った。

自分の服を脱ぐのだとばかり思っていたら私の服を脱がせ始めたものだから、あまりの衝撃に固まってしまう。

彼は迷いのない手つきで私のシャツのボタンを外し、スカートのホックを外してずり下ろす。

更に背中に並んだ下着のホックを外していき、ペチコートの襞《ひだ》をめくり上げる。一枚一枚、まるで皮をむくように、私の服を淡々とはがしとっていく。

……ヴィンセントに分解される魔術古道具たちも、こんな気持ちなのだろうか。

「いやいやいやいや、ちょっと待って！」

「なに？」

「このまま、全裸にするつもり？」

胸を片手で隠して今にも腰から下ろされそうになっている下着の最後の一枚をかろうじて反対側の手で押さえながら、私は叫んだ。

「あー、わり。つい、服の構造が面白いのと、あと」

耳の後ろをぽりぽり、と掻《か》いて、ヴィンセントは今度は自分のシャツをばさりと脱ぎ捨てた。

「あと、ちょっと興奮して気がせいた」

……そういうことを真顔で言うのは、本当に反則だと思う。

息を呑むほど美しい上半身を露《あら》わにしたヴィンセントは、ベッドにぎしりと膝を突く。

胸を隠す私の手首を、あっさりと掴んでそこから剥がした。

ふるり、と胸がこぼれる。そこにあからさまな視線を感じた。

「へえ、想像よりでかい」

「そ、想像よりって……」

声が自分でも戸惑うほどに震えている。

「いや、普通にいつも想像してたし」

え……。

「中身どうなってるか考えるのって、俺の癖みたいなもんだから」

研究対象としてですか……。

思わず苦笑いをする私をよそに、ヴィンセントは、当たり前のように胸の先にちゅうっと吸い付いてきた。

「っ……」

いったい今、何が起きているのだろう。

唐突に非現実的な感覚に襲われて、気が遠くなる。

体温が上がっていくようだ。なんだか頭がくらくらする。

「大丈夫か？」

ちゅ、ぷちゅ、くちゅ、と音を立てながら、ヴィンセントの唇が私の乳首を舐め、舌が先端をくるりと回すようになぞり、それからまた口に含む。

私は必死でこくこくと頷いた。

ついさっきまで、ごく普通の一日だったはずなのに、なのにその一日の終わり、私はこの五年間ずっと好きだった人に裸の胸を晒しているのだ。

……夢なのかもしれない。それもとんでもない淫夢だ。

「何考えてんの？」

かり、と胸の先に歯を立てられて、身体が震えた。

視線が合って、いたたまれなくて目を閉じて俯《うつむ》くと、ヴィンセントは胸の先端を下かられろりと舐め上げた。

「目、閉じるなよ」

「え」

「俺が舐めてるとこ、ちゃんと見てろ」

そう言って、またゆっくりと舐め上げる。

明度を落としたランプの灯りがぼんやりと照らす中、私の左の乳首は見たことがない程にそそり立ち、唾液でてらてらと濃いピンク色に光っている。

こんな姿をよりによってヴィンセントに晒しているなんて、ものすごく、恥ずかしい。

不意に私の身体を護る最後の一枚布、ショーツの上にぴたりと指が当てられた。

下着の上から、何度かそこをくすぐるように指が滑り、やがて何かを探るように、一点に押し込まれる。

ヴィンセントの指が、私の秘所を探っている……。

「ふ、くっ……」

指先でそこを押し込んで更に上下にくすぐりながら、相変わらず胸の先を甘く噛み、ちゅっと吸い込みぷちゅんと離すと、れろりと乳首の周りをなぞる。

「もっと声出していいぜ？」

「んっ……」

もっと、と言われたことで自分が既に卑猥な声を漏らしていることに気が付いて、反射的に唇を噛んだ。だけど、秘所の上に指先を押し込まれて震わされて、「んぁっ……」とひどく媚びたような声が漏れてしまう。

「ま、まってヴィンセント、あ、っ……」

「こういう時の待ってってのは、早くって意味なんだろ」

「そうなの!?　そ、んな謎かけ構文知らな……」

下着の下から、くちゅりと音がする。唾液でまみれた胸の先も、とろとろに濡れて震えている。

ヴィンセントの動きをとらえたいのに、視界がやたらと揺れて定まらない。

身体中から、液体があふれている。きっと成分は涙と同じだ。

丹念に下着の上から秘所の入り口をなぞっていたヴィンセントの指が、小さな膨らみを探り当てた。

「この突起、気持ちいいか？」

いちいち聞かないでほしい。あと、指先が器用すぎる。下着越しになのに上手にそこを摘まれて、びりりとした疼きに腰が勝手に震えた。下着越しのもどかしい刺激が……なんだかとても……甘痒くて……。

「あ、や、っ、だ、んんんんっ……」

震えながら、思わずヴィンセントにしがみつく。

首に両腕を回して、まるで子供がするみたいに。

「ご、ごめ、なんかすごいのぐわって来て、何かにつかまりたくて……」

「何か、じゃねーだろ。俺に抱きついてんだよ」

早口につぶやいて、ヴィンセントは私の背中をとんとん、と二回軽く叩いてくれた。

優しい。目に涙がにじむ。やめてほしい。この行為に意味があるんじゃないかなんて、変な勘違いをさせないでほしい。

「まだ身体に力入ってるな」

耳元でつぶやいたと思ったら、とん、と身体が後ろに倒される。

力が入らないままに仰向けに倒れた私の脚から、するりとショーツが抜かれてしまった。

え、と思った瞬間には、全裸になった私の脚の間に、ヴィンセントが顔を埋めていた。

「え、や、ちょっと……」

「いいから」

動揺で震える声を無視して、ヴィンセントは私の秘所を……剥き出しのそこを両手の指先で左右に開いて、まじまじと見つめている。

「や、やだ、うそ、だめ、何やってるの？」

「何って、見るだろこんなの」

「ば、ばか……」

「とろって出てきてるのに、奥からきゅーってすぼまって、すっげーエロい。これ奥の方どうなってるんだ？」

「ばかばかばかばか……!!」

エロいって、エロいって言った！

思わず蹴り飛ばそうとした足の膝裏が押さえつけられて、両脚をはしたなく開いた角度でぐっと押さえ込まれる。そしてそのまま、ヴィンセントの舌が私のそこを下かられろりと舐め上げた。

「〜〜〜ふああっ!?」

そして、ぢゅううっ……と強く吸いつく。

「や、だ、やめ、な、そんな……」

口元に手を当てて、必死で息を整えて、だけど温かい舌が、ヴィンセントの舌が……私の入り口をくちゅりと舐める。

同時に彼の指が、中に入ってきた。

どんな複雑な構造の古道具も一瞬で解体してしまうヴィンセントの長い指が、私の体の内側を、少しずつ暴いていく。だめだ。だめ。私も分解されてしまう。本当に。恍惚の中でバラバラになっちゃう。

くちゅくちゅくちゅくちゅと、部屋の中に音が響いていく。

「すげ、いい音。中熱いんだな。不規則に締まってうにょうにょしてる」

ヴィンセントが笑いながら、脚の間からこちらを見る。彼の形のいい唇から、とろりとした透明の粘液が、私の脚の間へと伝わっている。指は中におさめられたままだ。

「や、うそ、やめて……」

必死で首を振る私を見て、ヴィンセントは濡れた唇のままニヤリと笑った。

「おまえが」

「え……」

「おまえが俺の指先や舌先できゃんきゃん喘いで跳ねてるの、かなり興奮する」

それはどういう意味だろう。私はどんなふうにそれを理解すればいいんだろう。

ヴィンセントは秘所に入れた指をちゅこちゅこと出し入れしながら、さっき弄《いじ》られ続けて充血した突起を舌先で丹念に舐める。ああだめだ。やっぱりまた、何も考えられなくなる。

だけど朦朧とする意識の中、にじむ視界の向こう、ヴィンセントの肩越しに時計を見て心臓が冷たくなった。

刻まれていく時の針が、今日という日を容赦なく削り取っていく。

「ヴィンセント、だめ、もう、時間ない……あと一時間切ってる。早く」

「ん」

ヴィンセントは口元を拭って身体を起こした。

なんだか緊張しているような余裕のない表情で、手早くベルトを外していく。

あのヴィンセントが、二回ほど指先からベルトを滑らせてしまった。

「……ほんとはあと十二時間くらい、ここ舐めてたいんだけど」

言いながら、もう一度入り口を片手の親指の腹で上下に擦《こす》る。

「な、に、言ってるの……」

「冗談。今はそれどころじゃねえからな」

そう。それどころじゃないのだ。間違えてはいけない。これは恋人同士のあれこれなんかではなくて、命が懸かった、生きるための……仕方のない、行為なのだから。

ぴとり。指と違う圧力が、秘所の上に当てられた。

視線をやってぎょっとする。ヴィンセントの腹に反り返る、それが見えてしまったからだ。くっきりとしたくびれも、濡れて光る先端も。慌てて目を閉じても瞼の裏に焼き付いてしまった。

思っていたものより、長さも直径も倍くらいある……。

怖くない、はずがない。だけど。暗闇の中でぼんやり光るヴィンセントの首筋の紋章が、さっきよりも色を濃くしているように感じられて私は唇を噛んだ。

「早く、お願い……ヴィンセントが死んじゃう」

「っ……」

ヴィンセントは、ちっと口の中で舌を打った。

「挿《い》れるぞ、エステル。力抜け」

「んっ……だ、大丈夫だから、ぐいって。早く。時間になっちゃう」

「っ……分かってる」

入り口の上に、何度かヴィンセントのものが擦りつけられる。

せり出した部分が突起に擦れて、それだけの刺激でまた達しそうになるのを、私はおへその下に力を込めて必死でこらえた。

「力抜けって。ほら。んっ……狭すぎ……力抜けってば」

みちみちと、狭い道を割り開くようにヴィンセントが入ってくる。

熱い。そうか、ここで滑らせていけるように、そのためにずっと、彼はここを濡れさせて馴染ませてくれていたのだ、そういう必要な手順だったのだ、と頭の片隅で理解する。

それでもやっぱり圧倒的な違和感に、本来の私なら声を上げていたかもしれない。

だけど。

きつく閉じた瞼の裏、初めて話をしたヴィンセントの飄々とした表情を思い出す。

十六歳のあの日、濡れ衣《ぎぬ》を着せられそうになった私を、過激に助けてくれたヴィンセントだ。

ヴィンセント、ヴィンセント、私はあの時からずっと……。

「ヴィンセント……」

「悪い。痛いかエステル。だけどもう少し我慢しろ。もう少しだから」

「大丈夫、私は平気だから、お願いだから、気にしないで」

一生懸命、指先を伸ばす。

彼の首筋、憎らしい紋章にそっと触れた。

「いいから、もっと好きにして。お願いだから……」

「っ……」

私の中で、ヴィンセントがさらに硬さを増す。増えたぶんの質量で容赦なく、おへその裏側あたりをごちゅごちゅと擦り上げ始めた。

「っ……挿入、だけじゃ駄目みたいだから、動くけど……」

私を見下ろしてゆっくりと唇を舐めると、ヴィンセントは一度腰を引いたと思ったら、ずぷりと勢いよく奥に押し込んだ。

「はっ……」

私が息を吸い込むより早く、また抜いて、ギリギリで止めて押し込んで。だんだんスピードを上げていく。

くちゅくちゅという水音と、肌同士が打ち合う卑猥な音が、部屋の天井に壁に響いている。

「あっ、あっ、んっ……んんっ……」

ヴィンセントが何度も中を往復しながら、私の脚を持ち上げて、結合部分をじっと見た。

それからかがみ込むように上半身を折ると私の身体をぎゅっと抱きしめて、耳元で囁く。

「エステル、中で出すぞ」

「え……」

「まだ、呪いが消えそうにない。中で出すから、ごめん」

中で出すって、それは、ヴィンセントのものを？　そんなことをしたら、でも、この行為の終着点はやっぱりそこなんだとしたら、それは避けて通れないけれど、でも。

ああ、だめだ。混乱してまともに考えられない。だけど、選ぶべき道はたったひとつ。

ヴィンセントの命を、守ること。

「わ、分かった……出して、ヴィンセント」

「っ……」

私を見下ろしたヴィンセントが、ふうっと息を吐き出す。

そんな申し訳ないような顔をしないでほしい。罪悪感？　何とも思っていない相手の処女を奪ったから？　そんなふうに思う必要はないのに。

ヴィンセントが生きていてくれることは、私の欲望でもあるんだって叫びたい。

それができたら、彼の心を少しは軽くしてあげられるんだろうか。

私の身体を抱きしめたまま、ヴィンセントの腰の動きがどんどん速くなっていく。

激しく突き上げられてベッドの上に追い上げられそうになる身体は、ヴィンセントの腕にぎゅっと抱きしめられて。

私も必死で彼にしがみついた。

温かい。温かいヴィンセントの身体。

いなくなんて、ならないで。お願いだから、変な呪いになんて負けないで。

ごちゅごちゅばちゅばちゅと肌が打ち合う。私たちは二人とも生まれたままの姿で、抱き合って絡まって、必死で互いに腕を伸ばしてしがみついて。

「エステル、くっ……」

奥に、ごつりと当たる感触。その瞬間、ヴィンセントと私の唇が息をするように触れ合って、それから深く交わった。

ヴィンセントから放出されたものが、私の身体に沁み込んでいく。

私はそれを感じながら、朦朧とする意識で彼を見上げて……彼の後ろの時計が零時を越えたこと、そして彼が生きていることを確認して、その瞬間、まるで緞帳《どんちょう》が落ちるように、今日二度目の失神をした。

＊

目を覚ました時、やっぱり自分がどこにいるか分からなかった。

でもゆうべよりはずっと早く、状況を理解する。すべてを覚醒させることができた。

「ヴィンセント!?」

叫んで跳ね起きた私が見たのは、ベッドサイドの床に座りあの金色の壺をいじっている、ヴィンセントだった。

あまりにも通常運転のその姿に、一瞬すべては夢だったのかとさえ思えてしまう。

だって窓から差し込む早朝の光の下、ヴィンセントはいつもの黒マントの姿のままだ。

だけど、私の身体には……首筋には、唇には。

耳たぶにだって胸にだって、身体のもっともっと深いところにだって確実に、彼が触れた感触が残っている……。

「やっと起きたか」

不意にヴィンセントと目が合う。

変なことを思い出していたことが伝わってしまったのかと焦る私をよそに、ヴィンセントは黒いマントの襟元を指先で引っ張りながら首を斜めに傾けた。

あの不気味な紋章は、綺麗に消えてなくなっている。

全身から、力が抜けていくような気がした。

生きている。よかった。ヴィンセントが、ちゃんと生きてここにいる。

泣きそうだ。

ベッドを飛び降りて、床に屈み込む彼の背中に抱きつきたい。

でもだめだ。私たちはそういう関係ではないのだ。

昨日のあれは緊急事態。たった一度きりの、もう二度とない夜だったのだから……。

「いいけどおまえ、乳出てるぞ」

握ったレンチを私に向けて、ヴィンセントは表情を変えずに言う。

「きゃっ……」

ほら、せつない余韻に浸る暇もない。

散らばった服をかき集めて、毛布の中で身に着けていく。

しわくちゃのよれよれだけどどうにか身なりを整えて、ベッドを降りるとヴィンセントの隣に膝を突いて手元を覗き込んだ。

「何か分かりそう？」

「いや。もうこれは抜け殻だ。質量もだいぶ軽くなった」

掌の上で壺を転がしながら、ヴィンセントはつまらなそうに言う。

仕込まれた呪いを発動させて、それが解呪《かいじゅ》されたからもう力は残っていないということか。

人を呪うためだけに生み出された魔術古道具。

いったい誰が、どんな狙いでこんなものを作ったのだろう。

――私はもっと覚悟を持って、魔術古道具に向かい合わないといけないんだわ。

ごくりと息を呑んで顔を上げると、こちらを見ていたヴィンセントと目が合った。

「疲れたろ。今日は休みにしていいから、一日寮で寝てろよ」

「でも、古道具の検証がまだあるし、ヴィンセントだって」

「俺は平気」

それから古道具の上に肘を突くと、私の顔をじっと見た。

「……なに？」

「いや、おまえの処女ありがとな。まあまあ……いや、かなり美味しかったと思う」

「なっ……い、いいよそれはもう。納得してたし、忘れていいから」

頬が熱くなるのを見られたくなくて、私は立ち上がると足早に扉に向かった。

「忘れないけど」

え……。

扉に指を掛けて、足を止めた。

振り返った先でレンチを手の中でくるりと回したヴィンセントが、私を見てニヤリと笑う。

「忘れないで、おまえの結婚式の時にその功績を称えてやるよ。エステルの処女で命を救われたのは俺ですって」

「やめて。馬鹿なの？」

「不満か？　じゃあこっちだ。エステル・シュミットは、俺が認めた唯一で最高のライバルだって」

窓から差し込む光を背に、ダークシルバーの癖のある髪を揺らしながら、ヴィンセント・クロウは笑った。

思わず、しわくちゃなスカートをキュッと握りしめる。

――あとは……そうだな、俺がライバルと認めるくらい。

五年かけて、私はやっとそこに辿り着いたのだろうか。

それも、唯一の。その上、最高の。

そんなの、愛してるって言われるのと同じくらい……ううん、それよりも、もっとずっと。

あーもう、私ってちょろいなあ。

でもよかった。

本当によかった。

ヴィンセントが笑っている。私を見て、ここにいて笑ってくれている。

この恋がたとえかなわなくても、なんだかそれだけで十分だ。

喉の奥が熱くなってきて、私は俯いた。

「そんな軽口叩けるなら大丈夫ね。それじゃ、私もう行くから、ヴィンセントも今日は休みなさい。明日一緒に残りの魔術古道具、一気に検証してしまおうね！」

あふれそうになる涙を見せないように早口で告げると、今度こそドアを開いて廊下に出る。

扉が閉まる――その瞬間、ヴィンセントが何かを言ったような気がした。

何だろう、と思ったけれど、ギリギリでこらえていた涙がつぎつぎと零れ始めてしまったので、私はもう一度扉を開けることを諦めて、足早にそこを離れていく。

頑張ろう。今まで以上に頑張ろう。

彼の「唯一で最高のライバル」として、恥じることのないように。

＊＊

エステルが扉を閉めるその瞬間、俺はとんでもないことを口走っていた。

聞こえてしまっただろうか。

しばらくの間、閉じた扉をじっと見る。

だけどもうそれは開くことなく、やがてエステルの足音が、だんだん遠ざかっていく。

聞こえなかったのか。よかった……よかったのか？　残念？

……なんてことをぼんやりと考えていたら、すぐにまた同じ扉が開く。

「お疲れ様、大丈夫？」

部屋に入ってきたリュートの切羽詰まった顔を見ながら、俺はようやく……体中の、緊張を解いていった。

同時に視界が二重にぼやける。全身からがくりと力が抜けて、五感が奪われていく。

そのまま、床に仰向けに倒れ込んでしまった。

あー、俺は自分で思っていた以上にエステルの前ではかっこつけていたんだな。つけられていたんならいいんだけど。

「あああもう。ほら大変だ。すごい熱だよ！」

駆け寄ってきたリュートが、抱えていた巨大な鞄を床に置く。

開かれたそれには、大量の魔術医療器具がぎっしりと収められていた。

「ベッドに上がって。すぐ検査始めるよ」

「必要ない。ちょっと寝れば大丈夫だから」

「何言ってるんだよ！」

いつになく苛立った声でリュートは叫ぶ。

「本当はこれ、学部長はもちろん魔術省に報告すべき案件だよ。それを君に言われて黙ってるんだ。せめて言うことを聞いてくれ！」

説きふせられ、俺は大人しくベッドに上がる。生憎《あいにく》もう、いちいち抵抗する力が残っていない。

「それより、廊下で彼女を見たろ。大丈夫か？」

「エステルなら問題ないよ」

リュートは薬瓶の中身を調合しながら、はっきりと言う。

「エ、エステルにか、か、かかった呪いは、綺麗に解けてなくなっていたよ」


——昨日、あの壺の形をした魔術古道具の光に当てられて、エステルは意識を失った。

彼女の体に触れてすぐに分かった。厄介な呪いにかかってしまったことを。

駆け付けたリュートと共に解析したその呪いの術式は、あまりにもくだらないものだった。

「今日中に誰かの純潔を散らさないと死ぬ呪い」

舌打ちを何度繰り返しても足りない。

童貞の妄想かよ。ふざけるなよ。

エステルの綺麗な白い太ももの内側の付け根、その少し裏側。自分からは見えないだろう場所に浮かび上がった忌々しい赤い淫紋を確認して、俺は床に拳をめり込ませた。

半分以上は自分への憤《いきどお》りだ。すぐ近くにいたのに、どうしてこんな事態を防げなかったんだ。

「大丈夫だよ。解呪方法が分かっているならどうにでもなるから」

リュートは淡々と言う。そりゃそうだろう。

学術院の魔術医療研究所ともなれば、ありとあらゆる呪いの解呪に対応できる準備ができているはずだ。

このままエステルを医療室に運び込めば、彼女の呪いを解くに相応しい魔術医療研究員が、彼女の身体を速やかに開くだろう。あそこ、童貞多そうだしな。エステルに純潔を散らしてもらおうと希望する男どもが殺到して、くじ引きにでもなるのかもしれない。

エステルだって、それで文句を言うような奴じゃない。立派な研究者だ。覚悟はできているはずなんだ。

――だけどそんな覚悟、きっと一生できない男がここにいる。

俺は、部屋を出ていこうとするリュートの肩をぐっと掴んだ。

「俺がやる」

「え」

「俺も童貞だ」

ピシリと固まるリュートをよそに、俺はすぐにエステルの紋章と同じ模様を特殊なインクで自分の身体の目立つところに刻んだ。そしてそれを見せることで、目覚めたエステルに呪われているのは俺だと思い込ませることにも成功した。

いや、普段のエステルだったら違和感に気付いただろうな。呪いの副作用で意識が混濁気味だった彼女に付け込んだ自覚はある。

そして今。すべてが計画通りに済んだ結果、俺はベッドに重い身体を沈めている。

身体が火を噴くように熱い。喉がカラカラだ。あの忌々しい紋章が、今度はあちこちに無遠慮に浮かび上がってきやがった。おそらく身体の内側にも。

「まるで呪い返しだ。エステルにかかっていたのとは比べ物にならないほど強力になっている。やっぱり変だよヴィンス、これはただの俗物な呪いなんかじゃない。もっと禍々《まがまが》しいものだ」

器具に仕込んだ薬を俺の腕に細い針で次々と注入しながら、リュートが早口にまくしたてる。

「ヴィンスの身体には、性交によってエステルから引き継いだ呪いの負荷が何倍にもなってのしかかっている状態だよ。これは明らかに殺意を伴う呪いだ。呪いを解こうと純潔な相手を抱けば、今度はその呪いは相手の体に何倍もの強さになって巣食う。そうしてどんどん重症化しながらターゲットに向けて伝染っていくんだ」

リュートは俺を睨むように見据えた。

「こうなったら、今度こそ君が、誰か処女を抱いてこの呪いを移すしか……」

「いい。騒ぎ立てるな。こんなの自分で抑えつけられる」

「そんな……無茶だよ！」

リュートの悲鳴を聞きながら、俺は黙って目を閉じた。

騒ぎ立てれば、エステルならすぐに呪いがかかっていたのが自分だったと気付くだろう。

そんなの、あいつ絶対罪悪感で泣いちゃうじゃないか。

悪いのはあいつじゃない。俺が助けたかったんだ。

あいつには引け目なんて感じさせたくない。これからも遠慮なく俺に向かってきてもらわないと困る。お願いだから、俺の楽しみを奪わないでくれ。

初めてエステルを見たのは、高等部の最初の頃だ。

学院の棚に展示された魔術古道具の前に毎日一人で佇んで、目を輝かせてそれを見つめていた、庶民出身の女子奨学生。

俺はずっとずっと、魔術古道具ってやつがどうしようもなく嫌いだった。

どうしてみんな、あんなものをありがたがるのかさっぱり分からない。

自分じゃどうしようもない力を持たされ場違いな時代に置き去りにされた、たまらなく哀れなだけの存在なのに。

だから隙を見て、それらを破壊して回った。基本はこっそりと、時には敢えて人目につくように。

あの時だって、くだらない嫉妬に屈しそうになっているエステルを助けるつもりは特になかったんだ。

だけど。

権威主義な集団の中、一人だけ楽しそうに古道具を見つめる庶民出身の奨学生。

忌々しい力と共に取り残された魔術古道具。

家の中、いつも一人でいる俺。

「俺がライバルと認めるくらい」

なんて笑っちゃうくらいに傲慢な提案にも、エステルは真剣な顔で頷いてくれた。

あの日から、古道具に向き合う時、いつもエステルの横顔を思い出すようになった。

エステルは理解しようとする。魔術古道具の力だけじゃない、その成り立ちや込められた想いまで理解して、新しい役目を与えようと一生懸命考える。

問答無用にあの懐中時計を破壊したことを、俺は初めて後悔した。

エステルをあんなに夢中にする、古道具のことをもっと知りたいとまで思った。

中を調べる。構造を知る。仕組みを理解する。

危険なもの、哀れなだけのものは破壊する。だけど、俺が手を加えて活用方法を考えてやれるものなら、残してやる。

そんな俺にエステルは呆れたように文句を言いながらも、いつだって一緒に考えてくれた。

エステルだけが、俺に立ち向かってきてくれる。呆れず見捨てず、あの真剣なまなざしで、魔術古道具を……俺を、見つけ出してくれる。

「それだけじゃねーよ。どんな処女連れてこられても、俺はそんなの抱く気なんかいっさいないってこと」

大丈夫だ。身体の奥底に渦巻く薄汚い呪いのイメージ。ああそうだ。

そんなものは俺が見つけ出して、抑えつけて……解除してやる。

今まで、どれだけの魔術古道具にかけられた邪悪な呪いを解除してきたと思ってるんだ。

「かつて魔術師たちは互いを呪い合い、権力を巡って殺し合った。そうして彼らは淘汰されていったんだ。これはきっと、その謀略《ぼうりゃく》の一つに使われた呪いだよ。ヴィンスがどんなに天才でも、太刀打ちできるようなものじゃ……」

「いいから黙ってろ。惚れた女の命が助けられて、その上それを口実に思い切り抱けたんだぜ？こんな幸運なことあるかよ」

俺は両手の掌を、閉じた瞼の上に当てた。

「あ――、すっげ――気持ちよかった。夢みたいだった。また抱きたい。死ぬほど抱きたい」

「……素直に好きって言えば、抱かせてもらえるんじゃないの？」

リュートが何故か普段より平坦な声で言う。

俺は瞼に乗せていた両手を額の方にずらす。自分の髪をクシャリと掴んだ。

「俺みたいな研究バカでめんどくさい家背負ってる男、エステルに相応しいわけねーだろ。あー、でもあの探索隊の隊長は嫌だな。あいつは認めない。言っとくけどおまえでも絶対やだ。あー、エステルの結婚式の友人代表挨拶とかほんとしたくない。考えただけで吐く」

「えっと、なんだかもう、それだけしゃべれるなら大丈夫な気がしてきた。ヴィンス、しばらく休みなよ」

呆れた声で言いながら、リュートが更に薬を注入してくれる。

うん、大丈夫だ。

俺の身体が、呪いのしっぽを捕まえた。奴を分解し始めた。

俺の中に密かにある……「魔力」と呼ばれる力をもって。


名門・クロウ伯爵家？　そんなものクソくらえだ。

始祖であるエグモント・クロウの時代から多くの魔術師を輩出し、魔力によってこの国を裏側から操ってきたおぞましい家。富と名誉と引き換えに数多《あまた》の血濡られた惨劇を歴史の裏にひた隠してきた、呪われた一族なのだから。

だから魔術師の力が絶えたこの時代に千年以上の時を経ていきなり発現した俺の魔力は、クロウ家に科せられた呪いそのものなんだろう。

家族は当然、俺の魔力を怖れ忌み嫌い、ひた隠した。

「おまえの力は、いつか必ずこの国に災いを招くだろう」なんて、父親は今でも言ってくる。

それは正しいと思う。俺の中のおぞましい力は、日に日に大きくなっていくのだから。

だから結婚なんて考えたこともないし、もちろん恋人を持つ気もない。

だけど、エステル。おまえだけは。

おまえと一緒に隣同士の研究室で過ごす、あの時間だけは。


どくりと鼓動が耳元で鳴った気がして、俺はシャツの胸元を握りしめた。

大丈夫だ。これはきっと、呪いの断末魔だ。俺なら呑み込むことができる。

エステル。

もしかしたら、この呪いは俺を探してここまで来たのかもしれない。

ごめん、巻き込んで悪かった。大事な処女までもらっちゃってさ。

いつかエステルが処女を捧げたいと思う男が現れたら、俺ちゃんと説明に行くからさ。

でも、そいつのこと殴っちまったらごめん。多分殴るし。

固く閉じた瞼の裏、エステルの笑顔が浮かんでくる。

陽の光の下キラキラと光る綺麗なはちみつ色の髪、春先に芽吹く若芽みたいな黄緑の瞳は優しく俺を見上げている。赤い唇はふっくらして、ちょっと下唇が厚めなんだ。

昨日俺に抱かれながら見上げてきた表情はどれもすげーセクシーだったけど、笑顔も最高に可愛いんだ。真剣な顔で何かを考えてる顔も好きだ。あと、怒ってる顔も。

エステル。

また明日、俺の部屋に飛び込んで、「今度は何をしたのよ!」って叱ってくれよな。

それまでにはこんな呪いやっつけて、俺、また爆発ぶっぱなすからさ。

細長く息を吐き出しながら、自分の中の魔力を集めていく。

ああそうか、この力があるから、俺はこの身にエステルの呪いを引き継いで、耐えることができているのか。

生まれて初めて、自分の中の忌々しい魔力に感謝ができる。

すげーなエステル。おまえは何でも前向きで明るい方向に変えてくれるんだ。

さっき扉が閉まる瞬間聞こえないようにつぶやいた言葉を、俺はまた舌の先で転がして目を閉じた。

「誰も貰い手なかったら、責任取ってもらってやる」

届けられなかったこの言葉、明日、ちゃんと伝えてみてもいいかもしれない。

エステルは驚くだろうか、笑うかな。もしかしたら怒るのかもな。

どっちにしても、それってすっげー幸せな未来だ。

第二章 願いごと人形の願いごと

「えっうそ。ヴィンセント、もういるの？」

作業部屋の窓に灯りがともっているのが見えて、私は足を速めた。

しんとした夜明け前の学術院。学部棟を抜けて研究棟の階段を駆け上がり、扉を開いたその瞬間。

ぼふんっ。

強烈な悪臭を伴う煙に包まれて、激しく咳込んでしまう。

「けほっ……げほっ!!　なに？　え、なにこれ……！」

「あー、エステル来たか」

薄緑色の不気味な煙の向こう、ダークシルバーのくせっ毛の男が私を振り返った。鼻から下をスカーフで覆って防御しているのが憎らしい。

「ヴィンセント早くない？　ていうかなにこの煙、やだもう、けほっ……せめて換気して……！」

とっさに腕で鼻と口を庇いながら、床に座り込むヴィンセントを跳び越えて、散乱する魔術古道具《ブロカント》に何度も躓《つまず》きつつ部屋の奥の窓を大きく開いた。

まだ薄暗くひんやりとした空気の中に、怪しい緑色の煙が一気に流れて溶けていく。大丈夫かなこれ……。

「こん中にあった粒状の薬、飲んだら絶対内臓腐る系。悪用されるとまずいからとりあえず着火した」

ヴィンセントは胸を張って、人間の頭蓋骨を模した不気味な容器を差し出してくる。

「とりあえず着火した、じゃないわよ！　大昔の古道具の中の薬なんて、飲んだらそりゃ内臓腐るでしょ！　薬とか食べ物っぽいのは別にしておく規定なのに、なんでとりあえず着火しちゃうの？」

ヴィンセントの隣に膝を突き、私は今まで何百回と訴えてきたことをもう一度繰り返す。

「いーいヴィンセント、私たちの仕事は道具にかかった魔術がどういうものかを解析して検証し、利用方法を提案すること。悪用されるとまずいかどうかは魔術省が決めることなの。また顛末書を書かされても知らないからね？」

「そうなったら、エステル一緒に文章考えてくれるだろ」

掌に載る黒い卵のような古道具をニッパーで叩きながら、ヴィンセントはけろりと言う。

いつものように着崩した白いシャツに黒いズボン、裏地にずらりと工具を仕込んだフード付きの黒マント。据わった三白眼にくしゃくしゃの髪。学術院の研究員であることを示すバッジが付いていなければ、まるで不審人物だ。

「……聴聞会にはヴィンセント一人で参加するんだからね！」

精いっぱいの意地を張って、私は大きくため息をついた。

もう。もう、もう、もう！

ヴィンセント・クロウが「今日中に誰かの純潔を散らさないと死ぬ」というとんでもない呪いにかかったのは一昨日《おととい》の夜のことだ。

その日が終わる最後の二時間、この五年間ただの同級生そして同僚にすぎなかった私たちは、あわただしく身体を重ねて……一度だけキスをして、呪いを解いた。

翌朝にはその忌まわしい呪いは消えていて、私は寮の自分の部屋に戻ると信じられないほど長くて深い眠りについて、目が覚めたのはついさっき。

なんだか心がざわめいて、いても立ってもいられなくて、夜が明ける前に戻ってきてしまったのだけれど、まさかもうヴィンセントと顔を合わせるなんて。

一昨日、ヴィンセントは私の身体のあちこちに優しく触れた。

切羽詰まったような熱い視線で私を絡めて、私の身体の一番奥の、深い深いところにまで、ヴィンセントの指が、舌が……身体の一部が、入ってきた。

あまりに衝撃的な時間だったからか、振り返るとまるで夢の中にいたような、熱に浮かされていたかのような気持ちになるのだけれど、でも、あれは紛れもない現実の出来事なわけで。

そりゃ、呪いを解くためには他の手段も、時間もなかったことは分かっている。

得体の知れない魔術古道具を扱うことを、生業と決めたのだ。仲間に呪いがかかったら助けるために全力を尽くす。当たり前のことだ。

そしてあの時、あの場所にとりあえず処女は私しかいなくて……（おそらく、ヴィンセントに処女を捧げたい女の子なら学部にも研究棟にもたっくさんいると思うのだけれど）……消去法でそれが一番、効率がいい方法だったからなわけで。

分かっていた。一日過ぎたら忘れ去られる出来事だって。

だけどもしかしたら、本当に低い可能性だったとしても。

今日から私たちの関係が少しだけ変わったりするかもしれないだなんて……。

そんなことを期待して、夜が明ける前にいそいそと学術院まで戻って来てしまったのだと、今になって思い知らされた。

ヴィンセントは、いつもとなーんにも、変わらないというのに。

……あーあ、もう、バカみたい。

気が抜けて、ちょっと笑ってしまう。

「ヴィンセント、いつから作業開始したの？」

「あ？　昨日の日暮れくらいから」

「えっずるい。残りの面白そうなのは全部私が先に見るからね!?」

その時、ヴィンセントの掌に載った卵にひびが入った、と思ったらそれは瞬く間に卵の外周を一周して、ぴしり、と中から何かが飛び出してきた。

白い球体をした金属の塊。真ん中に二つ並ぶ、黒くて丸い小さな瞳のまっすぐな視線が、覗き込んでいた私のそれとぱちりと合う。

「え、鳥……？」

ヴィンセントの掌の上で、そのちいさな丸い鳥のようなものが、ぶるりと身体を震わせた。

「うそ、動いた!?」

鳥と呼ぶにはまん丸すぎるそれは、小さな黒い嘴《くちばし》のようなものをパクリとあけて欠伸《あくび》のような仕草すらする。

信じられない。魔術古道具から魔術生物が誕生するだなんて。

かつて命に干渉する魔術があったことは、知識では知っている。だけど現存している古道具の多くが千年以上昔のものなのだ。今さらそこから生き物が、命が生まれることがあるなんて!!

私は興奮を必死で抑えながら、震える声で言った。

「ヴィンセント、これは奇跡の発見だわ……すぐに魔術省に報告しないと！」

「いやだ」

「え」

私はぽかんと目の前のくせっ毛の男を見た。

三白眼のくせに涙袋がしっかりあることで色っぽくも可愛くも見えてしまう、憎らしい顔立ち。

口にレンチを咥えて、手の中でじたばたする丸い鳥をひっくり返して脚の間を調べている。

「もう少し俺の手元に置いて、俺が調べる。報告書には入れるなよ」

「だめだよ、そんなこと許されない」

膝を揃えるように座り直して、私はヴィンセントの顔を覗き込む。

「ヴィンセント、私たちは見つけたことをすべて報告する誓いを立てているでしょう。そもそもこの国にとって魔術古道具は公共の宝だよ。私物化しちゃ駄目」

「こないだの爆発玉といい純潔の壺といい、ついでにこいつまで。今回の古道具はなんか変だ」

ヴィンセントの掌の上で、球体の鳥がふるりと身体を震わせる。

「今まで雪と氷に埋もれていた横穴がいきなり開いた？　なんで今？　それがどうして呪いを発動させた？　不自然すぎる。納得いく答えが見つかるまで、俺は魔術省のいいようには動かない」

「そんな」

ちょんちょん、と短い脚で跳ねながら、白い鳥が私の顔を見上げてくる。

思わず指先を差し出すと、そこにちょこんと飛び移った。

「ちょっと！」

「魔術省なんかに提出したら、そいつあっという間にバラされるぜ」

「孵化して最初に見たおまえのこと母親だと思ってるのに、あーかわいそ」

そんなこと……言われたら、もう。

「……あなたこそ、この子を分解したりしない？」

「興味湧いたらするかも」

「もう!!」

小鳥からヴィンセントに視線を戻したら、赤銅色の瞳がじっと私を見ているのに気が付いた。

「一昨日のことだけど」

……!!

もう一生、あの夜の話題は出さないつもりなのかと覚悟を決めていたところにいきなり切り込まれて、息が止まりそうになる。

窓から、朝の光がさあっと差し込んでくる。

私を見据える赤銅色の瞳は少し三白眼で、綺麗な鼻筋の下で薄い唇がきゅっと噛まれた。

「あのさ、もしもおまえに……」

「うん……」

「その、この先の話だけど」

「う、うん……」

「きっとおまえ、嫁の貰い手とか、付かないと思うからさ」

「うん……？」

なんだか、予想とちょっと違うことを言われようとしているような……怪訝《けげん》に思いながらも私は辛抱強く、いつになく真剣な様子のヴィンセントの言葉の続きを待つ。

いつも飄々と好奇心の赴くままにすべてを決めていくヴィンセントが、なんだかひるんだような表情を見せた。

「そしたら、俺が……」

「失礼いたします」

扉がノックされ、そのまま開かれた。

「キースさん」

深緑色の髪の背の高い男性が、部屋の中を覗き込んでいる。

身にまとうのは動きやすそうな隊服。探索部第一隊隊長、キース・カテルさんだ。

「ああ、やっぱりいらっしゃった。灯りがついているからもしかしたらと。今から魔術省に行きますので、三日後のお約束には少々早いですが検証済みの分だけでもお預かりしようかと思いまして」

「え！　わざわざ申し訳ありません」

「いいえ、早く戻せば新しい魔術古道具をその分持ってこられますからね。例の洞窟からはおかしな道具が更に発掘されていて、それぞれの研究室で奪い合いになっているんですよ」

私は小鳥をヴィンセントの掌に移すと急いで立ち上がり、検証済みの古道具をまとめている箱を持ち上げた。

「ありがとうございます。もっと面白いものがありそうなら、ぜひ回していただきたいです！」

「ああ、そんな重たいものを持つのは僕の仕事です」

素早くキースさんが私の腕から箱を取り上げた。細身で長身だけれどその体は鍛えられていて、肘までめくり上げたシャツの下に見える腕の筋肉が逞しい。

ヴィンセントとはまた違う方向で女子学生や女性研究員の人気を集めるキースさんは、軽々と箱を片手で持ち上げて爽やかに笑い、さらりと言った。

「なんて、朝からエステルさんの顔が見られるかなって期待して来ちゃっただけなんですけど」

「え……」

「くーぽーぴー」

気の抜けたようなひょろひょろとした音が、どこからともなく響いてくる。

床に脚を組んで座ったままのヴィンセントの右手の甲の上で、さっきの白くて丸い小鳥が嘴を精いっぱいに開いておかしな声を出していた。

「うわ、なんですかこの鳥。魔術古道具？」

ヒヤリとした私をよそに、ヴィンセントは当たり前の顔で嘘をつく。

「いや、前に俺が実験で組み立てたおもちゃ」

「へえ、面白いなあ。聞いたことがない声で鳴くんですね」

ヴィンセントは鷹揚に立ち上がり、わずかに首をかしげて鳥をキースさんの鼻先に突き出した。

「くぽー」

鳥は、若干前かがみになって微かに身を震わせながら嘴を精一杯に開いている。

「なるほどね」

「なるほどって何？　ヴィンセント」

「こいつエステルのこと母親だと思ってるから、母親の危機を感じ取って威嚇してるんだな」

キースさんは微かに眉を寄せて、私は意味が分からなくて首を傾げた。

「危機って……」

ヴィンセントは両眉を上げて、肩を竦めるようにして薄く笑う。

「だから、この男がエステルによからぬ思いを抱いてるのを感じ取ってるってこと。あんた爽やかな顔して結構やばいんだな」

「ヴィンセント!!」

私はヴィンセントを押しのけるようにしてキースさんの前に立った。

「ごめんなさいキースさん。ヴィンセント、昨日から不眠不休で作業していてちょっとおかしくなってるの。気にしないでください！」

キースさんは緑色の瞳をちらりとヴィンセントに向けて、両手で箱を抱え直した。

「いえ、面白かったですよ。天才と誉れ高きヴィンセント・クロウもこういう冗談を言うんですね」

気分を害した様子も見せず、楽しそうに笑ってくれた。

さすが曲者《くせもの》ぞろいの研究員を相手にしているだけある。大人だ。

「それじゃ、そろそろ行かなくちゃいけないので。また夕方にでも残りを引き取りに来ますよ。その時には新しい魔術古道具を持ってきますので、楽しみにしていてください」

明るく笑って扉を開くと、出ていく瞬間振り返って。

「エステルさん、よかったらその後食事でも」

さらりと言って、扉を閉めた。

「すげー積極的」

「キースさんにとっては挨拶みたいなものだと思うよ。友達だっていっぱいいる人だし」

「でもエステルのことやらしい目で見てるから、食事行ったらおまえごと食われるからな。それでもいいなら止めないけど」

「もう、さっきから何言ってるの！」

両手を腰に当てて、私はヴィンセントを見上げた。

「適当なことを言って敵ばかり増やしたらだめだよ！」

「なんだよ適当なことって」

ヴィンセントは不満げに唇をとがらせる。

「だって、キースさんが……その、私によからぬ思いを抱いてるとかそんなわけないのに言いがかりを」

「俺には分かるの」

「またそういう適当なことを」

「くーぽーぴー!!」

ため息をつきながらふと視線をやると、私の手の甲に移ってきた小鳥は、相変わらず……ううん、さっきより更にいっぱいに嘴を開いて鳴いている。

球体で毛もなくて、かなり分かりにくいけれど、逆毛を立てて前かがみになって身体を震わせて……今度は、ヴィンセントの方を向いて。

私はため息をついて、ヴィンセントを見上げた。

「ほら、キースさんがいなくなってからも相変わらずこの子威嚇しているじゃない。ただ単に、お腹でも空いているんじゃ……」

「当たり前じゃん、こいつ、今度は俺を威嚇してんだよ」

小鳥から、ヴィンセントは私の顔へと視線を動かす。

「俺、おまえに欲情してるもん」

「え」

表情を少しも変えないまま、赤銅色の瞳が私を見ている。

「こないだのこと思い出して、今すげーおまえに欲情してるから」

朝の光が、床に散らばる楽器や武器、遊戯盤に薬瓶、傘やタライ、鍋などを照らし出していく。

妖しい魔術を内に秘めた、得体の知れない魔術古道具たち。

私が一生を懸けると決めた仕事は、それらにかけられた魔術の力を見極めることだ。

「すぐにまた抱きたいって思うくらいに」

ゆっくりゆっくり、頬が熱くなっていく。

でも、なによりも一番厄介なのは……目の前の、この男の気持ちを見極めることなのかもしれない。なんてことを、しびれた頭でぼんやりと考えながら。

＊

「あーそんな感じで、今んとこ存在が明らかになっている魔術古道具は全体の三割。残り七割は、まだ国のあちこちに眠ってると言われている」

学術院で一番大きな講堂の壇上に立ったヴィンセントが、ちらりと生徒たちに視線をやる。最前列を陣取った女子生徒たちが「きゃあ」と無音の歓声を上げるのが、壁際に立つ私からも分かった。

魔術古道具研究員の仕事の傍《かたわ》ら、私たちは定期的に附属の学院で講義を受け持っている。ヴィンセントはもちろんこの義務に消極的で、その大半を同僚である私に押し付けようとするのだが、今日ばかりはそういう訳にはいかない。

半年に一度の研究授業。

魔術省の上層部が視察に来るため、ヴィンセント・クロウに講義をさせるようにと上司たちから圧がかかったのだ。

今日で来季の予算も決まり、ひいては私たちのお給料も決まる。

なんとしても、我が学術院が誇る稀代の天才・魔術古道具研究界期待の次世代スター、ヴィンセント・クロウが素晴らしい講義をしているところを見せつけなくてはいけないというのである。

滅多に受けられないヴィンセントの授業が公開されるとなり、生徒たちの数も尋常ではない。座れなかった生徒たちが、二重に立ち見になるくらいだ。

……毎週この授業を担当している私としては、もちろんとっても面白くない。

私だって毎回この授業のレジュメを用意して、実例や時にはフィールドワークを盛り込んだりして、実践的な授業をしているつもりなのだ。

なのに毎週私の授業を受けに来てくれる真面目な受講生たちは、今日はヴィンセント・クロウ目当てのにわか生徒たちの勢いに負けて端っこに追いやられている。

壇上に立つヴィンセントは、マントを外して白いシャツに緑がかった黒いズボンで長い脚を包ん

でいる。今日だけはちゃんとしなさい、と私が無理やり締め上げた深紅のタイが異常に似合ってい
るのが憎らしい。

ダークシルバーの髪もそうだ。始まる直前までいつも通り毛先が跳ねまくっていたのでうるさく
注意したら、グラスに残っていた水をばしゃりと頭から被り、そのまま額から後ろにざっと撫でつ
けてしまった。

わずかに濡れた髪が、彼のあやうい色気を無駄に強調している。

切れ長なのに涙袋がはっきりした三白眼の、赤銅色の瞳。綺麗な鼻筋に薄く凛々しい唇。スラリ
としたバランスのいい長身。そりゃ、女子生徒たちが身を乗り出すのも分かる。分かってしまう。

——昨日のこと思い出して、今すげーおまえに欲情してるから。

不意に先日のヴィンセントの言葉を思い出して、ぼんっと頬が熱くなった。

手に持っていた資料を顔に押し当てる。隣に立ったリュートの怪訝そうな視線を感じた。

あれは、何だったのだろう。

言葉通りに受け取れば、まるでヴィンセントが私のことを……女性として意識して、その、欲望
を抱いているように、とれる。

だけど……そんなことって。

壇上で、猫の形をした水差しの古道具を掲げて説明を続けているヴィンセントをぼんやりと見た。

ヴィンセントの頭の中は、九割を魔術古道具が占めている。

何に対しても執着がないヴィンセントが、目の前の古道具に好奇心をくすぐられると、まるで吸

い込まれるように集中していく様子を、私は数えきれないほど見てきた。

そりゃあ他の人間に比べたら、私のことを仲間として認識してくれてはいるかもしれない。

だけど、そもそも古道具以外の何にも頓着しないヴィンセントのことだ。

たとえ個体として認識してくれているからと言って、それが、その、いわゆる恋愛感情とかに結びつくなんて……飛躍しすぎだし、安直に結び付けてしまったらものすごく痛い目を見る気がする。

そもそも、あの爆弾発言以降ヴィンセントの態度は何も変わらないのだ。何かを言ってくることはおろか、あの魔術鳥が彼を威嚇することもぱたりとなくなった。あれは夢だったのだろうか。

「エステル、あれいいの？」

リュートに囁かれて、我に返った。

顔を上げると、壇上のヴィンセントの迷いない声が響いてくる。

「でも、残り七割って言ってもそれは表向きの数字なんで。俺のカンでは、そのうち二割はこの国の王族と貴族が既に発掘して、自分の屋敷に隠し持っている。で、古道具の特性も理解できない馬鹿どもが勝手に使って暴走させて事件を起こすってわけだ。この国で起きる原因不明事件の大半は、魔術古道具が背後にあると思っていい。それも、阿呆が不法に所持したものだ」

講堂の生徒たちがざわざわとする。身を乗り出す者、頷きながらメモを取る者。さっきまでうっとりヴィンセントを見上げていた女子生徒たちも、真剣な表情になっている。

魔術省からの視察団の代表である公爵が眉を寄せて椅子から立ち上がったので、私は慌てて駆け寄った。

恰幅《かっぷく》のいい彼の前に無理やり身体を割り込ませて、にこやかに微笑んでみせる。

「申し訳ありません、もう終わりますから」

「あんな不確かで危険な持論を生徒たちに吹聴されては困りますぞ」

「あれは、彼の冗談なんです。生徒たちは分かっていますから」

「まったく、なにが天才だ調子に乗って。魔術の名門・クロウ伯爵家の恥さらしが」

「ヴィンセントは学術院はじまって以来の本物の天才ですけど何か!?」

私の声が、しんとした講堂に響き渡る。

恐る恐る振り向くと、たくさんの生徒と教員、そして壇上のヴィンセントまでもが、驚いた顔でこっちを見ていた。

「え、えっと、あの……」

静寂の中、引き吊った笑みを浮かべてあわあわと両手を振る私の耳に、ぷ、と噴き出す声が届く。

「なーに宣言してんだよエステル」

壇上でしゃがみ込んで、ヴィンセントが楽しそうに笑っていた。彼の屈託のない笑い声が、だんだんと生徒たちにも広がっていく。やがて講堂中が笑いで包まれた。

「公爵、我が学術院自慢の講義はいかがでしたか～？　ぜひ学部長室で感想をお伺いしたいものですね～！」

学術院の魔術古道具研究学部長が歩み出てきて、彼女お得意の人を食った笑みを公爵に向けながら、「早くヴィンセント回収して」と視線で命じてきた。

私はこくこくと頷いて、壇上で笑い転げるヴィンセントのところに素早く向かったのだった。

「なんだよ、そんなに落ち込むことないだろ。いいじゃん、さっきの啖呵《たんか》もう一回切ってみせてよ」

「もう！　蒸し返さないで。だいたいヴィンセントが変なこと言い出すからでしょう。お給料が払ってもらえなくなったらどうするのよ……」

研究棟に向かう廊下を足早に進む私の背中に、ヴィンセントがのんきに話しかけてくる。

「格好良かったのに。エステルがああいうパフォーマンスかましてくれるなら、また講義してもいいぜ？」

「パフォーマンスとかじゃないし……」

ヴィンセントは、クロウ伯爵家の三男だ。

クロウ伯爵家といえば、かつて多くの高名な魔術師を輩出したといわれる名門一族で、ラセルバーン王国の魔術の象徴である。

なのに、学生時代からヴィンセントがどんなに優秀な成績を修めても、彼の父親であるクロウ伯爵はもちろん、魔術省で重要な役職に就いている二人の兄も姿を見せることはなかった。

卒業式で彼が総代を務めることになった時ですらだ（ちなみに卒業式当日は、魔術古道具に夢中になったヴィンセントが大幅に遅刻したため急遽私が代打で役を務める羽目になったのだけれど）。

そもそも、ヴィンセントの口から家族の話を聞いたこともない。中等部の頃から研究員が利用する宿舎に寝泊まりしていると聞いた時は、研究に没頭できて羨ましいなんて思ったものだけれど、やっぱりそんなの不自然だろう。

ヴィンセントは、クロウ家で浮いた立ち位置にいるのだ。だから一族で一人だけ、魔術省ではなくて学術院に所属しているのに違いない。

でも、だからってあんなふうに……恥さらしだとか言われるなんて。

……控えめに言って、とっっっても不愉快だ。

「ヴィンセント!!」

「なんだよ」

最近私たちが共同で使用している作業部屋に入ると、私はヴィンセントを振り返ってこぶしを握り締めた。

「やっぱり、次の公開講義でもおもいっきり持論を展開してやりなさい！」

「何いきなり主張を変えてんだよ。おまえ大丈夫か」

「気が変わったの。ものすごい発見とか披露して、あんな奴らぎゃふんと言わせてやればいいわ。半年や一年お給料止められても、私ちっとも構わないんだから！」

床に山積みになった検証中の古道具の前に座り込みながら、ヴィンセントは後頭部を掻いた。

「んー、気が向いたらな」

部屋の奥の籠の中からぴょこぴょこと飛び跳ねてきた小さな球体の魔術鳥、「クポ」が、ヴィンセントの膝の上にちょこんと乗る。

「なんでよ。ほら、前に話してくれた、古道具を解析する時にヴィンセントが感じる『鼓動』の話とか。あの話を聞かせてやったら、あの人たちきっと驚くわ。だって、他の誰にもできないことだもの」

「え……」

ヴィンセントは、薄い唇の端をふっと持ち上げる。

「あれ、おまえだから話しただけだし」

「そういうのは、エステルが分かってくれればいいから」

赤銅色の瞳が、柔らかく細められた。

「……私は、ずっと分かってるよ？　ヴィンセントがすごいこと、悔しいくらい一番分かってる」

「ん、なら別にいい。それで十分」

にっと笑って、それから何もなかったかのように解体しかけの大鍋を抱え込むヴィンセントの背中を見ながら、私はうるさいくらいに跳ねてしまう胸をシャツの上からぐっと押さえつけた。

くるおしいほどにこみ上げてくる言葉を、唇を引き結んで必死で飲み込もうとする。

今までだって、彼に想いを告げたいという衝動に襲われたことは一度や二度ではない。だって、十六歳の頃から二十一歳の今まで、ずっと片想いをしてきたのだから。

だけど、そんな時いつも、ヴィンセントがかつて私に言ったことを思い出すのだ。

――俺がライバルと認めるくらい。

がっかりされたくない。

私が彼に抱いている想いを知られたら、ああそうか、エステルもしょせん他の女の子たちと一緒なんだなんて、がっかりされてしまうかもしれない。

そんなことになったら、私はきっと耐えられない。

きっとこれは、憶病で傲慢な自尊心。だけど、ただの街の食堂の娘でしかない私がヴィンセントの隣にいるために、唯一手にしているものなのだ。

バチン。

自分の両頬を両手で包む。

頑張ろう。大好きな仕事をして、大好きなヴィンセントの近くにいられる。これ以上のことなんて、何もいらないはずなのだから。


北の洞窟から発掘された大量の魔術古道具の解析は、まだまだ続いている。

発掘量に検証が追い付いていないということで、私たちのところにも毎日のように新しい魔術古道具が持ち込まれているのだ。

積み上げられた中から細長い木箱を引っ張り出す。蓋には仕掛けが施されていたけれど、簡単な構造だったので時間をかけることなく解除することができた。

だけど、中におさめられたものを見て、思わず声が漏れる。

「願いごと人形……」

顔を上げたヴィンセントが、私の手元を覗き込んできた。

箱の中に横たわっていたのは、金色の髪をうねらせた、綺麗な女の子の人形だ。

金色の髪に赤いドレスは、女の子の成長を祝うこの国の伝統行事で飾られる「願いごと人形」の特徴だ。私も子供の頃、両親に飾ってもらった。

「人形か。今回初めて出たな。一緒に調べるからちょっと待って」

ありとあらゆる種類がある魔術古道具においても、人形というのはちょっと特別だ。

人の形を模したものは、そもそも特別な事情や想いを抱きやすい。とりわけこれは、持ち主の願いを叶えてくれるという「願いごと人形」。それに魔術師が魔術を施しているかもしれないのだ。

取り扱いは、どんなに慎重にしてもしすぎることはないだろう。

急いで手元の大鍋の蓋を閉めようとしたヴィンセントが、「げ」とつぶやいた。

鍋の中から唐突にあふれた黒い油のような液体が、べっとりと彼の両手に付着してしまったのだ。

膝の上に乗ったクポまでが、黒いまだらになっている。

「洗ってくるから。勝手に一人で解体するなよ」

「あのね、そもそも人形を解体したりしないから」

クポと一緒に手を洗いに行くヴィンセントを見送ると、私は箱の中の人形を念入りに観察した。

いったいいつの時代のものだろう。総じてとても状態がいい。関節もたくさんあって可動性もありそう。青い瞳は鉱石だろうか。煤《すす》けているけれど純度が高そうだ。薄汚れた頬は陶器製。真っ赤なシュミーズドレスは体に一体化しているようだ。布みたいだけれど、扱いを慎重にしないとさすがに崩れてしまいそう。髪の材質は何だろう。しっとりとして落ち着いている。

「綺麗……」

なにげなくつぶやいた、その時だ。

人形の青い目が、くるりと回って私を見た。小さな唇が開かれる。


「願いごと、かなえてあげる」


いきなり天地が逆になる。え、と思った時には視界が真っ暗になっていた。

だけどそれは、ほんの一瞬。次に目に映ったのは、天井だ。

体を起こそうと思う。動けない。え。動けない。

不意に圧倒的な力に身体が持ち上げられた。腰が曲げられ、座らされる。

私の意志とは関係なく、身体が勝手に動かされている。

え。どういうこと。

目の前に、女の人が立っていた。

白いシャツに濃紺のワンピース。襟にリボンが付いた同色のボレロ。

そう、今日は公開講義があるから、いつもの黒いマントではなくて、少しちゃんとした格好で来たのだ。仕事に夢中になって、着替えるのを忘れていたんだわ。

ハニーブラウンのくるくるとカールした髪。黄緑色の瞳は、大きいけれどほんの少し垂れ気味だ。

鼻の頭にうっすらそばかすが残っているのが悩みの種で、今朝も一生懸命そこにクリームを塗り込んだ……。

どういう……こと。

目の前にいるのは、二十一年間見慣れた私、エステル・シュミット。

それじゃあ、私は？　今ここで動揺しているエステル・シュミットは——。

——人形に、なっている。

自力では歩くことも話すことも指先をほんの少し動かすことも、瞬きすらもできやしない、ただ金色の巻き髪をして赤いドレスをまとった、さっきの「願いごと人形」の身体になっている。

ということは、今目の前にいるのは。

エステル・シュミットの身体の中に入っているのは——。

「わり、エステル待たせた」

作業部屋の扉が開き、ヴィンセントが戻ってきた。

濡れたままの指先をぴっと無造作に払ったヴィンセントは、いつもの調子で私を見た。

私を……人形の私ではなくて、私の身体を、奪った人形を。

そんな彼に願いごと人形は……とんでもないことを言い放つ。

「ヴィンセント、抱いてほしいの」

耳を疑った。人形じゃなかったら、衝撃で顎が外れていたと思う。

ヴィンセントもきっと同じだろう。固まったように動きを止めた。

「抱いて」

人形の私は、構わずに繰り返すとボレロを脱ぎ捨てた。続いてワンピースのボタンを外す動作から、流れるようにそれを、そしてシャツまでをもぱたりと床に落としていく。

人形の身体であるために、顔をそむけることも目を閉じることもできない私の目の前で、私がどんどん服を脱ぎ捨てていく。

私の身体を守るものは、もうスリップ状の下着だけだ。

陰になってヴィンセントの表情はよく見えないけれど、その下の胸当てとショーツは、彼からは既に透けて見えてしまっているだろう。

人形はさらに、とんでもないことを言いだした。

「あなたのことを考えると、私、毎日身体が疼いてたまらないの」

ちょっ……。

「一緒に研究している時も、さっきの講義中だって、あなたに抱かれることばかり考えておかしくなりそうだったの」

聞いていられないような甘えた声でそう告げると、私の身体はヴィンセントに勢いよく飛びついた。ふらついたヴィンセントが、床に腰を突きながら私の身体を抱き留めている。

やめてやめてやめてやめて。

何言っちゃってるのちょっとやめてよ!!

願いを叶える願いごと人形。

そこに魔術が加わって、持ち主の身体を奪ってまで強引に願いを叶えようとするお節介人形。恐ろしい。なんて、なんて大迷惑な。

でも、ちょっと待ってお願いだから、せめてちゃんと、私の願いを正しく聞いてからお節介してくれないかなお願いだから!!

「ヴィンセント、お願い、私のことめちゃくちゃに抱いて……」

鼻にかかった甘え声で人形が媚びるように言って、ヴィンセントの首に縋《すが》り付き、彼の耳をぺろりと舐める。

違うのヴィンセント、騙されないで。おかしいでしょそれ私じゃないって分かるでしょ!!

絡まり合う二人から、なんだか体をピンク色に染めたクポがぴょこぴょこと離れて、照れたようにそっと物陰から見守っている。クポちがう！　今こそ威嚇！　お願いだから威嚇して！

「エステル……」

ずっと黙ってされるがままになっていたヴィンセントが、やっと低い声で答えた。

そうよ、言ってやってヴィンセント！　頭おかしくなったのかって、おまえ誰だよって言ってやって！

だけど私の魂の絶叫は、ヴィンセントのとんでもない言葉で打ち砕かれる。

「おまえ、普段から俺見てそんなやらしいこと考えてたの？」

――はいぃ!?　ちょっとちょっとヴィンセント!?

「……仕方ねーな」

呆然とする人形（中身は私）のちょうど目の前。

検証途中の魔術古道具が散乱する作業部屋の床の上で、ヴィンセントが、のしかかってくる私の身体（中身は人形）とくるりと位置を入れ替えた。

私の身体を押さえつけたヴィンセントは、端正な顔に色気過多な笑みを浮かべる。

「そんなにおまえが言うなら、抱いてやらなくもないけど」

それに対して私は……私の身体を奪った人形は、はっきりとした声で答えたのだ。

「抱いてほしいわ、ヴィンセント。あなたのことが好きだから――ずっとずっと、大好きだったの」

凍り付く私の目前で、ちろりと唇を赤い舌で舐めたヴィンセントが、私の唇をふさいでいく。

ちゅ、くちゅ、ちゅぷ、と濡れた音が部屋に響く。

ヴィンセントは私の身体を……正確には、人形の魂が入り込んだ私の身体を床に押さえつけて、長いながいキスをしている。

人形の中に閉じ込められた私は、逃げることも目をそらすこともつぶることすらできないまま、ただ目の前で繰り広げられるその痴態をじっと見つめ続けている。

いったいこれは、どういう状況なのだろう。

五年間ずっと想ってきた人が、他の人と熱いキスをしているのを間近で見せつけられている。相手は私の身体をしているのだけれど、でも私ではなくて、だけどヴィンセントは、そんなことには微塵も気付く様子はなくて……。

ヴィンセントのキス、こんなふうだったんだ。

私自身は、一度だけ。あのおかしな呪いを解除するために身体を繋げた最後の瞬間、ヴィンセントと唇をあわせた。焦燥と刺激に追い立てられた、夢と現実のはざまを辿るようなキスだった。

だけど、私にとっては初めてのキスだ。

あの感覚を忘れないようにと、あれから毎晩寝る前に、そっと自分の唇に指先で触れたりしていた、その唇が今、貪《むさぼ》るようにヴィンセントにふさがれて……だけどその感覚は、けっして私のものにはならない。

あ、だめだ。泣きそうだ。

人形の身体でよかった。おかしな矛盾すぎるけれど、この体だったら涙は出ない。

私は、思い上がっていたのかな。

ヴィンセントだったら、絶対分かってくれるはず、なんて。

ヴィンセントにとって私は、中身が少々変わったところで何ら気にすることもない……エステル・シュミットという薄い皮を被っただけの、その他たくさんの人間と同じで。

ただ、ほんの気まぐれに、身体だけで繋がることができるくらいの……そうだよね、欲情してるって、そういう意味だよね……。

目の前で、ヴィンセントと私がまだキスをしている。

長いキスだ。ほんの一瞬も離れることがない。長い、長い…………………長すぎない？

じた、と床に押さえつけられた私の身体が震え始めた。こちらからはよく見えないけれど、耳が真っ赤になっている。左手でヴィンセントの肩を押し返して、右手を彼の背に回して。

じたばたとする私の身体を、ヴィンセントは口づけたまま押さえ込んでいる。

私の身体が激しく震える。跳ねるように揺れている。痙攣を起こしているみたいだ。ヴィンセントを押し返していた手が、今ではすがるようにしがみついている。合わされた唇の隙間、喉の奥から、ひどく熱っぽい……艶《つや》っぽいような声を漏らしている。

その時、ずっとはみ合わせていた唇を、ヴィンセントが不意にぷはっと離した。

顔を上げたヴィンセントが、私を……人形の私を睨むように見据えて、鋭く叫ぶ。

「エステル、俺を呼べ‼」

ヴィンセント？

何が起きているかも分からないまま、私は動かない唇で必死に叫んだ。


ヴィンセントヴィンセントヴィンセントヴィンセントヴィンセントヴィンセント――‼


世界が暗転していく。何かに吸い込まれていく。大丈夫。怖くない。名前を呼べば、ちっとも怖くなんかない。

「ヴィンセント‼」

悲鳴のような叫びが、本物の叫びが唇から零れて、私は勢いよく咳込んだ。

身体に戻った。元の身体だ。五感のすべてが一気に繋がっていく。

視界が揺れる。羅針盤を合わせるように焦点が絞られていく中、こちらを見下ろしてくる赤銅色の三白眼が、ふっと緩まるのが見えた。

素早く身を起こしたヴィンセントが、枕元に両手を伸ばす。

そこに転がる人形を掴み、反対の手で持ち上げた最初の木箱に突っ込んで、素早く蓋を閉める。

そのままぐっと押さえつけて、口の中で何かをつぶやいていく。

なんだろう、という疑問が一瞬よぎるけれど、そんなことよりも、私は体中に覆いかぶさってくるような、圧倒的な熱に身をよじらせた。

「エステル、大丈夫か」

「ヴィンセント……」

腕を伸ばせる。瞬きができる。身体が戻っている。自分の身体に戻っている。よかった。だけど、身体が熱い。火照って燃えるように、身もだえしたくなるほどに。

私の様子を見下ろして、ヴィンセントがちっと舌を打った。

「過度の刺激で意識を飛ばさせようと、感度を倍増させたからな」

独り言のようにつぶやいている言葉の意味も、理解できない。

「ヴィンセント……」

「大丈夫だ、落ち着け。深呼吸して」

「ひあっ……んっ……」

ヴィンセントの指先が頬に触れる。それだけで、軽く意識を失うほどの刺激が背筋を駆け抜けた。

「……だめか。待ってろ。今リュート呼んでくる」

身を起こそうとしたヴィンセントの腕を、必死で掴んだ。

「エステル？」

「ちがうの、ヴィンセント……」

喉がカラカラだ。必死で唇を舐めて、もう一度開く。

「さっきの人形、違うの、あれは、私の願いごとじゃなくて」

ヴィンセントが、赤銅色の瞳を丸くした。

「私はそんなこと……思ってなくて」

悔しい。

抱いてとか疼くとか、研究している間もそんなことばかり考えているとか、私のヴィンセントへの気持ちを、そんな言葉に落とし込まれてしまったことが悔しくて、悲しい。

だけど、何よりも一番悔しくてたまらないのは。

「そうじゃなくて、私の願いは、そんなんじゃなくて」

――好き。

ひどい。ひどいよ。ずっと言いたくて、言いたいのに言えなくて、苦しかった言葉。

だけど、ずっと大切にしていた言葉だ。心の中の私だけの秘密の場所に、一生懸命閉じ込めていたその二文字を。こんなに大切に育ててきた、私の想いを。

私の声で、あんなふうに、ヴィンセントの耳に届けてしまうだなんて。

力が入らない指先で、必死でヴィンセントのシャツの胸元を掴んで引き寄せる。身体が熱い。視界が涙で滲んでいる。

「お願い、ヴィンセント……ちがうの、あれは、私じゃなかったの。信じないで。私の願いじゃないの」

私を見下ろしていたヴィンセントが、くっと下唇を噛むのが見えた。

「……大丈夫だ、エステル、分かってる。あの人形の行動がおまえの望みじゃないってことくらい、俺はちゃんと分かってるから」

ヴィンセントの手が、私の手に重ねられる。

「変な誤解なんか……してないから。安心しろ」

ヴィンセントの手の温かさを感じる。

それだけで、すべてが赦《ゆる》されていくような想いに包まれていく。

「俺こそ……悪かったな、勝手にキスして。それもあんなに長く」

「そんなの、いいよ、全然いいよ」

朦朧とする。身体が熱い。ああ、疼いている。もしかしたら私はいつも、ヴィンセントと一緒に研究をしながら身体を疼かせていたのかもしれない。だとしたら、あの人形が言っていたことは正しいの？

もう、何も分からなくなってしまう。身体だけではなくて、思考までがしびれてくる。

「私を助けるために、ありがとう……ヴィンセントに触られて、嫌なことなんてないもの……」

ひと呼吸おいて、ヴィンセントがなんだか低い声でつぶやく。

「……それってどういう意味」

声が少しかすれている。

それが傷付いた声のように聞こえて、私の方こそ意味が分からなくて泣きたい気持ちになる。

ヴィンセントの掌を頬に当てる。冷たくて大きくて、気持ちがいい。

すりすりとそのまま頬を擦り付けていると、どうしようもない疼きが身体の芯から込み上げてきて……私は思わず、彼の指先をぱくりと咥えて甘噛みした。

「……」

「ヴィンセント……」

ヴィンセントは、はあっと息を吐き出した。

「おまえさ、いくらなんでも、人の気も知らねーで……いや、これも術の効果か……くそっ……」

膝を突いたまま、ヴィンセントはダークシルバーの髪を無造作にかき上げた。

見たことがないような昏い瞳で私を見下ろして、今朝私がきゅっと締めてあげたネクタイに人差し指をひっかけると、一気にほどいてしまう。

真横に伸ばされた腕の先、長い指の間から、ひらりと赤いタイが落ちる。

血を流しているみたいだ、とぼんやりと思った。

ヴィンセントが笑う。赤銅色の三白眼を軽くすがめて、真っ赤な舌をちろりと出して。

「いいぜ、エステル――おまえを解体してやるよ」

「エステルの乳首ってさ、胸の大きさの割に小さいよな」

ちゅっと左の胸の先を吸い上げて、周囲を舌先でくるくるとなぞるようにくすぐりながら、ヴィンセントが上目に私を見た。

「そ、んなの、知らな……」

「あー、正確に細かく測りてーな。直径と円周と角度と……あと、勃起率。だめ？」

「ぜ、絶対イヤ……私は魔術古道具じゃないしっ……なんでそんな、意地悪言うの……？」

悪戯っ子みたいにニヤリとしたヴィンセントの赤い舌先が、私の胸の先を弾く。

「んー？　いいだろ、今くらい。おまえの身体、俺に全部数値化させろよ」

「んっ……」

言い返そうとしても、もう力が入らない。ただただ甘えた声を喉奥から漏らしながら、背中をそらすことしかできない。

硬い床の上にヴィンセントのマントを敷いただけ。なのに体中がふわふわしたものに包まれて、まるで雲の上にいるみたいだ。

ずり下ろしたスリップの下、胸当てをはずして剥き出しになった私の胸を包むように持ち上げて、ヴィンセントがその先に舌を這わせている。

そこは唾液で濡れて、ぷっくりと膨らんで……だけど、身体の奥に灯ったままの焰《ほのお》がずっとくすぶり続けているようで。

「ヴィンセント……も、もっと……」

「ん？」

「もっと、さわって……」

恥ずかしい。なのにじくじくと燻《くすぶ》る体の中の焔が、もっともっとと追い立ててくるのだ。叫び出したいくらい。泣きながら、ヴィンセントにすがり付いてしまいそうになるくらい。

「おねだりしてんの？　可愛いじゃん」

ニヤリ、とヴィンセントが笑う。

意地悪だ。なんだかさっきから、すごく……ヴィンセントが、いつも以上に意地悪になっている。

スリップがめくり上げられて、ショーツの中に手が入ってくる。ヴィンセントの指が一本、入り口の割れ目をなぞり上げたら、それだけで腰が跳ねあがって。

「あっ……」

「ん。すげ、あふれてる」

ぷちゅんっと音がする。頭の中に響いてくる。

ヴィンセントの指が私の中に入ってきた。身体がそれを飲み込んでいくのが、まるで目の前で見せられているように分かって、勝手に腰が動いてしまう。やだ。恥ずかしい。気持ちいい。助けて。

「ほら、落ち着けって」

ヴィンセントはもう一度、私の胸の先をちゅうっと吸った。

「ああっ」

「触ってやるから、エステルの一番恥ずかしいとこ、見せろよ」

ヴィンセントが私の耳元で囁く。ただただ、低くて甘い彼の声が頭の中に響いてくる。

意地悪。大嫌い。でも大好き。声も指先も、古道具を見つめる真剣な目も、人を食ったような言動も。一人でいる時ふと見せる、どこか寂しそうな表情も。

大好き。ヴィンセントのことが、大好き。

「……泣くなよ」

つぶやいて、ヴィンセントは私が頭をぶつけないよう、マントを引き寄せてくれた。

「大丈夫だから。俺、こんなふうにしかできないけど……でも、おまえの身体の熱いの、ちゃんと解消させてやる。だからそんなふうに……泣くな」

私を見つめる視線が温かくて優しくて、なんだかすごく悲しそうだ。

どうしたの、と問いかけようとしても舌がもつれてうまくいかない私をよそに、ヴィンセントは、私の脚の間に屈み込む。下着を取り去って露わになったその場所にペタリと唇を付けて、あふれるものをぢゅちゅちゅちゅ、と音を立ててすすった。

「んっ……はっ……あんっ……や、んっ……」

ヴィンセントの指が割れ目に当てられて、そこを優しく左右に開く。ぷるりと剥き出しになった敏感な部分を尖らせた舌で転がして、ぢゅち、と吸い込む。その下の入り口に指を入れる。

「んんっ……ぁっ……」

わけの分からないほどの刺激に、勝手に腰が跳ねあがる。内側から震えるような感覚に、息をすることもままならない。

「……俺が上げた以上の感度だな。やっぱりあの人形……」

「え……？」

「いや、なんでもない。エステル、気持ちよくなって」

中に埋められたヴィンセントの指が、ぴたりと一番敏感なところにあてられる。

下から、襞《ひだ》の流れに逆らうようにぞりぞりと擦り上げはじめた。

「あっ……」

「ん、きゅって締まった。イきそう？」

「え、あ、んっ……」

「こないだ、完全にはイけなかっただろ。俺も焦ってたし。今日はイっていいぜ。ほら、ここもぴこんってしてる。ちっちゃいのにいっちょまえに勃《た》って、可愛いな。エステルみたいだ」

言って、小さな粒を指先で弾く。

イくってなに。私みたいってなにが？　もうだめ、頭が回らない。

どんな魔術古道具でも暴いてしまうヴィンセントの、長くて関節の立った器用な指が私の中に
……二本目……まるで襞の一枚一枚を見えているかのようにかき分けて……。

「あっ、や、んっ……」

「ん、きゅうきゅうしてる。あー。すげ。どんどん溢れてくる」

「ヴィンセントっ……あっ……んっ……」

身を起こして乳首の先をちろりと舌先で弾くと、ヴィンセントは中と敏感な粒を指先で弄りながら私の目を見た。必死でヴィンセントに伸ばした手を、指を絡めて繋いでくれながら。

「ヴィンセント……」

「ん？　怖いか？」

私は、勢いよく首を振った。歯の根が合わない。小刻みに揺れる視界にヴィンセントを探して、必死で訴える。

「ヴィンセントが、ぎゅってしてくれるから、怖くない……」

はあっと息を吐き出して、ヴィンセントは歯を食いしばるような表情をした。

変なことを言ってしまっただろうか。呆れられただろうか。

泣きそうになる私にヴィンセントは覆いかぶさって……私の唇に、自分のそれを押し当てた。

さっきの人形にした時とは違う。一瞬触れて離れて、上と下の唇を、ゆっくり挟むようにそれぞれついばんで……それから、はみ合わせるように絡め合わせる。

キスをしながら、私の身体の内側の神経が密集した場所を、角度を付けるように擦り上げた。

ヴィンセントの指先で、神経のひとつぶひとつぶが目を覚ましていくみたいだ。一瞬一瞬で力が抜けて、また覚醒させられる。

「エステル、ん、いい子だ」

「ヴィン、ヴィンセント、あっ……あっ……」

両腕を伸ばして、ヴィンセントの首にしがみつく。また、ヴィンセントがキスをしてくれる。

唇が離れるたびに、熱い息が二人の境界を曖昧にする。

「ヴィンセント、あっ、んっ、あっ……ヴィンセント……」

「ほら、今だけいっぱい俺の名前呼んで。そのまま、怖くない」

内側を擦る指の速度が高まる。粒が剥かれて弾かれて、胸の先が摘ままれて。

身体の奥からぐつぐつと、何かがあふれてくる。

ああ、だめ。あふれる。漏れちゃう。もう無理、もう、ちっとも、堪えられない。

「エステル、ほら、大丈夫だ……俺が、絶対守るから」

ヴィンセントが耳元で囁いて、私の耳朶《みみたぶ》をカリ、と咬んだ。

その瞬間、私は身体をのけぞらせるようにして……。

ああ、大好きなヴィンセントに抱きつけるなんて、こんなふうにいっぱいぎゅうってできるなんて、なんて幸せなんだろう。

一度でいいから、手を繋ぎたかったの。手を繋いで、ぎゅってしたかったの。

ヴィンセントの身体に、温かさに包まれながら。

声にならない声を上げながら……。

恥ずかしい場所から、液体があふれるのを感じる。全身から、一気に力が抜けていく。


「ヴィンス、好きよ」

心臓がキュッと縮んでしまい、思わず近くの柱の陰に身を潜めた。

そっと覗く視線の先、春の花咲く高等部校舎の中庭に、ヴィンセント・クロウが立っている。

彼を取り囲んでいるのは、同じ学年の女子生徒たちだ。

その中の一人が、潤んだ瞳で彼を見つめていた。

聡明で、その上私みたいな庶民にも分け隔てなく接して下さる、侯爵家の令嬢だ。

髪の一本、爪の先までつややかに磨き込まれていて、花の蜜のようないい香りがする。

「私の恋人として、今度の王城での夜会にエスコートして下さらない？」

王太子妃候補の一人として幼少期から最高の家庭教師をつけてきたという彼女は、当然成績も最上位だ。魔術古道具の分野ですら、彼女はヴィンセントと対等に議論をすることもある。

ヴィンセントに想いを寄せる女子生徒は多いけれど、その中でも一番彼に近い存在だと、学院中が噂をしていた。私もそう思う。彼女なら、ヴィンセントの隣に並ぶのにふさわしい。

だけどヴィンセントは、はあ、とため息をついて言ってのけたのだ。

「そういうの期待してんなら、もう俺に話しかけないで」


ひどく暑くて目が覚めた。

さっきのが身体の内側から湧き上がってくる熱ならば、今回は外側からむんわりと包み込んでくるような熱だ。

ひとことで言うと……蒸し暑い！

「ぷはっ……なにこれ！」

身体の上に、私の脱ぎ捨てた下着、服、ボレロ、他にもとにかく布がてんこ盛りに積み重ねられている。

「目、覚めたか」

すぐ隣から声がした。

上半身何も着ないままに惜しげもなく裸を晒して座りこんだヴィンセントが、カチャカチャと古道具をいじっていた。

「ヴィンセント？　ど、どうしたの？　なんで裸……」

「身体に残った毒素出すには、汗も有効だろ」

スリップ一枚の私の身体は、確かにしっとりと汗をかいている。

「ありがとう……」

「ま、おまえの裸見てたらまたなんかしたくなるってのもあったけど。大丈夫か？　体調は？」

「えっと……うん、大丈夫。それどころかなんだか軽くなったみたい」

見上げると目が合った。思わずもう一度、ずるずると布の中にもぐりこんでしまう。

「ヴィンセント、ごめん……私、いろいろ……」

黒い布を頭から被って、小さな声で言った。

ああ、これ、ヴィンセントのマントだ。ヴィンセントの匂いがする。

「あ？」

「いや、えっと、さっきは色々、その、お恥ずかしいことを……」

マントの隙間から目だけ出しておずおずと言うと、ヴィンセントはニヤリと笑った。

「最後は上手にイけたじゃん。下からも毒素噴き出せたし」

「～～～～！　ば、ばかばか!!」

もう一度、ぼふんとマントを被る。

この間の壺の呪いの時とは違う。今回は、あの願いごと人形のせいとはいえ自分からヴィンセントにねだって、甘えて、もっともっとなんて繰り返して、たくさん、たくさん触ってもらって……。

恥ずかしい……。恥ずかしすぎる……。

「言っただろ、おまえが謝ることじゃない」

ヴィンセントは布の山から自分のシャツを抜き出すと無造作に腕を通し、あの人形が入っている細長い木箱を拾い上げた。

「この人形は俺が解析しとく。おまえはちゃんと服着とけ。リュート呼んでくるから、一応診察してもらった方がいい。魂入れ変わるのは、絶対身体に負荷がかかってる」

そう言って、私が被るマントをぽんぽんと優しく叩いてくれた。

「落ち込むことねーぞ。言っただろ。あの人形はおまえの願いを叶えた訳じゃない」

「だ、だって、それじゃ、どうして……」

どうして願いごと人形は、あんなことをしたの？

ヴィンセントは私の前に両脚を折ってしゃがみ、マントを被った私の顔を覗き込む。真剣な顔だと思ったのに、すぐにいつもの意地悪な顔になった。

「分かんねーの？」

「え……？」

「あの人形が、誰の願いを叶えてたのかってことだよ」

膝の上に肘を突いて、赤銅色の三白眼で私を流し見る。答えられず彼の視線の動きを呆然と追う私の鼻先に、ヴィンセントは長い指を一本ずつ立てていく。

「エステルが、俺のこと想ってエロいこと考えてるといいな。ヴィンセントに抱いてほしいとか、いつだって思ってるといいな。何だったら『抱いて』って言いながら服脱いで抱きついてこないかな」

「……な、何言って……」

動揺する私に、ヴィンセントはわずかに唇の端を持ち上げる。とても綺麗な、でも感情が読めない笑顔だ。

「それって、ぜーんぶ俺の願望。おまえを見ながら、毎日毎日そんなこと考えてた。……あの人形、俺のそんなクソみたいな欲望を叶えてくれたってワケ」

ちょっと肩を竦めて、ヴィンセントはすくりと立ち上がる。

「だから安心しろ。おまえが俺に抱いてほしいと思ってるとか、変な誤解してねーから。泣くほど心配しなくていい」

「待って、待ってヴィンセント！」

慌てて身体を起こした。マントを膝で踏んでしまい、つんのめりそうになる。それでも必死で立ち上がり、扉に手を掛けたヴィンセントの背中にしがみついた。

「ヴィンセント、ねえ、違うの。私が泣いていたのは……」

ちっ、と舌を打つ音がした。

マントを被ったままの肩がつかまれたと思ったら、身体が壁に押し付けられて。

顔を上げるより早く、唇を塞がれる。

深くて甘い、甘いキス。

辿るような。命を吹き込んでいくような、そのままとろけていきそうなキスが、どれくらい続いたのだろう。

離れた時には私の脚は力を失って震え、ヴィンセントの唇と私のそれとの間に、唾液が糸のように繋がっていた。

「……分かっただろ。俺はおまえでやらしいことばかり想像してるんだよ。それ以上煽ったら、今度は泣いても止めてやれなくなる」

はあ、と息を吐き出したヴィンセントが掠れた声でつぶやくのを、ズルズルと床にしゃがみこんでいきながら、私は呆然と見上げていた。

「ちゃんと服着てろよ。一応リュートだって男なんだから、そんな格好見せるな」

マントのフードを私に被せると、ヴィンセントは扉から出て行ってしまう。

どうして。

頬が熱い。胸が破裂しそうに打っている。

――あの人形が、誰の願いを叶えてたのかってことだよ。

ちがうよ、ちがうよヴィンセント。

あの人形は、やっぱり私の願いを叶えてくれていたんだよ。

ずっと、ヴィンセントに好きって言いたかったの。キスしたくて、ぎゅってしたくて。そうだよ。

あの壺の呪いがヴィンセントにかかる、ずっとずっと前から。

私だって、そんなことばかり考えていた。

だけど勇気が出なくて。呆れられたくなくて。今あるものが壊れてしまうのが怖くて。

あの時の侯爵令嬢だって届かなかったんだからって。

気まずくなったら、もう一緒に研究することもできなくなるかもしれないからって。

言い訳ばかりを積み上げて、ずっと想いを伝えられないでいた。

だからほら、こんなにもこじれてしまう。

「くぽ」

しゃがみ込んだ私の膝の上に登ってきたクポを掌に掬《すく》い上げて、頬を寄せた。

「クポ……私、明日ヴィンセントに好きって言うよ」

作業部屋の床の上、ヴィンセントの匂いのするマントに包まれたまま。

私とクポはずっとずっと、一緒に小さく丸まっていた。

＊＊

「うわ！　ヴィンス、生きてる？」

冷たい床の上に横たわって目を閉じていると、リュートの声が聞こえた。

「無理」

「よかった、生きてた」

抱えた荷物をガシャガシャさせながら部屋に入ってきたリュートは、俺の傍らに膝を突くと慣れた手つきで脈をとり、熱を測る。

「うん、いつも通り。栄養は摂ってね。食をないがしろにしすぎ」

「エステルは」

「大丈夫だよ。魔術古道具に身体をのっとられていたなんて思えないくらい、呪いの残滓も身体に残ってなかった。応急処置が適切だったんだね」

「ちゃんと服着てたか？」

「……」

無言で蹴飛ばすと、リュートも俺の腹を蹴り返してくる。

「あのね、僕は魔術医療の専門家だよ？　今更エステルの裸見てもなんとも思わないし……うわ、本気で蹴るなよ。見てないってば。ヴィンスのマントを宝物みたいに被ってたよ、エステル」

それにしても相変わらず何もない部屋だね、と言いながら、リュートはベッドに腰掛ける。

学術院の男子寮。研究者が生活する宿舎にある、俺の部屋だ。

ここにあるのは備え付けのベッドと机、それだけ。

この部屋だけに限らない、生まれ育ったクロウ邸の部屋だってそうだった。

余分なものを持たない。面倒な感情を抱かない。大切なものなんてもってのほか。

いつだって捨てられるように。出ていけるように。消えられるように。

俺が何かを置きたくなるのは、あの研究室だけだ。エステルの隣の、あの場所。「不要なものは捨てなさいよ」ってエステルが怒ってくれるから、安心して置くことができる。

「エステル、俺のこと何か言ってなかったか？」

「何も？　ていうかなんかぼーっとしてた。ヴィンス、エステルに何かしたの？」

「魔力にあてられたエステルの身体を触りまくってキスした」

「あー。ごめん、あまり聞きたくなかったなー。友達同士のそういうの」

リュートはさっさと荷物をまとめ始める。

「だけど、最後まではやってない。すげー我慢した。すっげーすっげー我慢した。我慢しすぎて体中の血がちんこに集まって気絶するかと思った」

「それで気絶したヴィンスを治療するの、僕嫌だなー。もう別にこないだ一回してるんだから、普通にまたすればいいのに。それで言えばいいんだよ。エステル大好きだぜって」

「無理。俺に好きとか言いたくないって、エステル泣いてた」

口にするだけで胸が焼けただれそうな事実を早口で報告したのに、リュートは意味が分からなそうに首をかしげている。もう二回目は言えない。きっと俺、泣いちまう。

なのに両手を顔の上に乗せたまま床に横たわる俺を見捨てて、奴は薄情にも部屋を出ていこうとした。

「リュート、エステルに好きな男がいるとかって聞いたことあるか？」

「え」

リュートが立ち止まる気配。俺は死刑宣告を待つような気持ちでじっとしていたけれど、奴はじゅうぶん沈黙した後、静かに言った。

「ヴィンス、それはエステル本人に聞いた方がいい」

「無理。そんなことできるならおまえなんかに聞いてない」

「うじうじ言ってないでさ、かっこつけないで本人に告げなきゃ。エステル人気あるんだよ。もたもたしてたら、すぐに他の男にかっさらわれるよ」

「は？　なんだよそれ」

即座に起き上がった俺から逃げるように、リュートは扉をバタンと閉めた。

「ふざけんなよ……」

あーでもそうだよな。エステルあんなに可愛いんだもんな。いつでもいくらでも、引く手あまたなんだ。本当なら、俺みたいな呪われた男が触れることなんて許されないくらいに。

あの時。

作業部屋に戻ってきて、そこに立つエステルを見た瞬間に俺は内心舌を打った。

いつもと変わらない可愛いエステル。だけど黄緑色の瞳の奥に、いつもとは違う不気味に揺らがない湖面のような静かな魔力を感じたからだ。

俺の中の魔力と呼応する、忌まわしい力。

誰か知らないが、この間の純潔の呪いだけじゃあきたらず、またエステルに手を出したのか。

一瞬で頭に血が上って、すぐにでもエステルの身体からたたき出してやろうかと思ったが、エステルの魂を仕込んだ人形が奴のすぐ手の届く場所に置かれていたことと、容《い》れ物が大事なエステル自身の身体であることを考えると、あまり無茶なことはできないと判断した。

だから理論通り、油断させて人形の魂がエステルの身体に定着しないように刺激を与え続け、隙を見て追い出してやろうとしたんだけれど。

「ヴィンセント、抱いてほしいの」

ああ、たちが悪い。

なるほどね、さすが願いごと人形。最悪だ。俺が悶々と腹の底で転がしていた、エステルへのどす黒い欲望を即座に読み取ってきやがった。

エステルが下着姿になる。夕方の日差しを浴びて透ける、薄桃色の生地。その下には頼りない胸当てに包まれた、やわらかそうなふくらみが見える。

あの純潔の呪いを解いた夜から、俺は何回妄想の中でエステルを穢《けが》したか知れない。

それが今、エステルが……中身はエステルじゃないけれど、少なくとも身体だけはエステルな何者かが、下着姿で俺に抱きついてきたわけだ。

あの時のことを思い出すと、俺なんかにはエステルを好きでいる資格はないと確信してしまう。

エステルが、俺を見上げてくる。

やわらかくて、いい匂いがして。確かなぬくもりと重さを、身体にぴったりと重ねてくる。

ぐらりとした。このままいいようにしてやろうかと、俺の中の邪悪なものが囁いた。

ごめんなエステル。こんなだから、俺、罰が当たったんだ。

俺は刹那的な欲望をどうにか抑えつけ、相手を油断させながらエステルの身体に魔術を施した。

感覚を過敏にする魔術だ。どんな刺激でもいい。視覚でも聴覚でも、とにかく刺激を大量に与え、制御できなくさせてあふれた瞬間に魂を本体と入れ替え、偽物を人形に封じ込める。

性的な刺激は一番単純だ。特にエステルの身体はただでさえ敏感で、俺の指先なんかでも、可哀想なくらい簡単に乱れる。

俺は長いキスをしながらエステルの身体に刺激を与え続け、魔力を注ぎ込み……人形が持つ魔力を俺のそれが超えた瞬間、エステルの魂を呼び戻すことに成功した、わけだけど。

——私は、そんなこと思ってない。あれは、私じゃなかったの。

泣きじゃくりながら必死で訴えてくるエステルの姿に、冷たい水を浴びせられたように感じた。

そうか、そうだよな。

好きでもない男に勝手に自分の身体で好きだとか告げられたら、嫌だよな。怖いよな。

大丈夫だから。俺、変な誤解とか……期待とか、舞い上がったりとか、しないから。

だけどごめん、あの後おまえの身体に残った魔力を掻き出す時、ちょっと意地悪に身体を弄った。あんなに嫌がるってことはさ、本当に好きって伝えたい相手が他にいるのかとか、いろいろ考えちゃって、叫びだしたいような想いにかられたのをぶつけてしまったからだ。

今は俺の腕の中で可愛い声を上げるおまえがさ、いつか別の男に好きって告げるのかなって……。

ベッドの下に突っ込んだままの木箱を引っ張り出す。

ふたを開けるとその中には、金色の髪に赤い服の「願いごと人形」。

人間の欲望を反映してそれを叶えるために動く、哀れな人形？　——笑っちまう。

あの時俺に抱きついてきて、可愛いエステルの声で俺に好きだと囁きながら……こいつは、反対の手で持ったナイフで、俺の首を掻き切ろうとしていたのだから。

人形をひっくり返す。

まず、質量が軽くなっている。もう呪いが抜け出してしまったのだろう。

背中には、焼き印のように焦げた痕。見覚えのある紋の形だ。あの忌まわしい純潔の呪いの時、エステルの身体に浮かび上がった赤黒い紋と、全く同じ。

人形も壺も、北の洞窟から最近発掘されたものだ。雪と氷が溶けて唐突に発掘可能になった古い横穴。そこから俺たちの研究室に運ばれてきた魔術古道具によって、エステルが二度も呪いを受けた。

間違いない。両方とも、最終的な標的は俺だ。

もしもあの時、欲望に我を失った俺があのナイフで首を掻き切られていたら。

俺の命なんかどうでもいい。むしろエステルの手で果てることができるなら本望でもあるんだけれど、エステルはそうは思わないだろう。残されて、罪を背負って生きることになるのだ。

人形を放り出して、床から起き上がった。

ブランケットがたった一枚あるだけの、すっからかんのベッドの上で小さく指を鳴らす。

跳ね上がったブランケットが一度くしゃくしゃになって再び開かれた時、中には俺の愛用品が包まれていた。

レンチやバールなんかの工具がずらりと刺さった革のベルトを、腰に巻いてぱちんと留める。

もう一度ブランケットが揺れて、銀色に輝く片手剣が飛び出してくると俺の手の中に収まった。

それまで誰も開くことができなかったクロウ家の最下層にある地下扉を俺が開いたのは、確か三歳の頃だった。

その奥にあったいろいろなものの中から、ちょうど今みたいに飛び出してきて俺の手に収まったのが、この魔法剣。

忌々しいほどしっくりくる。まるで身体の一部のように。

黙って視線をやると、意志をくみ取るようにそれは短剣の姿に変わり、すました顔して腰のベルト、レンチの隣に収まった。

――エステル。

北の洞窟ってのがなんなのか知ったこっちゃないけれど、そこには俺に対する悪意がある。

俺が唯一大切にしているのがおまえだと知っているから、だからおまえを狙うんだ。

とんでもない大迷惑だよな、エステル。
予備のマントを首元で留めて、俺は部屋の窓枠に足を掛けた。
——ヴィンセントは、学術院始まって以来の本物の天才です!!
昼間のエステルの啖呵を思い出して、ちょっと笑ってしまう。
いいな。エステル。可愛い上に格好いい。それでこそ俺が惚れた女だ。
弾みをつけて、夜の闇の中に飛び出していく。

エステル。
おまえを泣かせる奴は、俺がやっつけてやるからな。

第三章　星空の告白

「エステル待ってよ、無謀だってば‼」

学術院の正門を出ようとする私に、追いかけてきたリュートが叫ぶ。

「問題ないわ。一週間分の休暇を取ったの。その間の講義は課題を用意したし、急を要する報告書も片づけた。念のため、資料は全部先輩と共有してきたし」

「そういうことじゃないよ。一体どこを捜す気なのさ。ヴィンスがどこにいるかも分からないのに！」

焦れたように金茶色の髪をかき上げるリュートを振り返って、私はマントの首元をキュッとかき合わせた。うっすらと火薬の匂い。ヴィンセントが、あの日残してくれたマントだ。

「ヴィンセントはきっと、北の洞窟にいる」

「北の洞窟って、今魔術省やうちの探索員がこぞって調査しているところだろう？　厳戒態勢が敷かれて入り込めるはずないし、得体が知れない横穴だらけって聞くし、危なすぎるよ」

「大丈夫。私だって自分の身を守ることくらいできるから。それに、こっそりもぐりこむつもりはないわ。魔術古道具研究員《ブロカント》として、堂々と調査を要請するのよ」

リュートは大きくため息をつく。

「まだ、たったの三日だろう？　それにヴィンセントが不意にいなくなるなんて、今に始まったことじゃない」

確かに、ヴィンセントは一年に一度ほどふいっといなくなる。

一日で戻る時もあるし、一か月の時もある。国内のあちこちに散らばる魔術古道具の話を聞きつけて、気が付くと一人で調べに行ってしまうのだ。

「そうだけど、でも、今回は絶対に私が探しに行かなくちゃいけないの」

「くぽ！」

マントの首元から、小さな球体の魔術鳥、クポが顔を覗かせる。

「危ないことがあったらクポが教えてくれるし、大丈夫よ」

「でもこいつチョロいからな。三日間餌やっただけで俺のこと完全に信用しちまったし」

「それはヴィンセントが私に危害を及ぼすことなんてないって分かったからだってば」

「それがチョロいって言うんだよ。エステルにとって俺ほど危険な奴はいないのに」

「もう！　ヴィンセントはすぐそういうことを言う！　とにかく私はヴィンセントを探しに行くんだからほっておいて!!」

そこに至ってやっと私とリュートは顔を合わせ、呼吸も合わせて首を真横に向けた。

「俺を探しにどこ行くって？」

「ヴィンセント……!?」

ダークシルバーのくせっ毛をいつもよりさらにくしゃっとさせて、黒い服の上に黒いマントを羽織った学術院魔術古道具研究員、ヴィンセント・クロウはくわっと欠伸をした。

「ヴィンスおかえり！　失踪する時は最初にそう言っとけっていつも言ってるだろう!?」

ぴょんぴょんと飛び跳ねるリュートの横を私の胸元からクポがよたよたと飛んでいき、ヴィンセントの肩にちょんと止まる。

「ただいま、エステル」

ニヤリと笑ってこちらを見るヴィンセントに、私はなんだか、怒りたいような笑いたいような悔しいような、泣きたいような気持ちで告げた。

「……おかえりなさい、ヴィンセント」


「ヴィント、北の洞窟に行っていたんでしょう」

失踪届を回収してこなくちゃ！　と管理課に向かったリュートと別れ、私とヴィンセントは魔術古道具研究学部のいつもの部屋、二つ並んだ私たちの研究室へと向かった。

ヴィンセントの研究室はいつも通りあらゆるものが散乱しているけれど、彼はすぐに違和感に気付いたのだろう。入った瞬間にちょっと首をかしげる。

「勝手に入って調べたの。北の洞窟についての資料がたくさん出て来たわ」

謝らないわよ緊急事態だもの、と胸を張ってみせると、ヴィンセントはけろりとした顔で「いいよ別に、エステルに見られて困るものないし」なんて言う。

「エステルの推理通り、北の洞窟に行ってた。言っただろ。ここしばらくの俺たちに起きた事件、あれ全部あそこから発掘された魔術古道具のせいだから」

「でも、魔術省や探索隊が調査に当たっていたでしょう？」

「あー、なんか大仰に警備してたな。ま、洞窟なんていくらでも抜け道があるし、なかったら開ければいいし。ボンっと」

なんだかものすごく不穏な効果音が出てきた気がするけれど、話が進まないので敢えて口を挟むのはやめておくことにする。

「細かい横穴たくさんあってさ。まだ発掘途中の古道具ゴロゴロしてんの。いくつか面白そうなの拾って来たから、一緒に調べようぜ」

床に散乱する道具類をまたいで進むと、ヴィンセントは壁際の長椅子の上の資料をざざっと床になぎ落とす。椅子に強引に座ると、当然のように自分の隣をぽんぽんと叩くので、つられて隣に腰を下ろしてしまった。

思った以上にヴィンセントとの距離が近くて、ドキドキする。

そんな私をよそにヴィンセントはマントを脱ぐと、ローテーブルの上で逆さにした。

ガチャガチャとたくさんの古道具が落ちてくる。えっ。このマントの中、どうなってるの？

ヴィンセントの肩からよたよたと下りたクポが、嬉しそうに古道具の上で飛び跳ねた。

「それで最終的に洞窟の最深部に着いたのが昨日の夜。そしたらそこに扉があってさ。特別な魔術で閉ざされてるわけ。あそこはまあ……うん、魔術省の奴らには開けられなかったんだろうな」

「ヴィンセント」

まるでその部屋を自分なら開けられたとでも言うような口ぶりに得体の知れない不安が込み上げて、私は思わず口を挟んだ。

「ん？」

「黙っていなくならないで」

「なんだよ。今までだってしょっちゅうあっただろ」

「でも、いつだって心配してた」

ヴィンセントが、赤銅色の三白眼をふっと瞠《みは》る。

「今回は特に、あんなふうに別れたままで、そのままいなくなってしまうんだもの」

「……ああ、悪かったなエステル、あの時は。身体大丈夫か？」

「そうじゃなくて」

私は、もどかしい気持ちでヴィンセントの顔を覗き込んだ。

「ヴィンセント、私ちゃんと伝えたくて。こないだのことだけれど、私は……」

不意に、ヴィンセントが黒いズボンに包まれた長い脚をガタンと投げ出した。

テーブルの上で脚を組んで、椅子の背もたれに背を預ける。

「ちょっとだけ、疲れた。この三日間あまり寝てないから」

「えっ……またそんな無茶をして！　それなら早く医療室に……」

「いいよ」

ふわり、とダークシルバーの髪が私の鼻先をくすぐる。

ヴィンセントが、私の肩に頭をもたれて目を閉じていた。

「ちょっとここで、眠らせて」

「ヴィンセント……」

「ついでにちょっとおっぱい触ってもいい？」

「……怒るよ」

くくっと小さく肩を揺らして笑って、ヴィンセントはふうっと息を吐き出す。

「ここが、一番落ち着く」

風が微かに揺らす窓の外に、明るい青空が見えている。

ヴィンセントのぬくもりを肩に感じたまま、私もそっと目を閉じた。

ことんとくんと鳴る胸の音が、私たちを包んでいくようだ。

ふと目を開くと、ヴィンセントも目を開けていた。

「ヴィンセント、眠るんじゃないの？」

「エステル……」

真剣な目で私を見たヴィンセントは少し首を傾けて、唇を近付けてきて……。

「エステル大変だ！　わ、うわ、うわぁああ～～～!!」

扉をバンと開いて入ってきたリュートが、私たちの姿にこの世の終わりのような声を上げる。

「ごめん、ほんっとうにごめん。そんなつもりじゃなくて本当に。殺さないでまだ生に執着が」

「何言ってるのリュート。ねえ、大変なことって何？」

青ざめた顔で私の後ろの様子を窺っていたリュートが、ハッとしたように私を見る。

「そうだ、今管理部に行ったら急報が届いて……エステルのお母さんが倒れたって！」

息を呑んだ私の肩を、後ろに立ったヴィンセントが力強く支えてくれた。


「『もう、お父さんってば、大袈裟なんだから』」

声が揃ってしまい、ベッドに上半身を起こしたお母さんと顔を見合わせた。

「お母さんが倒れたって言うから飛んで帰ってきたのに！」

「そうだよ。ちょっと転んだだけなのに。話を膨らませすぎ」

王都の外れにある、私の家の二階の寝室だ。

お母さんは、街の人たちと祭りの準備をしている時に階段の上で誰かにぶつかって足を滑らせたのだという。だけど幸い手すりにうまく掴まることができたので、転げ落ちることはなかった。

妻と娘に詰められて、壁際に立ったお父さんはむつりと口の両端を下げた。

「俺は別に、特別に騒ぎ立てた訳じゃない。学術院に知らせたのは向かいの金物屋の親父《おやじ》だ」

「あの人に話させたら風邪が不治の病になるって知ってるだろう。まったく」

呆れたように笑って、お母さんは私を見た。

「悪かったね。忙しいんでしょ、もう帰りなさい」

返事をする前に、私の後ろを覗き込む。

「エステルの同僚の皆さんもわざわざ申し訳ありませんね。こんな素敵な男性を二人も連れてくるなんて、お母さん驚いちゃったよ」

壁にもたれていたヴィンセントがふっと首だけ動かして挨拶らしきものを返す隣で、一歩前に出たリュートが如才《じょさい》なく微笑む。

「いえいえ、急いでいたので手ぶらで申し訳ありません。改めてお見舞いに伺いますね。僕たちエステルさんの同僚ですが、同級生でもあったんですよ。僕が魔術医療研究員のリュート・アンテスで、こちらのちょっと照れ屋なのがエステルさんと同じ魔術古道具研究員のヴィンセント・クロウ」

「あらまあ、クロウ伯爵の！　わざわざこんなこぜまいところに申し訳ありません」

「おい」

お父さんが戸口からボソリと言った。

「俺はもう行くぞ。仕込みが途中なんだ」

「えっ。ちょっとお父さん、店を開けるつもりなの？」

私の声に振り向くこともなく、お父さんはさっさと部屋を出ていってしまった。

「ねえお母さん、お父さんだけで店を開けるなんて」

「知ってるだろ、おじいちゃんが死んでも休まなかったことがお父さんの自慢なんだから、言っても聞かないよ。大丈夫、どうにかするよ。私だって歩けないわけじゃないし、手伝ってくれる人もいるし」

お父さんの相変わらずの頑固さに、思わずため息が出てしまう。

階段から落ちることはなかったけれど、お母さんは転んで足首の骨を痛めているのだ。杖がないとしばらくは歩けないだろう。

「お母さん、私のエプロン捨ててないよね？」

髪をまとめながら言うと、お母さんは眉を吊り上げた。

「いいんだよ、あなたは自分の仕事があるでしょ。もう戻りなさい」

「ちょうど休暇を取ったところだったの。一週間もよ。それに、もうすぐリューナのお祭りでしょ。かき入れ時だわ。私に任せて、お母さんはゆっくり休んで」

両手をぐっと握りしめて笑うと、お母さんは困ったような、ほっとしたような顔をした。

私が魔術学術院《アカデミー》の入学試験に受かった時と、同じ表情だと思った。

「あれ！　エステルじゃないか。綺麗になって！」

「お久しぶりです、マーガおばさん。いつも母がお世話になっています」

「この街一番の出世頭の凱旋だ、乾杯しないとな！　一番大きいジョッキで持ってきてくれ！」

「トットおじさん、お酒の量制限されているのちゃんと覚えていますよ。でも元気そうでよかった」

　お店に立つのは久しぶりなので少し緊張したけれど、街の人たちの懐かしい笑顔に、あっという間に時が戻っていくようだ。学術院の高等部に通っていた三年前までは私はこの家に暮らし、勉強の合間にこうやって店を手伝っていたのだ。

「エステルは魔術を勉強しているんだろ。もう使えるようになったのかい？　私の腰を治しておくれよ」

「ババおばあちゃん、私が研究しているのは魔術ではなくて魔術古道具、だよ。腰にいいクッション当ててあげる。ちょっと待っててね」

　厨房へ続くカウンターから身を乗り出して、お父さんに注文を告げる。手際よく出される料理たちを、どんどんやってくるお客さんたちに出していく。

　一息ついたところで、隅のテーブルに着いている二人のところに駆け寄った。

「ごめんね、お待たせしちゃって。はいこれエールとジュース、それとうちの人気のおつまみ」

　腸詰肉とチーズのオーブン焼きがじゅうじゅうと音を立てる小さな鉄板を、ヴィンセントとリュートの前に置く。お母さん特製配合の香辛料を使ったソースが自慢の一品だ。それからきのこのたっぷり入ったオイル煮も。こちらは私の大好物。

「ありがとう。でも僕らのことは気にしないで他のお客さん優先してね。ねえヴィンス？」

「ああ、別に俺たちは腹減ってねーしな」

「いや、僕は減ってはいるけど」

ヴィンセントはミントのジュースをくっと飲んだ。彼はお酒を飲まない。酔ってパフォーマンスが落ちることが馬鹿らしいと言ってのけるが、きっとすごく弱いんだろうと私とリュートは密《ひそ》かに噂している。

「でも、せっかくついてきてくれたのに申し訳ないし。ヴィンセントも疲れてるでしょ。これ食べたら学術院に戻ってね。辻馬車がまだあるはずだから」

「あ、僕たち近くの宿屋を教えてもらったし、せっかくだからちょっと滞在しようかなと思ってるんだ。お祭りが近いんでしょ？」

「え、でも」

なんだかムスリとした顔でジュースを飲むヴィンセントをちらりと見る。やっぱり疲れているんじゃないかしら。だけど、リュートはニヤニヤしながら続けた。

「ヴィンス、照れてるんだよ。エステルの給仕姿が可愛いから」

「えっ」

私の服装は、赤いストライプのワンピースに、フリル付きの白い前掛けを付けたものだ。

そりゃ、昔はこの店の看板娘なんて言われていたこともあったけれど、十八歳まで着ていたものを改めて二十一歳の自分が着ていると思うと、なんだか恥ずかしくなってくる。

「やだもうリュートってば。からかわないで。ヴィンセントがそんなこと思うわけないでしょ」

「いや」

ヴィンセントが、不意に顔を上げた。

まっすぐこっちを見る赤銅色の三白眼と、目が合う。

しばらくの沈黙の後ヴィンセントがやっと口を開いた時、彼の肩に乗っていた魔術鳥のクポが不意に「くぽー！」と鳴いた。同時にお店の入り口のベルがカランと音を立てる。

「あ、いらっしゃいませ……え？」

「あれ、エステルさん。どうして」

戸口に立って目を丸くしているのは、私たちと同じ学術院で魔術古道具探索部隊の第一隊隊長を務めている、キース・カテルさんだったのだ。

「え、あの、キースさんこそ」

「ああ、この近くで業務があって。ちょうどいいので寄ってみたんです。ほら、前に一緒に食事をした時に教えてくれたでしょう、この街で食堂を営んでいるって」

キースさんはよく通る声で答えた。

「南部の料理が人気だって聞いて、ぜひ来たいと思っていたんです。エステルさんは、なぜここに？」

「えっと、ちょうど休暇で」

「そうなんですか。いやあ、運がいいな僕。エステルさん、その服とても可愛いですね」

キースさんの後ろから、彼と同じ探索隊の制服を着た男の人たちが数人顔をのぞかせた。

「隊長、立ち止まってないで早く入って下さいよ。あれ、この人……魔術古道具研究員の女性ですよね？」

「なんだ、隊長そういうことですか。え、二人、付き合ってるんですか？」

すでに少しお酒が入っているのか、やけに陽気にからかってくる隊員たちに、キースさんが苦笑を浮かべてみせる。

「いや、違うよ。まだ僕の片想いだ。一生懸命口説いてるとこ」

あまりに直球で言い切られて、思わず固まってしまう。

ひゅー！　と隊員たちが一斉にはやし立て始めた。

「なんだなんだ？　エステルを狙っている男だって？」

「こりゃこの街の威信に懸けて、簡単には認められねえな。おいノッポの兄ちゃん、こっちに来い！」

常連のお客さんたちが、両手を打ち鳴らして乗っかってくる。

「親父、婿候補の登場だぞ！　一番強い酒を出してくれ！」

「トットおじさん！　この人はそういうのじゃないから、変なことを言わないで！」

慌てて制する私をよそに、キースさんは笑いながらトットおじさんの向かいに座ってしまった。

「この子の親父はこの街一番の酒豪でな。赤ん坊のエステルを腕に抱いて、嫁にやるならこの酒を壺ごと飲み干せるような男じゃなきゃダメだと言ってたもんだ」

「いつの話よ、もう、お父さん、みんなを止めてよ！」

だけど頼みの綱のお父さんまでが、本当に一番強いお酒を持ってきてしまった。むっつりと黙ったまま大きな壺をドンッとテーブルに置いて、ぎろりとキースさんを見る。

「ちょっとお父さん！　ごめんなさいキースさん、気にしないで。他のお店に移ってくれた方がいいかも」

キースさんは笑って、袖のボタンを外すと腕まくりをした。

「逆に言えば、お酒を飲むだけでエステルさんの婿として認めてもらえるってことですよね？　そんなの、挑戦しないわけないじゃないですか」

彼の後ろに集まった探索員たちが、わあっと野太い声を上げる。

このあたりの街の人たちは、こういう騒ぎが大好きなのだ。なんだなんだとお店の外からも人が覗き込んでくる。あっという間に狭い店内が活気に満ちてしまった。

「よっしゃ兄ちゃん。これが一杯目！」

キースさんの前に置かれたジョッキに、なみなみと壺の酒が注がれる。

これはジョッキで飲むようなお酒じゃないのだ。ショットグラスでちびちびと飲む、ランプの代わりに火がつきそうな強いお酒なのに。

「エステルさん、これ壺一杯飲み干したら、交際申し込んでいいですか？」

キースさんがそんなことまで言い出したものだから、周囲がまた盛り上がってしまう。

「困ります、そんなのは私……」

歓声にかき消されながら必死で声を張った時だ。

乱暴に椅子が引かれて、キースさんの向かい、トットおじさんの隣に黒い服を着た人がどかりと座った。

「もうひと壺用意して」

カン、とテーブルに置かれたのは、さっきまでミントのジュースが入っていたコップだ。

「ヴィンセント！」

「へえ、どうしてこんなところにヴィンセント・クロウが？」

キースさんは、不敵に笑ってジョッキを持ち上げた。

「いいですよ、一度あなたとは勝負しなきゃと思っていた」

思わぬ挑戦者の乱入に、店内の興奮は最高潮に至る。

「酒だ酒!!　エステルをめぐる戦いだぞ!!」

「隊長、ヴィンセント・クロウなんか捻りつぶしてやってください！　そいつ、いつも勝手な指示ばかり出してきて、いいかげん頭来てたんですよ！」

「やだ～どうするの!?　エステルったら、どっちを選ぶの!?」

おじさんたちや探索隊員たちだけではなくて、おばさんたちまで参入してきてしまった。

そうこうしている間にも、ヴィンセントのコップにまで、なみなみとお酒が注がれてしまう。

「ヴィンセント、やめて！　これは本当に強いお酒なの。無茶しないで、お願いだから」

「嫌だ」

コップを持って、ヴィンセントは低い声で言った。

「エステルが賞品で、俺が負けるかよ」

息が止まったように言葉が出ないでいる間に、

「それじゃあいいか？　時間無制限、先に潰れた方が負けだ‼　よ――――い、はじめ‼」

唸《うな》るような歓声が、狭い店の中に響き渡る。


「呼吸も正常だから問題ないと思うけど、もうしばらく休ませておいた方がいいね。気道を確保して、横向きに寝かせて」

リュートは少し乱暴に、ヴィンセントの襟元を緩めると身体を横向きにした。

「限界超えた飲酒なんて自殺行為だ。愚かすぎて腹が立つ」

「ごめんね、常連さんたち、悪ノリするところがあって……」

「悪いのはお客さんたちじゃないよ。挑発に乗ったヴィンスだ」

リュートは大きくため息をついて、「医者としてはそういう意見。だけど友達としては、あそこで出ていかなかったら幻滅だったけど」とつぶやくと、宿の手続きに向かった。

店の中には、私とヴィンセントだけが残される。

ヴィンセントとキースさんのお酒対決は、激戦を極めた。

体力自慢の探索隊で一番お酒に強いというキースさんが余裕の表情でぐいぐいとジョッキのお酒を飲み干していったのはいいとしても、だけどまさかの、ヴィンセントも顔色一つ変えないままに同じペースで飲み続けたのだ。

壺はどんどん空いていき、次から次へと新しいものが持ち込まれ、ついにお店にある最後の壺の封が切られた。

その頃には、他のお客さんたちも探索隊員たちも飲めや歌えやの大騒ぎ。

もう誰も、この勝負の目的が何だったかなんてどうでもよくなっていた中で、ヴィンセントは、いきなり最後の壺の縁を掴み引き寄せると……あろうことか、それに口をつけて直接ごっごっごっと一気に飲み干してしまったのだ。

店中のあっけにとられた視線を集めながら最後の壺を空にすると、ヴィンセントは濡れた口元をぬぐって言い放った。

「エステルをくだらねえことに使ってんじゃねーよ、このむっつりスケベ野郎」

うわあ！　と盛り上がる喧騒の中、さらに次の酒だと声が上がる。何としてもみんなを止めねばと、私が覚悟を決めた時。

「いい加減にしなさ〜い!!」

階段を下りてきたお母さんが杖で大鍋の底を打ち鳴らしながら怒鳴った声でみんなようやく我に返り、狂乱は幕を閉じたのだった。やっぱりまだまだ、お母さんには敵わない。

お客さんたちを送り出す間はけろりとした顔でリュートの隣に立っていたヴィンセントだけれど、最後にキースさんたちが出て行き扉が閉まった瞬間に、まるで空気が抜けたようにその場に崩れ落ちた。

椅子を繋げてクッションを寄せた上にヴィンセントを寝かせてリュートに診察をしてもらっているうちに、何か言いたげにしているお父さんを連れてお母さんは二階の部屋に戻っていった。

だから今、ここにいるのは私とヴィンセントだけだ。

厨房に繋がるカウンターのランプだけが橙色《だいだい》の灯りをともす、それ以外は窓の外もとっくに漆黒の闇。さっきまでの喧騒が嘘のようなお店の中に、私とヴィンセントだけが残されている。

不思議だと思う。

子供の頃から親しんだ、当たり前のように過ごしてきた場所だ。

だけど好きな人がここにいるというだけで、全然知らないところのように思えてきてしまう。

「ん……」

小さな声が聞こえて、私は慌ててヴィンセントの顔を覗き込んだ。

「大丈夫？　苦しい？」

「みず……」

かすれた声に頷いて、用意しておいた水差しからコップに水を注いで差し出す。

ヴィンセントは身を起こして、くしゃくしゃな髪のまま両手でコップを持って飲み干した。

「あいつは？」

「キースさんのこと？　帰ったけど」

「ふーん」

「ねえヴィンセント、大丈夫？　お酒飲み慣れてないのに、あんな無理するなんて」

「食事行ったのか、あいつと」

何のことか一瞬分からなくて、理解すると焦ってしまう。

「違うよ。えっと、一緒には食べたけど……学術院の食堂で私が一人で夕ご飯食べていたら、偶然通りがかったキースさんに相席いいですかって言われて、それでその時に」

「……あっそ」

「とにかく、あんな無茶をしたらだめ。お酒を一気に飲んだら本当に危ないってこと、ちゃんと分かっているでしょう？」

「分かってても」

ぼそっとつぶやいて、ヴィンセントはじっと私を見た。

暗いお店の中で、私たちの視線がゆっくりと絡む。

「感情って、抑えられなくなる時があるんだな」

「ヴィンセント……」

先日の人形の呪いの時に、ヴィンセントに想いを告げようと決めた。

あれからすぐにヴィンセントがいなくなってしまったり、お母さんが倒れたと知らされたりしてうやむやになってしまっていたけれど、だけどもう、私の中には揺るがない決意がある。

「ヴィンセント、私……」

「エステル」

ヴィンセントが、青い顔で口元を押さえている。

「……吐きそう」

「やだ待って！　ちょっと待ってよあと三秒!!」

差し出したタライに顔を突っ込むヴィンセントの背中を撫でながら、とりあえず今日はやめておこう……と思ったのだけれど。


それから数日、私たちは故郷の街に滞在した。

この街は王都の外れにある。

かつては近くの山から自然燃料が採れたこともありそこそこ栄えたそうだけれど、今はそれも枯れ、王都の西の玄関口の一つとしての役割を細々と果たしているような街だ。

うちの食堂があるこの通りは、それでも一応、この街唯一の繁華街だ。

特に今は「リューナのお祭り」を控えていて、最も活気がある時期だった。


「一年で一番、夜空の星が綺麗に見える日なんですって」

昼と夜の営業の間の休み時間、子供たちがお店の裏口に集まってきた。

腰掛に座って野菜の下処理をしながら子供たちにお話をしてあげるのは、ここに住んでいた時の私の日課だった。それをまだ覚えてくれていた子供たちがいることが、なんだかとても嬉しい。

「知ってるよ！　リューナのお祭りの日は、奇跡が起きるんでしょう？」

年かさの子供が身を乗り出す。

「そうよ。星の光がたくさん瞬《またた》いて、いつもなら起きないようなことも起きるかもしれないって。

だから、ちょっと無茶なお願いごととかしておけば叶っちゃうかもしれないよ？」

私が言うと、子供たちは楽しそうに顔を見合わせて笑い合う。

「お星さまってすごいのね。ねえエステル、お星さまの力を使うような魔術古道具ってないの？」

「そうねえ」

芋の芽をとりながら、私は首をかしげてみせる。

「星影の鏡、とかどう？　お星さまはこの世のすべてを見ているでしょう。その力が込められた魔術古道具」

「お話して、エステル！」

「いいわよ。千五百年くらい前、すごく好きな人がいた女魔術師が、いつでも彼の姿が見られるようにって、星の力の魔術をかけた鏡なの」

「すごいすごい‼　エステル、その鏡は学術院で研究した？」

「残念ながら、まだ見つかっていないの。どこにあるんだろうなー。鏡みたいな割れやすいものだから、ちゃんと残ってるといいんだけどなー」

「見つかったら、絶対に私たちにお話してね？」

ひとしきり盛り上がって、もう夕食の時間だよとみんなを帰してから振り向くと、裏口にもたれてヴィンセントが立っていた。

「わ！　びっくりした。どうしたの？」

「ん、これエステルのお父さんに修理頼まれたやつ」

ヴィンセントの手の中に、見覚えのある鞴《ふいご》が収められている。お父さんが調理場で長いこと使っているものだ。

「中のバネから取り換えといた。だいぶ楽に使えるようになってると思う」

ヴィンセントとリュートは、あれから近くの宿屋に滞在している。

街の薬屋さんと仲良くなったリュートは、近くで採れる鉱石が薬に使えるという話を聞き、毎日のように一緒に探しに行っているらしい。

一方ヴィンセントは宿屋の部屋で遅くまで寝たり、ふらりと近くを散歩したりしているうちに、腰に着けた工具類を子供たちに見つかり玩具の修理を頼まれて、さらにそれを伝え聞いた大人たちから農具や台所道具、家の門の蝶番《ちょうつがい》まで、あらゆるものの修理を依頼されるようになったという。

ヴィンセントに頼むと壊れる前よりずっと立派に直してもらえると、今では街中の評判だそうだ。

「お父さんったらそんなものまで。ごめんね、この街のみんなは、あなたが魔術古道具界の有名人だとか知らないから」

「別にいいよ。話聞くの面白かったし。使い込んでていい道具だ」

手の中の古ぼけた鞴の革を撫でながら、ヴィンセントはボソリと言った。

「エステルのお母さん、誰かにぶつかって階段から落ちたって言ってたけどさ、誰とぶつかったかって分かってんの？」

「え？」

思いがけない質問に戸惑いながらも、私は首を横に振った。

「お祭りの準備を町内の人たちとしていた時で、みんな慌ただしくしていたらしいから。お祭り前だし、外から来ている人も多いしね」

「そっか」

ヴィンセントは門に寄りかかって、腕を組んでちょっと笑う。

「星影の鏡の女魔術師は、恋人の浮気を監視するために鏡で見張ってたんじゃなかったっけ？　で、最後は恋人と浮気相手を呪い殺した」

「子供たち相手には、多少の脚色は必要なの」

こほんと咳ばらいをした。

「でも、みんなすげー楽しそうに聞いてたな」

「学院にいるような貴族の子息令嬢たちと違って、ここに暮らすような子たちは魔術古道具の実物なんて見たこともないもの。魔術なんて、おとぎ話みたいなものだと思っているわ」

夕闇が落ちていく通りを、街の人たちが慌ただしく行き来している。

生活に余裕があるわけではない。だけど、ここには生きていくための力があふれている。

「おとぎ話、ね。なんの役にも立たないな」

「そんなことないよ？」

下処理の終わった芋の籠を持ち上げながら、私は笑う。

「おとぎ話はおとぎ話でも、この国に本当にあったお話だもの。あの子たちは、いつか奇跡みたいな魔術が自分たちの生活を変えてくれるって信じているの。かつて確実に存在した魔術が、今もこの国にはひっそりと息づいている。魔術古道具はね、この街の子供たちの希望なの」

振り返って、ヴィンセントが驚いたようにこちらを見ていることに気付いた。

「ヴィンセント？」

「いや、そうか。希望か」

ちょっと首をかしげるように、ヴィンセントが笑う。

「いいな、それ。エステルが魔術古道具を見つめる目が温かい理由が分かる」

その時、お店の裏口からお父さんが顔を出した。ヴィンセントの手の中にある鞴を見て、目を輝かせる。

使い方について話し始めた二人を残して厨房に入ろうとすると、ヴィンセントが私を振り返った。

「エステル、明日の祭り、一緒に回ろうぜ」

「明日って……リューナのお祭り？」

ヴィンセントが笑って頷く隣で、お父さんはまるで聞いていないことを主張するかのように下を向き、鞴をぶかぶかと動かしている。

「う……うん！」

私は目を丸くして、前のめりになりながら大きく頷いていた。


リューナのお祭りの日は、青か黄色のものを身に着けるというしきたりがある。

特に女の子は、星の女神をイメージしたドレスを着るのだけれど。

「お母さん、これ……」

もちろん私にはそんな準備なんてなかったので、いつも通りの服装で回るつもりでいた。

だけどお祭り当日の夕方、私を寝室に呼んだお母さんが、新しいドレスを出してくれたのだ。

白いレース使いのすとんとしたシルエットで、裾には金色にも見える黄色の糸で星の模様がぐるりと刺繍されている。上に羽織るローブは夜空みたいな深い青だ。胸元にはギャザーが寄せられていて、星形のブローチまでついている。

「すごく可愛い。こんなの、どうしたの？」

「あなた、このお祭り好きだったでしょう。毎年ね、あなたがこのお祭りに帰ってくるんじゃないかって、その時に古い衣装しかなかったら可哀想だって、お父さんが。だから、ちょっと前に仕立てておいたんだよ」

戸口でガタンと音がして振り向くと、赤い顔をしたお父さんが慌てたように階段を下りていくのが見えた。

「ああ、だけど誤解しないで。私たちはいつだって、あなたが学術院で活躍しているのを誇りに思っているんだから」

笑って、お母さんはベッドサイドにずらりと並んだ帳面の一冊を開く。そこにはびっしりと、新聞の切り抜きが貼り込まれていた。

「お父さんが買ってきてね、私が切り抜くの。どんなに小さな記事でも、学術院のことが載っていると買ってきちゃうから、もう大変」

「お母さん……」

一人娘の私は、本来なら料理人と結婚して、このお店を継がなくてはいけないはずだった。

無理をして女の子を貴族の学校になんて上げてどうするんだと、親戚から言われていたことも知っている。

だけど、お父さんとお母さんが私の選択を否定したことは一度もなかった。

「ありがとう、お母さん……」

「何言ってるの。ヴィンセントさんと出かけるんでしょ？　伯爵家とか私らにはよく分からないけど、いつだって私たちはエステルの味方だよ。ほら座ってごらん。髪も綺麗にしてあげる」

髪を結ってもらいながら、私は声に出さないでお母さんに話しかける。

お母さん、あのね。私が好きになった人は伯爵家の人で、私たちとは住む世界が違うの。大変かもしれない。傷つくことがあるかもしれない。

でも、私は平気なの。

ここで育ってきて、学術院でヴィンセントに出会えたことを、とても誇りに思っているから。

「ほら、できた。うん、この国で一番可愛い」

子供の頃から、よく言ってくれた言葉だ。私は笑って、一度ぎゅっとお母さんと抱き合ってから階段を下りていく。

お父さんが開いてくれた戸口の向こうに、濃紺のジャケットを着たヴィンセントが立っていた。

街の広場を中心として、リューナのお祭りが始まった。

広場の周囲にはたくさんの出店が並んでいる。うちの店も、芋ハム団子や燻製肉入りの焼きサンド、串に刺した塩漬け肉などを売っている。歩きながら食べられるようにお母さんが手作りした木製のカップに入ったそれらは、お酒にも合うと売れ行き上々だ。

珍しいものやちょっと怪しいものも並ぶお店を冷やかしながら広場の中心へ歩いていくと、そこでは子供たちや恋人同士が音楽にあわせてくるくると踊っていた。

「すごい人ごみだな」

ヴィンセントは、黒いズボンの上に濃紺の立襟ジャケットを着ている。金色の刺繍が施されていて、なんだか王子様みたい。

ダークシルバーの髪を後ろに流した彼は、涼しげな目で私を見た。

「なんだよ」

「ううん。ヴィンセントかっこいい」

「今さら気付いたのか、鈍いな」

ん、と言いながら、ヴィンセントが私に手を差し出す。

「？」と手に持っていた塩漬け肉の串を渡したら、はあ、とため息をつかれた。

「え、なに」

戸惑う私の手を、ヴィンセントが握る。

「ほら、行くぞ」

「……うん」

ヴィンセントの手は、少しだけ冷たい。だけど繋いでいると、だんだん熱くなってくる。

これは、どちらの熱だろう。

少なくとも、私の体温が上昇していっているのは確かだ。


リュートは、広場で披露される青年団のお芝居の端役まで務めていた。完全にこの街に溶け込んでいる。

その様子を並んで見物して、呆れるヴィンセントの隣で笑う。

屋台で買った飲み物に、もしかしたら少しお酒が入っていたのかもしれない。なんだか足元がふわふわするのは、それともやっぱり、ヴィンセントと一緒だからだろうか。

ヴィンセントと二人で、こうやって街を歩くなんて初めてだ。

私たちにとっては、学術院の中で一緒に研究をする時間がすべてで、会話の内容も魔術古道具に関することばかり。それでも私が彼を好きになるには十分だった。

だけどあの頃、ヴィンセントはどんな生活をしていたのだろう。私がこの街で育っていた頃、ヴィンセントは王都で何を思っていたのだろう。

「こういうの、悪くないな」

棒付きの星形飴を舐めながら、ヴィンセントがボソリと言った。

私たちは視線を合わせて、どちらともなく微笑みあう。

ああ。私はこの人のことをもっと知りたい。

たとえそれが、開けてはいけない扉だったとしても。

「ヴィンセント」

その時、ふっとあたりに影が差した。

空を見上げた子供たちが、落胆の声を上げる。雲が、夜空を覆ってしまったのだ。

リューナのお祭りは、一年で星が一番綺麗に見える夜に開催される。星の光を楽しむために元々灯りが最低限まで落とされていた広場は、すっかり薄暗くなってしまった。

「なるほどね」

ヴィンセントはつぶやくと、飴をくわえたまま自分の首元に手を突っ込んだ。

開いた掌の中からちょこちょこと出てきたのは、球体の魔術鳥、クポだ。

「どうするの？」

さらにポケットから出した小瓶の中の液体を、刷毛でクポにひと塗り。

「くぽ！」

「ほら行けクポ。おまえが今日の主役だ」

掲げたヴィンセントの掌から、ふわりとクポが飛び立った。

「わあ、見て！　あれ！」

近くにいた子供が指をさすその先で、クポはよたよたとしながらも、でも少し前までとは比べ物にならないほどのスムーズさで、だんだん高度を上げながら飛んでいく。

その身体は金色に光って、まるでゆっくりゆっくり進む、小さな流れ星のようだ。

「妖精だ！」

「小さなお星さま？」

「ちがうよ、魔法に決まってる‼」

すかさず楽隊が演奏を再開する。それらを見下ろしながら、クポは楽しそうにくるくると広場の上を旋回する。

「すごい……！　クポ、あんなに上手に飛べるようになったの？」

「ここ数日、密かに俺と練習してたから。すげーだろ。あいつ意外と根性あるぜ」

広場中の人の視線がクポに集まっている中、ヴィンセントが、不意に私の手を引き寄せた。

「エステル」

「ヴィ、ヴィンセント……？」

えっと思った時には青いジャケットの胸元に、抱きすくめられている。

「しっ」

耳元で鋭く囁いて、木の陰に私を抱きしめたまま身を寄せた。

「どうしたの？」

「いいから」

ヴィンセントは胸元から何かを取り出すと、ばさりと私と自分の頭上に被せる。

布の感触からマントだとは分かったけれど、違和感に私は戸惑った。

何かを被っているのに、何も被っていない。

大きな布に覆われている感触は確かにあるのに、視線を遮るものは何もないのだ。

「こっち」

ヴィンセントが私の身体を胸に抱き寄せたまま歩き出すと、さらなる違和感が襲った。

すれ違う人が、私たちに気付かない。全く視線を向けないどころか避けようともしない彼らの間を、ヴィンセントは私を導いてすいすいと器用に縫っていく。

これって。これってまさか。

「透明マント……？」

「しっ」

扉を開けて建物に入り、廊下の奥の薄暗い部屋で、ヴィンセントはやっと立ち止まる。

床に落ちた物体の気配をすぐに確認した。やっぱり何も見えない。だけど、触ると分かる確かな繊維の感触。

本物だ。すごい。本物だ。確認する指が震えてくる。

「どうして、これ……」

「北の洞窟の、一番奥で見つけた」

ヴィンセントは窓の外を確認して、ふうと息を吐き出してから私を振り返った。

いつの間に雲が晴れたのか、また星が見えてきていた。

自分たちがどこにいるか分かった。学校だ。私も十五歳まで通っていた、この街唯一の学校。

街の集会などにも使われる、たった一つしかない教室の一番後ろの座席の陰に、私たちはいた。

「これ、ものすごい大発見だよ、ヴィンセント」

目に見えないマントを手繰り寄せながら、興奮を抑えられずに私は言う。

元々、布というものは劣化しやすい。布製の魔術古道具でかつての形状を残しているものですらひどく貴重なのだ。さらにこんな、全く当時と遜色なく機能しているなんて、聞いたことがない。

「それ、おまえにやる」

「え」

「俺の研究室の棚の右下が二重壁になってる。仕掛け錠付けてるけど、エステルなら簡単に解けるはずだ。他にもエステルが使えそうなもの、全部そこに入れといたから」

「ヴィンセント、何を言ってるの」

息苦しいほどの不安が込み上げる私に、ヴィンセントはあっさりと告げた。

「俺さ、魔術古道具研究員、辞めようと思って」

凍り付く私から、ヴィンセントは視線を窓の外に戻した。

「エステル、この街面白いな。子供も大人もすげー話しかけてくるし、やたら距離近いしさ。最初はどうしようかと思ったけど、なんか、すっげー楽しかった」

腰に差していた短剣を抜いて手の中でもてあそびながら、なんてことない雑談のように続ける。

「エステルが子供たちに魔術古道具のこと話していたのも良かった。あんなふうに目をキラキラさせて古道具のこと聞くんだな。エステルのおじさんとおばさんが、エステルのことをめちゃくちゃ大事にしてるのも分かった。エステルがこういうところで育ったんだって、すげー納得できた」

くるりと短剣を手の中で回して、ヴィンセントは穏やかな声で言った。

「俺も、こういうところに生まれたかった」

「ヴィンセント、この街のこと気に入ってくれて嬉しい。それなら、いつでも一緒に遊びにこよう？　みんなだって喜ぶし、私も」

言葉が途切れてしまったのは、ヴィンセントの手の中の短剣がさっきより長くなっていることに気付いたからだ。目の錯覚なんかじゃない。確実にそれは、どんどん長くなっていく。グリップ部分は右手に収まったままなのに、剣身《ブレイド》部分がみるみる倍に。更に長く、今や完全に片手剣の姿に変わっている。

ヴィンセントは、その銀色に光る剣をゆっくりと天井に向けた。

暗い天井一面に、光り輝く星空が広がっていく。

さっき見ていた広場の夜空とは比べ物にならない、まるで天の中に放り出されたような、吸い込まれそうな一面の星空だ。

「……それも、洞窟で見つけた魔術古道具？」

問いかけながらも、違うと魔術古道具研究員としての自分の理性が告げていた。

道具の力を超えている。使い手に素質がないと、こんなことできるはずがない。

ヴィンセントは笑って、私を見た。

「いや。俺の魔術」

私は、ゆっくりと瞬きをした。

「すげーだろ。この国に残る唯一の魔術師だ。もしかしたら世界に一人かも。せっかくだからこの国を出て、力を試してみようかなって」

スカートを両手で握りしめて、私は俯く。

「魔術古道具いじるのもちょっと飽きてきたしな。あとのことはエステルに任せる。次のエースはおまえだぜ？」

「ヴィンセント」

顔を上げた私の表情に、ヴィンセントが眉を寄せる。

私が笑顔だからだ。ちゃんと笑えているからだわ。

ヴィンセントは、いつだって私を困らせる。

貴重な古道具を爆破して、大切な授業の講師役をサボって、どんなに叱られてもどこ吹く風。のらりくらりとかわしてしまう。

想いの片鱗を覗かせて、だけどそれ以上は近付けないで。

十六歳の頃から二十一歳になった今までずっと。

そしてそのまま、私の前から消えようとしている。

だけど、もう許さない。許してあげない。

降るような星空の教室の片隅で私はもう一度笑って、ヴィンセントを見つめて告げた。

「好きだよ、ヴィンセント」

ヴィンセントは、ひどく驚いたような顔をしている。

息を呑み込んで薄い唇を少し開いて、赤銅色の目を見開いて。

そんな顔したって駄目だよ。今度は、私があなたを困らせる番だもの。

「……エステル、俺は……」

その時、ヴィンセントの背後の窓を人影が横切った。

次の瞬間、ヴィンセントは私を抱きしめて床にくるりと転がると、透明マントを頭から被る。

そのまま、私たちはしばらく床の上でじっと身じろぎもせずに息を詰めていた。

ヴィンセントの胸の中、とくんとくんと彼の鼓動が伝わってくる。

どれくらいの時が過ぎただろう。そっと目を上げると、私を見つめるヴィンセントと目が合った。

ああ、この目だ。

魔術古道具を検証する真剣な瞳。すべてを射通してしまいそうな、鋭い光を放つ視線。だけどいつだって、何かを警戒して同時に諦めているような、そのまなざし。

掬い上げられるように顎を上げ、腕の中で身体を伸ばして、私はそのまま自分から、ヴィンセントにキスをした。

少し冷たいヴィンセントの薄い唇に、そっと自分の唇を押し当てる。

苦しくなって一度離れてもう一度あわせようとしたら、両手が左右に開かれ床に押し付けられ、ヴィンセントの方から唇を深く押し当ててきた。

教室の床の上、マントを被ったままの私たちは、薄い空気を求めあうように唇をあわせて、何度も繰り返し舌をあわせて、絡め合わせて、長いながいキスをした。

「エステル……」

苦しそうに、あえぐように、ヴィンセントが唇を離す。

「ヴィンセント、好き」

弾む息の勢いのまま、私は必死で言葉を紡ぐ。余裕なんて最初からない。だけど何度でも何度でも、届くまで何度でも繰り返すのだ。

今までずっと伝えられなかった分、言葉はいくらでも想いと一緒にあふれてくる。

「ヴィンセントのことが、大好きだよ」

仰向けに倒れた私の両手を床に縫い綴じるようにして、覆い被さってくるヴィンセント。その向こう、透明のマント越しに天井を覆い尽くす無数の星空が見える。

今夜はリューナのお祭り。一年で星が一番綺麗に見える夜。奇跡を贈ってくれる日だ。

でも、奇跡なんかいらない。

私のこれから先の人生に、根拠のない幸運なんかなくていい。

だけどお願い。今だけは、私の声をこの人に届けて。

ほんの少し力を込めれば、手首は床から解放された。そのままヴィンセントの両頬を、ぺちんと両手で挟む。

「ねえ、魔力があるって本当？」

「え、ああ……驚いただろ」

「うん、驚いた。だけどすごく、納得した」

ヴィンセントが瞬きする。赤銅色の切れ長の瞳。三白眼なのに涙袋がはっきりしているから、とても甘く、可愛くも見える。

「納得？」

「うん。だってヴィンセント、魔術古道具のこと分かりすぎるんだもの。触れて中を見ただけで、性質と構造を理解しちゃうでしょう。私、どうにかして真似できないかと思った時期もあったけれど、絶対無理だったもの」

目をじっと見つめて、ゆっくりと。噛み締めるように気持ちを告げる。

「ヴィンセントはすごいね。魔力を持つ人間がまだいるなんて。ヴィンセントは、私の、ううん、この街の……ううん、ううん。この国のみんなの、希望だわ」

ヴィンセントは皮肉に笑う。

「違う。俺は呪いを呼ぶから。俺の魔力は災いになる。ここしばらくおまえを巻き込んだ出来事は全部、俺の力を狙う奴らの仕業だ」

笑って、唇を噛んで。息を吐き出すように。ずっと一人で抱えてきた、罪を懺悔するように。

「おまえのお母さんが怪我したのだって……おまえを警備が厚い学術院からこの街に来させるためだ。エステルが、俺の唯一の弱点だって分かってるから。今だって、俺たちのこと監視してる」

ああ、そうなのか。だからそんなに苦しそうにしているのか。

一人で行った北の洞窟の最奥《さいおう》で、ヴィンセントは一体何を見たんだろう。

そこで見た何かが原因で、私たちの前からいなくなろうとしているのだ。私たちを、守るために。

でも、そんなことは許してあげない。

「ヴィンセントがこの国を出ていくって言うのなら、私も一緒に行く」

「は？　そんなのは……」

「あのね、ヴィンセント。この街の人たちはタフなの。私だってそう。ヴィンセントがついてくるなって言っても、私、この透明マントを被って後をつけていくからね？　私の根性知ってるでしょ。どこまでだって、しつこくしつこくついていく。出てくなら、それを覚悟して出ていって」

「なんだよそれ」

ヴィンセントは笑った。その泣きそうな笑顔に触れる。

引き結んで強く噛まれた薄い唇の輪郭を、指先でそっと撫でていく。

「ヴィンセント、好きだよ？　ずっと好きだった。お願いだから、ここにいて」

「……それ、男としてって意味で合ってる？　同級生としてとか同僚としてとかじゃなくて」

「うん。そういうオチじゃないから」

ヴィンセントは何かを言おうとして、唇を少し噛んで……ふっと息を吐き出した。

「……他に好きな男、いるのかと思ってた」

「なんでそんなこと思うかな」

「あの探索隊長は？」

「ヴィンセントだけです」

「……エステルの結婚式で、俺、友人代表の挨拶しなくていいのか？」

「……ごめん、えっと何の話だっけ」

「エステル」

ヴィンセントが、そっと私の頬に触れた。

「はい」

私もその手に自分の手を重ねて、こくんと頷く。

「……好きだ」

「うん」

「すげー好き」

「うん」

「解体したいくらい好き」

「それはちょっと」

「俺、すげーエロいから覚悟して」

私は笑って、両手を伸ばした。

ヴィンセントの身体をぎゅっと抱きしめる。ヴィンセントも、ぎゅっと抱きしめ返してくれた。

「知ってる」


教室の木目の床の上で、私たちは抱き合っている。

私の上に覆いかぶさったヴィンセントは、さっきからずっとキスを繰り返している。

細かく何度もちゅっちゅと音を立てて、唇の裏側まで丁寧になぞって、時々鼻の頭にキスをして、そしてまた唇へと戻る。

「ヴィンセント……」

「ん？」

「マント、被ったまま……」

すっぽりと、私たちは透明マントを被ったまま。床の上で抱き合っているのだ。

「外から見えるといけないから」

まったくそんなこと構わない調子で断言すると、ヴィンセントはまた唇を深く合わせ、舌同士を絡め合わせた。

「エステル」

「はい……？」

「抱くから」

「ま、待って、こんな場所で……」

外から見ているというのは、ヴィンセントを追っている誰かのことだろうか。

さっきヴィンセントが警戒していた何者かが、窓の外から覗くかもしれないということだろうか。

え、ちょっと……そんな状況でこんな教室で、これ以上のことをするというのは……。

「あの、せめて家か、どこか別の場所に移って……」

「こういう時のための透明マントだろ」

絶対違うと思う！　透明マントに謝って！

「無理って言っても無理」

かすれた声で耳元で囁かれて、熱い舌に耳たぶを辿られる。

服の上から胸を掌で包まれる。おへその下あたりに、ぐりぐりと硬いものが当たっている。ちがう。わざと押し付けられているんだ。そう思ったら力が抜けてきちゃう。

「ヴィンセント、ちょっと、落ち着いて……」

「なんで。俺のこと大好きなエステルを今すぐ抱きたい」

切羽詰まった声。余裕のない目で見つめられる。

駄目だよ、非常識、ちょっと待って。色々思うのに、言葉がうまく出てこなくなる。

私はヴィンセントの頬に手を添えて、自分からちゅっとキスをした。

「……うん、いいよ。私も、大好きなヴィンセントをもっと感じたいし」

あーもう、私甘いな……あと今、ちょっと恥ずかしいこと言っちゃった？

目が合って思わず照れ笑いをしたら、一瞬驚いた眼で見返されて、まるで食べられるみたいに深く口づけられた。

キスをしたまま、服が脱がされていく。

手つきはむしろ、いつもよりも丁寧だ。胸元のボタンが、器用な指先に手際よく外されていく。

「この格好、可愛すぎて無表情になった。すげー似合ってる。星のお姫様みたいだった。他の男に見せたくない」

服を剥ぎとられ、下着を上にめくられる。零れた胸を、両手で左右から寄せられた。

「このおっぱいも、俺のこと好きって言ってる」

「何言ってるの」

さっきから、なんだかいつものヴィンセントらしくないことばかりを言っている気がして、こんな時なのについ笑ってしまう。

「ごめん、いつも俺そんなことばかり考えてた。嫌いになる?」

「なるわけないでしょ。ヴィンセント可愛い。大好き」

また、キスをされる。甘く甘く、とろけていきそうな口づけだ。

キスで唇を塞ぎながら、両手の指先で乳首をはじかれ、中に押し込まれて。唇が解放されたと思ったら、じんじんと熱く痺れ始めた胸の先に、ぢゅちゅっと音を立てて吸い付かれた。

「んっ……」

「乳首可愛い。エステルの乳首、くにくにしてだんだん硬くなって、すげー可愛い」

「や、いちいちそんな説明しないで」

「ん」

またキスをされる。たくさんのキスと囁きと、疼くような刺激で熱く溶かされていく。

両方の胸の先が順番に舐められて、舌先でぐるぐると周りを転がされて、ぢゅちゅちゅっと音を立てて吸い上げられて、甘く噛まれて。

ちゅぽんっと乳首を解放してからヴィンセントは私の唇にキスをして、もう一度胸の先を吸い上げる。何度もそれを繰り返されて、私の乳首は赤くなって、じんじんしながらぷっくりと膨らんでしまった。

それを見てヴィンセントは、はあっと息を吐き出す。

「エステルのおっぱいに、俺のものだって名前書いていい？」

おもむろにそんなことを言うから、今度こそ堪《こら》えられなくて笑ってしまった。

「エステルの笑ってる顔、可愛い。だけどもっとやらしい顔も見せてよ」

甘く囁かれたと思ったら、ドレスが足元から器用に脱がされてしまう。

「ガーターベルトとか、本気？　凶悪にエロい」

太腿を撫でられて、ガーターベルトを引っ張られて、恥ずかしくて身体を震わせるとまたキスをされる。キスの繰り返しで、唇がふやけてしまいそうだ。

「エロすぎて嫌だ。俺だけの時にして」

下着の上から、中心に指が当てられる。それだけでもう、くちゅりと音が響いてしまう。

上下にゆっくりなぞられて、ぴったり張り付いた下着の上から、ヴィンセントの器用な指は簡単に私の弱点をあぶり出す。

「ここ、またつんってさせてる。下着の上から優しくとんとんってしてやるな。遠慮なく膨らませて。エステルの恥ずかしいとこ」

「ふっ……きゃ、っ、ああっ……」

「イイ声。でも、あんまでかい声出すと外で探してる奴らに聞こえるかも」

ハッとして唇を引き結ぶ私を、ヴィンセントは面白そうな顔で見下ろしている。

「ヴィンセント、外にいる人って結局誰なの？　そ、れに、それなら、こんなところで……」

「あー、でも今さら止めるとか無理。どこまで声我慢できるか、一緒に実験するしかないな？」

……ヴィンセント・クロウめ……！

ヴィンセントは、下着の上から器用にそこを探り続ける。

敏感すぎる突起にわざと下着の布地を押し当てて、ぴったり張り付いたその上から、爪先でこりこりとなぞるのだ。

「あっ、きゃぅ、だ、め……！」

血が集まる。熱くなる。膨らんで、蕾が開くようにそこから何かがあふれ出す。

声を殺そうと必死で唇に手を当てているけれど、腰が反ってしまって息継ぎもできなくて……。

「んっ……ぁやんっ……ヴィンセント……」

身体が、びくりと意志に反して跳ねた。

「少しイった？　偉いな。可愛い。でも物足りないよな？」

膝をもじもじとこすり合わせる私を見下ろして、ヴィンセントは満足そうに笑うと私の脚を持ち上げて、下着をするすると抜いていく。ガーターベルトも簡単に金具を外してしまう。ヴィンセントの指先にかかると、衣類なんて何の防御にもならないのだ。

くちり、と音を立てて秘所が開かれる。両脚を大きく開かれて、そこを覗き込まれる。

恥ずかしいのに、脚にも身体にも力が入らない。

「とろとろでひくひくしてる」

「っ……」

「あ、またひくってした。エロ」

ヴィンセントの指が中に入ってくる。ぷちゅりと何かがあふれる感覚に、私はぎゅっと目を閉じた。一本。すぐに二本。ちゅこちゅこと音を立ててそこを弄りながら、私の顔を覗き込んだ。

「エステルの中、いつも熱いな。ほら、ここもう膨らんできてる。可愛いな。もっと擦ってやる」

入り口の少し上に指の腹を押し当てて、甘い声で囁かれる。

ちゅこちゅこという水音が、くぐもったマントの中に響いている。

この間の願いごと人形の事件の時も、その前の純潔の呪いの時も、こうやってヴィンセントに身体を隅々まで検証された。恥ずかしくて、でも最終的には訳が分からなくなるくらい気持ちよくて、私はいつも、ヴィンセントの指先ひとつで乱されて、泣いてしまう。

だけど……。

「っ……ぁんっ……」

またピクリと身体を震わせた私を見て、ヴィンセントは中を丹念に探る指を止めた。

「どうした、エステル？　目がとろんとして、今までで一番敏感だな」

「だって……」

はくはくと息継ぎをして、ヴィンセントを見上げる。霞んでいるのは、私が涙目だからだろうか。

「ヴィンセントに、可愛いって……好きって言ってもらうの、嬉しい。それだけで、イっちゃいそうになるから」

「……」

ヴィンセントは、はあっと息を吐き出して勢いよく指を引き抜いた。その動きで思わず声を漏らす私を見下ろしながら、ズボンの前を寛《くつろ》げていく。

「エステルは、ちょっとあれだな」

「あれって……？」

「俺を翻弄しすぎ。少し手加減して。ほんっと非常識」

「ヴィ、ヴィンセントにだけは言われたくないんですけどっ……」

ヴィンセントの取り出したものは、苦しそうなほどに大きくなって、びきびきと存在を主張している。今までもそう思っていたけれど、なんだかさらに一層大きく感じてしまう。

一度息を吐き出して、ヴィンセントはそれを私の入り口に押し当てた。

「エステル、俺のこと好き？」

「ん、大好き」

「あー、もうそれだけで出そう」

ぐりっと入り口をこじ開けて、ヴィンセントが中に入ってくる。

純潔の壺の呪いを解いた時以来、二回目だ。

入り口で一瞬止まる。あれだけ大きかったのに、入った瞬間にまたぐっと質量を増したようだ。

「エステル、すっげー好き」

「んっ……は、んっ……」

「あー、気持ちい」

さらに奥に入ってくる。入り口の突起に指を当てられて、上下に細かくくりくりと揺らされた。

もう、力が入らない。涙があふれる。

「あー、エステルの中最高。あれからずっと、また挿れたいって思ってた。これからはさ、仕事しながらもずっと挿れとこうな。講義とか発表とか呼び出しとか全部無視していいから。約束」

「や、何言って、ちょ、ちょっとま……あんっ……」

時々止まって、ゆるゆると前後して、私の敏感なところをこすり上げながら、ぬちゅぬちゅとさらに奥へと入ってくる。

「エステル、可愛い。すげー可愛い」

屈み込んで、ヴィンセントが私の首筋に唇を寄せた。ちゅっと強く吸い付く。痕がついちゃう。

だけど、もうろれつが回らない。その唇にヴィンセントがキスをして、長く長くちゅくちゅくと音を立てる。

「他の男になんか触らせるな。俺だけにして。エステルを触る男がいたら、ぶっつぶしてやる」

「ま、っ、あっ……あんっ……」

「エステル頑張れ。俺の、全部受け止めて」

胸を揉みながら、パンパンと奥を突き始める。削るように、思い切りたたきつけるように。

二人の間でぐちゅぐちゅと水音がする。訳が分からないくらいの刺激に、私は声を上げる。

「ほら、声我慢しろよ。できるか？」

そのたびに意地悪に耳元で囁かれて、もうどうしたらいいのか分からない。

余裕がない。私はしゃくりあげながら、必死でヴィンセントを見上げて頷くけれど、何に頷いているのか分からない。

パンパンと肌が打ち合う音が響いている。はあっと息を吐き出したヴィンセントが、不意に私の中からずるりと自分を引き抜いた。

唐突な喪失感に身体を震わせていると、後ろから抱きしめられて……そしてまた、グイッと中に入ってくる。

「っ……!?　え、あ、んっ……ま……ヴィンセン……」

「こっちからだと、密着する表面積が増すな。正式に計算しとかないとな」

ぐぷんっと音が頭に響くような感覚がして、お尻から深く貫かれていた。

「や、っ……んっ……」

「あー、なにこれ……すげ。エステル……」

力が入らないまま首だけくいっと後ろを向かされ、舌を絡めてキスされながら、たん、たんと音を立てて突き上げられる。

「あっ、あっ、ヴィンセントっ……」

「ん、エステル、気持ちいい……あー、すげー、いい」

後ろから回された手が、両方の胸の先をくりくり弄ってきゅっと引っ張る。腕を引かれて更に密着されて、ばちゅんばちゅんと突かれて……どんどん奥まで……。

こつん、と最奥を叩かれるような感覚。頭の中に星が散った。

「あっ……」

「エステルの奥、みっけ」

楽しそうにヴィンセントが笑う。

解体されている。

私の身体はすべてをつまびらかにされて、ヴィンセントの手の中でバラバラにされて、気持ちいいところだけを見つけられて、そこを執拗に擦られている。

解体されて、検証されて。私自身に自分の身体を思い知らせていくように。

「ヴィンセント、ヴィンセント……」

「ん、ふ、気持ちい……エステル、すげ……」

ヴィンセントが唇を引き結ぶ。眉を寄せて、それでも容赦なく私を突き上げて、腰を回すように揺らす。

「だめ、声、もれちゃ……」

「ん、口ふさいでやるな」

後ろから、私の口にヴィンセントの指が入ってくる。口の中をまさぐる指に、思わずちゅっと吸い付いてしまう。

「エステル、舌出して」

後ろを向かされて、舌同士を絡めるようにキスされて。

「エステル……出していい？」

「は、んっ……ヴィンセント……」

「出して、その後また抱いていい？」

「んっ……」

「エステル、俺のこと好きって言って？」

両腕を引っ張られて、更に密着された状態で突き上げられる。私は朦朧としながら繰り返す。

「すき、しゅき、好き……」

「ん、可愛い。俺も好きだぜ？　大好きだ」

腕を引かれて後ろから抱きしめられて、私は好き、好きと繰り返す。

も、もしかしてヴィンセントは……今まで、手加減してくれていた？

焼き切れそうな意識の中、ぼんやりとそんなことを考えて、私はそのまま気をやりそうになる。

だけどすぐに揺り動かされて、今度は両脚を大きく開かれると、その奥に口をつけられた。

あふれたものを舐めとられて、吸い上げられて、私は両手で口を押さえたまま、泣きじゃくりながらびくんびくんと跳ね上がる。

ヴィンセントはニヤリと笑って、這って逃げようとした私の片脚をずるると引っ張って自分の肩に抱え上げると、またずぷりと突き刺してくる。深い。今までで……一番奥まで……。

そうやって、ヴィンセントは何度も何度も私を抱いて、好きだと囁いた。

耳の奥に、身体の底に、熱を灯していくように。

心と体のすべてに、ヴィンセント・クロウという名のしるしを刻み込んでいくように。

＊＊

目が覚める瞬間まで、すべてが夢なんじゃないかと思っていた。

だけどいつもよりずっと深い眠りから覚醒すると、腕の中に柔らかな温かさがある。俺に背を預けて目をつぶる、エステルだ。

全身の力が無防備に抜けているのが愛《いと》おしい。くったりともたれかかってくるのが愛おしい。愛おしすぎておかしくなりそうだ。食べてしまいたい。頭から食べて、身体の中に永遠に閉じ込めてしまうのだ。甘い匂いも、額に張り付いた前髪も、伏せたまつ毛も、ぷるぷるのおっぱいも……。

おっぱいを掌で包むと、俺の下半身がきゅっと柔らかく包まれるのを感じた。

そこでやっと、自分がエステルの中に入ったままなことに気付く。

何度も何度も繰り返し、エステルが先に意識を失っても奥の奥まで突き上げて、最奥に突き込んだままの体勢で俺も寝落ちしたってわけか。

もどかしい温かさを再びケダモノのようにむさぼろうとした瞬間、ピシリ、と空気が震えるのを感じた。

ふっとため息をついて、未練がましく一度腰を回してから、エステルの中から俺を抜き出す。出す瞬間入り口で少し引っかかって、エステルがぴくりと震えるのが愛おしい。とろりとそこから液体があふれ出すのを見ると、なんかもう、すぐにまた突っ込みたくなって、暴力的な衝動をどうにか抑えるのが大変だった。

小さな頭をそっと撫でて身体を包むようにジャケットを掛けると、軽くキスしてから教室を出る。

生まれ変わる初日ってのは、きっと今日みたいなことを言うんださてと。


「ダレ探してんの？」

声をかけると、人影は動きを止めた。周囲の気配を探る動きを眺めながら「ここここ」と呼んでやる。

「一晩中探してた？　ご苦労様」

広場の中央に立つ奴は、取り囲む屋台のうち一つの屋根に乗った俺に、やっと気付いたようだ。

開いて屈んだ膝の上で頬杖を突いたまま、ひらひらと片手を振ってみせる。

「一体どこにいたんですか。強い魔力の反応は一晩中感じていたのに、祭りの途中から忽然《こつぜん》と姿が消えてしまった」

「心の汚い奴には見えないところにいたんだよ」

あの時エステルとキスをしながら、俺は俺たちの体を覆う透明マントを一気に大きく膨らませていったのだ。それは瞬時に教室全体を覆い尽くし、壁や窓に密着すると、空間まるごと透明にした。窓から中を覗いても、何も見えなかっただろう。

そうと知らずに必死で声をこらえているエステル、可愛かったな。あーやべ、思い出したらまた勃ってくる。

一度立ち上がって大きく伸びをすると、足元の広場を見渡した。

祭りの翌日ってのは、やっぱ寂しいもんなんだな。

飾りつけだけ残して誰もいなくなった広場は、喧騒の名残をそのままに、ひどく寒々しい。

「さすがムッツリだな。覗き趣味もあるのか、変態」

「あなたにだけは言われたくありません」

学術院魔術古道具探索隊第一隊隊長、キース・カテルは俺を見上げて、ゆったりと笑った。

胸糞悪い笑顔だ。

「ヴィンセント・クロウ。僕と一緒に魔術省に出頭してください。そうすれば手荒なことはしない」

「笑える。おまえが俺に手荒なことができると思ってるわけ？」

「あなたに対しては難しくても、あなたの大切な人に対してはいくらでもできる」

「おまえさ」

面倒くさくなって、一番気になっていることを聞くことにした。

「エステルに粘着してたのって、全部任務のため？」

探索隊長は拍子抜けしたような顔になった。

「何を言い出すかと思ったら……。近付いたのは任務ですよ。だけど可愛い人ですからね。あなたがいなくなった後のことは心配しなくていい。エステルさんのことは、僕がちゃんと面倒を見てあげますよ」

「おまえさ、魔術省のスパイを気取ってるのかもしれねーけど、素質ないから辞めた方がいいぜ？」

右手で左肩を揉んで、コキリと首を鳴らしながら俺はキースを見下ろした。

初披露する相手がこいつなのは不本意だけどしょうがない。

教えてやるか。えー、そうか、聞きたいか？

「おまえが面倒みるとかクソ笑えるわ。エステルが好きなのはおまえじゃねーんだ」

それからたっぷりタメを作って、親指を自分の胸に向ける。

「俺なんだよ。オ・レ。おまえじゃ無理ってこと。ほんとおまえうざいからエステルに一生話しかけるなよ。エステルと俺は……りょ」

あ、やべ。顔がにやけてちょっと噛んじまった。

「両想い、だからな」

すげ。両想いだって。聞いたか？　やベー頬が熱くなる。あーやべ。ニヤニヤするのが止められない。

その上、ついさっきまで俺はエステルを抱いていたからな。呪いとかの不可抗力じゃない。同意の上で、抱いたんだからな。

口元に片手の甲を当ててニヤつきを誤魔化す俺を、キースは眉を寄せて訳が分からないという顔で見上げてくる。

あー、察しが悪いな。もうやだこいつ。早くエステルのところに戻りたい。

「だからなんだっけ、魔術省に出頭しろって？　答えは否、だ。エステルがいる学術院が俺のホームだと決めた。これから先もずっとな」

「そんな強気でいられるのですか？　あなたの弱点はとうに知られています。エステル・シュミットとその家族、この街の人たちに危害が及ぶことがあってもよろしいと？」

キースがすらりと剣を抜いた。おかしいと思ってたんだよな、最初から。

こいつからは、血の臭いがしていた。ただの探索隊隊長じゃ決してまとうことのない類いのもの。

「その剣、魔術古道具？」

「魔術を封じる力が込められた魔術古道具です。切れ味も最高ですよ」

「へー、そんなのあるんだ」

いいな、それ。エステルが喜びそうだ。

「それって、どれくらいまでの魔術を抑え込めるわけ？　絶対量は？　放出とかできんの？　材質は？　発掘したのはあの北の洞窟？」

「研究したいですか？　魔術省に来ればたくさん秘蔵されていますよ」

「あーいいや。めんどくせ」

どうでもいいことをしゃべりながら、シャツのカフスボタンを外して左腕を真横に突き出した。

さっきよりも、だいぶあたりは明るくなってきた。だけどまだ日は昇らない。夜が明ける寸前の薄闇の中、広場に視線をめぐらせる。

ああ、こいつがただの探索隊隊長じゃないってこと、おまえも最初から気付いていたよな。

「くぽー」

のんきな声を上げて、広場をふわふわと金色の光が旋回してくる。

とっさに剣を構えて上空を見上げたキースが、拍子抜けしたような顔になった。

ブリキのような素材の球体の鳥。俺とエステルを両親と思っている魔術鳥のクポは、奴の頭の上をゆっくりと通過すると、突き出した俺の左手の拳の上に、ちょこんと止まる。

「クポ、お疲れ。昨夜のおまえ最高だったぜ」

「くぽ」

やれやれと言うように、クポは身体を震わせる。

「……それ、エステルさんが可愛がっている魔術鳥ですよね。意志を持って動く魔術古道具というのは確かに珍しいですが、だから何だって言うんですか」

呆れた顔で、キースは剣を下ろす。

「なんの時間稼ぎか知りませんが、さっさと降りてきてください。この広場はとうに僕の仲間に包囲されているし、あなたの力の報告も受けています。魔力持ちとはいえ、ほとんど力を制御できていないそうですね？　そんなことでは……」

広場の周囲から、同じように武器を手にした男たちが歩み出てくる。

「クポ、いけるか？」

「くぽ」

クポが前後に揺れた。頷いているんだ。

俺はその動きに合わせるように、腕に魔力を流していく。簡単な流れだ。クポの中の力に呼応させて、魔力を移動させていく。

「……？」

眉を寄せて見上げたキースが、やがてゆっくりと目を見開く。

ぶるん!!　空気を震わせるような振動と共に、クポが身震いをした。同時に尾羽がいきなり俺の身長くらいに伸びる。

羽が波打つように揺れて、左右に大きく広げられる。身体が震えてぐわんと膨らんだと思ったら、嘴から脚に掛けてふさふさの毛がぶわりと覆い、小さなビーズのようだった瞳は黒々と鋭い眼光を走らせながらつり上がっていく。嘴はロングソードのようだ。

瞬く間に巨大な魔鳥へと姿を変えたクポは、風切羽《かざきりばね》を揺らしながら夜明けの空に舞い上がり、俺の周囲をぐるりと回った。

すげーなクポ。今までで最大だ。おまえ本番に強いな。やるじゃん。

「な、なんだその怪物は……」

キースがかすれた声で叫ぶ。

「クロウ家から俺の何を報告されたか知らねーけど、あの家を出てから俺の魔力は信じられねーほど爆上がりしてんだよ」

そうだ。ずっとそれを感じていた。物心ついた頃からどんどん大きくなっていく自分の力は、いつか俺の制御を超えて、周りに牙をむくだろう。漠然とした忌まわしさが真の恐怖に変わったのは、エステルに出会ってからだった。

エステルと一緒に過ごす日々の中で、今まで知らなかった怖れが首をもたげてきたのだ。

俺が喰い散らかされるのはいい。だけどその時、エステルが隣にいたら？

「くうううぅぅぅぽぉぉおぉぉおお」

クポが唸って一度舞い上がる。それだけで風が立って周囲の木々が揺れる。

最近のエステルを巻き込んだ事件、そして北の洞窟の最奥に残された、あの絵。

あれを見た時、俺は思い知った。

化け物なのは俺の力じゃない。俺自身なのだと。

もう、限界だと思った。

クポの本来の能力を含めて、俺の持っているものすべてをエステルに託して。そしてどこか遠くへ行って、この忌まわしい力ごと、俺の存在を消してしまうつもりだったんだ。

だけど、だけどさ。

だけど、エステルは俺を好きだと言ってくれた。

俺の身体をまるですごく大事なもののように、抱きしめてくれた。

大好きだって、大切だって、言ってくれた。

俺のことを、受け入れてくれた。

エステルが好きだ。エステルを泣かせる奴は許せない。たとえそれが、俺自身でも。

はたはたと、熱いものが目じりから後ろに飛んでいく。

舞い降りてきたクポが心配そうにこっちを見たので、俺は自分が泣いていることに気が付いた。

すげー、これが幸せで出る涙ってやつか。すげーなエステル、すげーよ。

「クポ、早くエステルのとこ戻るぞ」

「くぽおぉぉおおおお」

急激に差し込んできた朝の光が、白銀の羽を打つ。

広場の中央へと飛び出していくクポに仲間たちは悲鳴を上げて散り散りになったが、キースは逃げずに剣を構えて立っている。結構やるじゃん。

「くぽおおおぉぉおぉぉおおおおお！！！！」

クポが嘴をぐわりと開いた。その奥から真っ赤な炎が一気に噴き出す。キースの、逃げ惑う仲間たちの頭上をひとなめするように、灼熱の焔が大きく波打つ。

俺は、屋根を軽く蹴った。

クポの動きに視線を奪われて上空を見上げるキースの前にひと飛びで降り立ち、奴が俺に気付いて向き直る瞬間、その口の中にぽん、と小さな塊を放り込む。

「っ……!?」

喉の角度は計算通り。息を呑んだ瞬間に、奴はそれを飲み込んでしまった。

「なっ……おい、何を……何を僕に飲ませた!!」

「爆発玉」

キースは目を見開いて後ずさる。後ろにしゃがみこんでいた仲間に躓いて尻餅をついた奴の前に、俺は屈み込んだ。

「いいか、魔術省に戻って俺の父を名乗る男に伝えろ。俺の大事なものに手を出すな。俺のことを付けまわすな。これ以上変な古道具を送り込んでくるな。そんなに俺と話をしたきゃ、俺の方から会いに行ってやるからそれまで大人しく待っていろってな」

上空を、くぽおと鳴きながらごうんごうんと旋回するクポを指さす。

「ちなみにあれ、あと百羽くらいいるから」

キースの仲間が喉から変な声を出した。

クポ、おまえの花嫁探しが急務だな。恋人の作り方は俺が教えてやるから、大急ぎで子孫増やしてくれ。

「ってことを、今すぐ魔術省に戻って伝えろ。制限時間は……そうだな、太陽が四十五度に昇るまで。それまでにちゃんと伝えられれば、その爆発玉は爆発しない。でもこれ以上ここでだらだらしていたり、言った通りに伝えなかったりしたら……」

奴の目の前に拳を上に向けて突きだすと、俺は唇を「ぱあん」という形に動かしながら、五本の指を開いてみせた。

「……っ……クロウ家を、魔術省を敵に回すのか……」

「忘れるな。選択権はいつだって俺の方だ」

なおも何かを言い募ろうとするキースを、仲間たちが背後から羽交《はが》い締《じ》めにした。

「急いでください！」

「猶予がありません!!」

怒鳴りながらキースを引きずって撤退していく。賢い仲間がいるんじゃねーか。

ひらひらと手を振る俺に、キースが叫ぶ。

「覚えていろ、ヴィンセント・クロウ!!」

「残念。俺エステルに関することしか覚えないことにしたから」

頑張れ、急げよと声をかけるとキースは立て続けに何かを罵《のの》り、しかしそのまま捨て台詞を置き土産に広場から姿を消した。

あと二時間で魔術省か。まあギリギリ間に合うだろう。

安心しろよ、元探索隊長。さすがに爆発玉で人をバラしたりしたら、エステルに怒られるからさ。

それは、間に合わなかったとしても別に爆発する類いのものじゃない。

むしろ、間に合うかどうかなんて関係ない。

魔術省に辿り着いて伝言を伝えたら、それが起爆装置だ。

その瞬間、あいつは猛烈な便意に襲われてもんどりうって倒れるだろう。

頑張れ元探索隊長。おまえならやれる。

だけどこれに懲りたらもう二度と、俺のエステルにまとわりつくな。可愛いとかうざいことを言うな。俺のエステルだ。俺の、エステルだからな。

上空を旋回していたクポが、ゆっくりと俺の方に降りてきて……しゅるしゅると縮んでころんと掌の上に転がった。まるでマッチのような小さな炎の名残をくわっと最後に吐き出して。

「お疲れ、クポ。やっぱおまえそれがいいわ。エステルもきっとそう言う」

すーっと朝の空気を吸い込む。

身体の奥底で猛り狂う暴力的な魔力のうねりを、見つめて、理解して、抑え込んでいく。

この数年で急激に目覚めていった俺の魔力は、どくんどくんと耳障りな鼓動を伴いながら、いつだって俺を突き上げてきた。

そんな忌まわしい力を持つ自分が、憎くて気持ち悪くて、呪わしくて。

だけど。

「ヴィンセント……？」

戸惑うような声がして、俺は反射的に振り向いた。

広場の入り口に、星のお姫様が立っている。

青いドレスの裾がふわりと揺れて、胸元の星のブローチがきらりと光る。

大きな少し垂れ気味の瞳はちょっと不安そうに潤み、ふわふわしたハニーブラウンの髪が、額にかかって。小さな両手を、ふっくらした胸元できゅっと握り合わせている。

俺は急いでエステルのところに駆け寄った。

「どうした、エステル？」

「ヴィンセントがいなかったから、驚いて」

「クポを迎えに来たんだよ。昨日頑張ってたもんな」

クポが、俺の指先からエステルの肩に飛び移った。ちょんちょんと跳ねるクポにエステルが顔をほころばせる。

ああ、俺はエステルを笑顔にしたい。泣いてるのも怒ってるのもいつだって可愛いけれど、できることならずっとずっと、この笑顔のままで。

「エステル、ぎゅってしていいか？」

「え……」

「……恋人同士の、朝のハグだ」

昨日のリュートたちの芝居を思い出しながら両手を広げると、エステルは目を丸くして、それからくすぐったそうに微笑んだ。

「うん。おはよう、ヴィンセント」

「おはよう、エステル」

エステルの柔らかな体を抱きしめて、そのまま持ち上げてくるりと回す。

すげー。すげー。触りたくて適当に言っただけだけど、おはようってこんな素晴らしい単語だったか？　これで朝が始まって一日が幕を開けるって、そんなの最高の予感しかないんだけど。

クポが、嬉しそうに俺たちの周りを飛んでいる。

「驚かせてごめん、どこにもいかないから安心しろ」

そう、俺はもうどこにもいかない。

ここが俺の場所だ。

あれだけ忌まわしかった力。今はどんどん強くなれと心から思える。どんどん、手加減なく強くなれ。

だって、それでエステルを守れるんだから。全部、全部受け止めてやる。

俺はエステルを抱き上げたまま、額を寄せてそしてキスした。

朝の光の中、柔らかな唇を合わせて。

——今からもういちどヤりたいって言ったらエステル怒るかな、なんてことばかりを真剣に考えながら。

第四章　両想いのふたり

「で？　どういう経緯で付き合うことになったわけ？」

馬車の向かいの座席にふんぞり返って座ったリュートが、大袈裟に足を組み替える。

「えっ。それはちょっと……」

「僕には、何が最後の決め手になったのかを聞く権利くらいはあると思うけどな。いや、いいですよ？　お祭りは僕も僕なりに楽しかったしね。あ、でも夜の間二人がどこで何をしていたかとかの詳細報告は必要ないから、念のため」

隣に座るヴィンセントの様子をそっと窺う。

リュートは、私とヴィンセントの唯一の共通の友人であり、この数年、私たちの双方から悩み相談と呼ぶには限りなく不毛な愚痴を聞かされ続けてきた。そんな彼に、今回の顛末を詳しく伝えることはもちろんやぶさかではない。

だけど、どう話したらいいのだろうか。

すべてを話してしまったら、彼まで巻き込むことになってしまうんじゃ……。

そもそも、私もまだ全貌を把握できているわけではないし……。

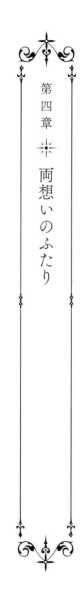

「実は俺には魔力があって、それを魔術省に狙われている。エステルにも被害が及ぶようになったから、これからはエステルの正式な恋人になって奴らに立ち向かうと決めた」

「えっ!? 話しちゃってもいいの、ヴィンセント!?」

「なるほどね。じゃあ、最近の魔術古道具《ブロカント》を使った一連の呪いも、魔術省の差し金ってわけか」

その上リュート、私以上に飲み込みが早くない!?

「だって、さすがに違和感があったからさ。ヴィンスは色々できすぎる。呪いの解呪とか、魔力への耐性とか、天才だからの一言で片付けるのはいくらなんでも無理があると思ってた。むしろそれを聞いてすっきりしたくらいだよ」

「分かる。私も同じ気持ちだったの。だよね！ ヴィンセントには魔力ぐらいあってくれないと納得できないって思うよね！」

嬉しくなってリュートと握手しようと伸ばした私の手を、ヴィンセントが横からぐっと握って自分の膝の上に置いてしまう。

「でもヴィンス、確かによかったの？ 僕にまでこんなに簡単に話してしまって」

「もう色々腹くくったからな。それに、あいつらが俺の弱点を狙ってくるとして、エステルは俺が守るから、そうなると苦し紛れにリュートを標的にしてくる可能性がないとも言えないし」

「ヴィンス……そうか。そんなことになったら正直大迷惑だけど仕方ないね。エステルが恋人に昇格した今、僕は君にとって唯一の友達だもの」

リュートは真剣な顔になった。

「おまえを守るまでは手が回らないから、頑張って自衛してくれ」

がくっとした顔になった。

ヴィンセントは胸元から赤く光る小さな石を取り出すと、指で弾いてリュートの手元に飛ばす。

「それ、一応持っといて」

さっき私の故郷を出てくる前に、ヴィンセントが街のあちこちに埋めていた石と同じものだ。

特に私の両親の家には、母屋から食堂の厨房に客席、床や壁、天井裏に至るまで、ありとあらゆるところに大量に仕込んでいた。

「防御魔術を施した石。ある程度の攻撃魔術なら跳ね返せるから」

エステルにはこれ。と言って、自分の首元から細いチェーンを外す。

ヴィンセントの瞳と同じ強い光を放つ、大きな赤い石がトップに揺れるネックレスだ。

「俺の持ってる限りの加護を注ぎ込んどいたから、肌身離さず着けといて」

「……なんかずいぶん、僕のと輝きが違う気がするけど」

「本当は指輪がいいと思ったんだけど、魔術古道具の研究する時に、大きな石の指輪とか着けてたら邪魔だろ？　ちゃんとした指輪はさ、色々片付いたらすげーの贈るから」

「ヴィンセント、そんなことまで考えてくれていたの？　ありがとう……」

ヴィンセントが私の首に下げてくれたネックレスを、そっと服の上から押さえた。

まだほのかに彼のぬくもりが残っているみたいで、なんだかドキッとしてしまう。

「……エステル、今やらしいこと考えてた？」

「えっ」

「邪魔者がいなくなったら、またたくさんエロいことしような？」

ヴィンセントは、私の耳元に唇を寄せて甘く囁く。

「ねえ、まさかと思うけど邪魔者って僕のことじゃないよね？」

馬車の窓から、王都の最奥にそびえる王城が見えてきた。

王城の中には魔術省がある。それに相対するように、街を挟んで反対側の丘に立つのが私たちの学術院だ。

つかの間の、だけどとてもたくさんのことがあった休暇を経て、私たちはまたここに戻ってきた。

気がせいてくる。早く、あの研究室に戻りたい。

いろいろなことが分かった今だからこそ、読み返したい資料が、落ち着いて考えたいことが、たくさんある。

同じように窓の外を見ていたリュートが、「ねえ、ヴィンス」とさりげなく……おそらく彼は、最初からそれを聞くタイミングを探していたのだろうけれど……言った。

「魔術省の上層部ってことはさ、君を狙っているのは、すなわち君の、父上と兄上たちってことだよね？」

私の膝の上でコロコロと転がっていたクポが、くわっと欠伸をする。

馬車は、学術院の門をくぐろうとしていた。

女子寮へは戻らず、自分の研究室に直行した。

棚から抱えるほどの資料を下ろすと机に積み上げ、まずはこの王国の貴族名鑑を開く。

クロウ伯爵家。

歴史上最も強い力を持っていたという伝説の魔術師、エグモント・クロウがその始祖だ。

約千五百年前、多くの魔術師が権力を奪い合うことで荒《すさ》み切っていた前王朝を倒し、現在に続くラセルバーン王朝をうち建てた、最大の功労者。

その革命で多くの魔術師が命を落とし、それをきっかけに、魔力を持つ者は徐々に数を減らしていくことになる。

そんな中でクロウ伯爵家は、それ以降ずっとラセルバーン王国の魔術を象徴する血筋として君臨し、魔術省の設立後は代々長官も務め、今や伯爵家でありながら王家と並ぶほどの強大な存在感を有しているのだ。

現在の当主は、トマス・クロウ伯爵。ヴィンセントのお父さんだ。

そしてヴィンセントの二人のお兄さんは、共に魔術省の重要な地位に就いている……。

とっくに知っていることばかりだ。

もっと何か、詳しく……どうやって調べれば……。

「そんなに俺のこと知りたい？」

「ひゃ!?」

いきなり耳元で囁かれて、変な声が出た。

後ろから私の身体を挟むように机の左右に両手を突いて、ヴィンセントが手元を覗き込んでくる。

あまりに集中していたので、彼が入ってきたことにも気付かなかった。

「エステルにならなんだって教えてやるよ？　身体のどこが一番感じるかとか、ほくろの数とか、エステルと繋がってる時、何を考えているのかとか」

流れるように軽口を叩いて、ヴィンセントはくくっと笑う。

ヴィンセントと、彼の家族。

学生時代、彼がどんなに優秀な成績を修めようとも、様子すら見に来なかった家族のことだ。

ヴィンセントに直接聞くことがなんだか躊躇《ためら》われてこそこそ調べ始めてしまったけれど、ばれてしまったなら開き直るしかない。

「そうだよ、知りたいの」

ヴィンセントの手に自分の手を重ねて、私は顔だけ振り向いた。

ちょっと癖のあるダークシルバーの髪が揺れる下、目じりの切れ上がった赤銅色の三白眼が私をじっと見つめてくる。ふざけた言葉とは裏腹に、その眼は真剣に私を見つめてくれている。

「ヴィンセントと、クロウ家のことが知りたいの。私を守ると言ってくれるのは嬉しいけれど、まずは状況を知って自分ができることを考えたいし、極力お荷物になりたくない。だって」

重ねた手に、力を込めた。

「私は、巻き込まれたんじゃない。勝手に飛び込んだの。私の意志なの。ヴィンセントのことが好きだから……っんっ……」

手を握られて、抱きしめられるように唇が塞がれる。

唇のあわせめをなぞった舌が、性急に中に押し入ってくる。

食べるような、咬みつくようなキスをしたあと、ヴィンセントはぷっと唇を離した。

「……エステル、俺も好きだ。エステルがいるから、俺、ここに生きている自分が実感できる」

「ヴィンセント……」

「あと、エロいことしたら更に実感できる」

後ろから回された両手の指先が、シャツの上から私の胸先をいじる。

ヴィンセントの長い器用な指は、何の迷いもなく胸の先端の弱いところを見つけ出して、胸全体を包むように揉みながら、先の方をくりくりと押し込んでくる。

「ちょ、ちょっと待ってヴィンセント……」

「エステル、抱きたい」

「駄目だって、神聖な研究室ではダメ、ちょっ……あっ……」

抗議しようとした唇がまたふさがれて、そのまま胸の先をしつこく弄られて。

「あんっ……！」

ヴィンセントに背中を預けた私が、思わず高い声を漏らしたその瞬間。

ガチャリ。

部屋の扉が、ノックもなく開かれた。

一瞬、ヴィンセントが立っているのかと思った。

でも違う。どこか似ているけれど、決定的に違う。

濃紺の上質なセットアップを纏い、漆黒の髪を一分の隙なく整え、細い縁の眼鏡をかけた怜悧《れいり》な美貌の青年が、表情を少しも変えないまま、抱き合う私たちをじっと見ている。

時が止まったような沈黙の中、今度は派手な赤い髪と大きな眼鏡をかけた白衣の女性が、彼の背後から飛び跳ねながら中を覗き込んできた。

「あー、違いますよ、オベロン卿。ヴィンセントの研究室はその隣……って、あれ、ああ～。これはこれは、おやおや～」

オベロン・クロウ……次期クロウ伯爵。ヴィンセントの、一番上のお兄さん。

一体どういう表情を向けていいのか全く分からないまま、未だに私の胸に手を当てているヴィンセントのお腹を、私はぐいぐいと肘で押し続けていた。


「魔術省から次期長官様が単独で、それも人目を憚《はばか》るように現れたもんだからさ、とりあえずお連れしたんだけどね。ほら、珍しいでしょ？　ヴィンセントの家族がここに来るなんて」

さっきからずっとしゃべっているのは、ベティ・エンダー博士だ。

三十代前半で学術院の魔術古道具研究学部長に就任した彼女の研究室は、私たちの部屋の五倍は広いけれど、その九割が古道具で埋まっていた。

どうにか発掘した応接スペースのソファには私とヴィンセント、そして向かい合ってオベロン・クロウが腰を下ろしている。

本来私が同席できるような場ではないと分かっていたのだけれど、ヴィンセントが繋いだ手を放してくれないのをいいことに、ここまでついてきてしまったのだ。

「オベロン卿、いくつになっても弟が可愛いってのはあると思いますがね、ヴィンセントもいい年だ。えっと、二十四歳だっけ？　え？　あんたまだ二十一？　まあ、ちょっとやそっとね、そういう現場を見たからって動揺しないであげてちょうだいな。ああ、その子、エステルは優秀な研究員ですよ。正直、いつくっつくかなって私なんかは賭けのネタにして……えっと、見守っていたくらいでしてね」

「学部長、少し静かにしていましょう」

執務机にもたれてまくし立てる学部長に、彼女の補佐官であるハンス・ボダル教官が静かに告げる。ちょっとホッとしたけれど、学部長が黙ってしまうと部屋は沈黙が支配した。

やがて、水底のように静謐《せいひつ》な声が発せられる。

「何度呼び出しても魔術省にも屋敷にも顔を出さないと思ったら、こんな不埒なことにうつつを抜かしていたのか。情けない」

「情けないって何だよ。羨ましいの間違いだろ」

ヴィンセントはけろりとした顔で言ってのける。ひたすらに居たたまれない。

「話にならないな。相変わらず好き勝手ばかり」

「忘れたのか？　偉大なるクロウ家に迷惑をかけない限りは好きにしていいと俺が八歳の時に誓約したはずだ」

「迷惑の定義を明確にしなかったことを、私はひどく後悔しているところだ」

オベロン卿は、表情を変えることなく淡々と話す。

確か、彼は今年二十八歳になったはずだと、さっきの資料から頭の中で計算した。

切れ長の青い瞳が冷たく光るその面差しは、ぞくりとするほど整っている。

ヴィンセントに似ている。だけど、表情が全然違う。

「はき違えるな。おまえが誰と何をしていようが、興味はない。ただ報告の義務を怠るなと言っているのだ」

魔術省と学術院の合同式典の際などに遠目に見たことはあったけれど、こんな冷酷な表情を浮かべる人だっただろうか。

だけど私の隣で、ヴィンセントはどこ吹く風という顔をしてソファに寄りかかっている。お兄さんからこんなに冷たい目を向けられても何も思わない彼の姿に、せつなさを覚えてしまう。

「今日の用件はこれだ」

胸ポケットから白い封筒を取り出して、テーブルの上をこちらに滑らせる。ヴィンセントは受け取ろうともしないけれど、オベロン卿は構わず続けた。

「来週、魔術省主催の式典がクロウ邸で開催される。魔術の研究において大きな功績を上げた者を表彰する、権威ある式典だ。更に今年はそのあとのクロウ家主催の夜会において、私が爵位と長官の職を父上から継承することが発表される」

「へーそれはおめでとうございます」

「おまえも出席するんだ」

オベロン卿は、眼鏡を押し上げた。

「クロウ伯爵家の爵位継承だ。一応本家の三男であるおまえにも出席の義務はある」

ヴィンセントは、黙ってちらりと封筒を見た。

「そんなことを言うために、あんたが直々ここに来たわけ？　ご苦労なことで」

「父上からの指令だ」

オベロン卿は、ふっと息を吐き出した。

「先日、父上が情報取集の為に使っていた男が一人、謎の病を発症して魔術省の中で倒れた。ヴィンセント、おまえからの伝言を預かってきたらしいな」

ヴィンセントはぷっと噴き出す。

「病って。大丈夫だった？　あいつ、便所間に合った？」

「おまえは……おかしな力を他人に使うなと、昔からあれほど言ってきただろう」

訳が分からないでいる私の隣で、ヴィンセントは笑みを浮かべたまま、低い声で返した。

「クロウ伯爵に伝えろ。今度また俺の大事なエステルやその家族に手を出そうとしたら、次は本物の爆発玉を使ってやるってな」

しかし一瞬の沈黙の後、オベロン卿は眉を寄せた。

「何の話だ」

ヴィンセントは、オベロン卿をまっすぐに見た。しばらく黙って視線を合わせた末に、ふっと息を吐き出す。

「なるほどね、あんたは知らないってことか」

「ヴィンセント、ちゃんと話すんだ」

「いや、いいよ。なあ、父上は相変わらずか？」

その瞬間、それまで揺らぐことのなかったオベロン卿の表情が明らかに変わった。

「……おまえは、何か知っているのか」

「いや、何も？　だから聞いているんだけど。父上は相変わらず、頑固で堅物なのかなと思ってさ」

肩を竦めたヴィンセントにオベロン卿は背筋を伸ばす。ついさっき走った動揺を一瞬で封じ込めてしまった。

「――私の用件はこれで終《しま》いだ。エンダー博士、失礼します。私の今回の訪問に関しては」

「はいはい。記録には残しませんよ」

オベロン卿は軽く頷くと、最後にちらりと私を見た。その切れ長の眼に宿るのは、隠すことのない蔑《さげす》みの色だ。

弟を自室に引き込んでいかがわしいことをしようとしていた身元の知れない女、という認識だろう。……ぐうの音も出ない。

ハンス教官に先導されて、オベロン卿が部屋を出ていく。規則正しい足音が廊下の奥に消えていくまで、私は身じろぎもせずに座っていた。

「相変わらず、カラクリ人形みたいな男だね。あいつこそがクロウ家が秘蔵している魔術古道具の一つなんじゃないかとずっと疑ってるんだけど、本当のところどうなの？」

「そうかもな。笑ったところ見たことないし」

ベティ学部長の軽口に応じながら、ヴィンセントは、どかっとテーブルに両脚を投げ出す。ぎょっとしたけれど、いつの間にか執務机の上に完全に座ってしまっていた学部長は気にする様子もないようだった。

「どうする？　その招待状、こっちで処分しとこうか。どうせ私はその式典出席しなくちゃいけないわけだし、ヴィンセントは急病だとか適当に言っておくけど」

汚れたカップにお茶を注ぎながら、学部長は髪をかき上げる。

「大体、魔術省は無駄な会合や式典が多すぎるんだ。そんなもんにいちいち研究員を駆り出されたらうちだって損失だわよ。あのお役所体質はどうにかならないのかね」

私たちが所属する学術院は教育機関であり、研究機関だ。ただ真実を追求するのみ、いかなる圧力にも屈しないというのが設立当初からの矜持でもある。

対する魔術省は、学部長に言わせると腐った営利団体だそうだ。私利私欲の絡んだ、あらゆる思惑が交錯しているという。

一応名目上は魔術省が学術院の上位組織であるため、予算の管理などを握られているのが腹立たしい、と学部長はいつも憤っている。要するに、二つの組織は伝統的に仲が悪いのだ。

「いや、いい。俺、今回は顔出すから」

オベロン卿が残していった白い封筒を、ヴィンセントは窓から差し込む光にかざした。

「そうなの？　別にいいけど珍しいね」

「それより学部長さ」

ヴィンセントはテーブルから脚を下ろし、ベティ・エンダー学部長を見た。

「ちょっと調べてほしいことがあんだけど」


「ヴィンセント、私そろそろ寮に戻るね」

学部長の研究室から、私たちはそれぞれの研究室に戻った。

さっき読みかけのままにしていた資料を再び開いて読み始めて……だけどさっきほどの集中力は、どうしても発揮できなかった。

遠くから学部棟の鐘の音が聞こえてきた。窓の外は夕焼け色、研究棟はとても静かだ。

一度伸びをして荷物を片付けると、ヴィンセントの研究室を覗いて声を掛けた。

「あーうん、分かった」

ヴィンセントは、馬具のようなものを解体している。

工具と謎のメモが散乱した床の上にしゃがみ込み、「俺はもう少しやってくから」とこちらに背を向けたまま続けた。

いつもの光景だ。今までも何度だって繰り返された光景。いっそ平和だと錯覚してしまうほどに。

「ヴィンセントも、寝落ちなんかしないでちゃんと寮に戻りなよ？　食事も取らなきゃだし、休み明けなんだから、寮の部屋も片付けないと」

「あー、大丈夫。俺の寮の部屋、すげー綺麗なの」

「嘘ばっかり」

「本当だって」

適当な返事をする背中を見つめながら、私は先程の学部長との会話に思いを馳せていた。

ヴィンセントは、自分の父親であるトマス・クロウ伯爵の様子を調べてほしいと頼んだのだ。

——そういえば、こないだ定例に顔出した魔術省の役人が、長官は最近体調を崩しているとかぽろっとこぼしてたけど。

——そこらへん、もう少し探ってくんない？　雰囲気とか言動とか、分かる奴がいたら聞いてほしい。

それは家族を心配する声色ではなく、ただ淡々と事実を知ろうとするようなものだった。

分かっている。私の知っている親子関係と、ヴィンセントが背負うそれは違う。

さっきのオベロン卿の態度だって、弟に対するものとは思えないくらいに冷たかった。

だけど、どうしても聞かずにはいられない。

「ヴィンセント。あの呪いをかけたのは、本当にあなたのお父様なの？」

感傷だけが理由ではない。トマス・クロウ伯爵は規律を乱すことを嫌う人間だというのは有名な話だ。そんな人が、あんな得体の知れない魔術古道具を使った呪いで攻撃してくるだろうか。もっと正面から強権を発動してくるのではないだろうか。

「ヴィンセントは、あの北の洞窟で何を見たの？」

話さないのは、危険なことだからだ。最初、何も言わずに私たちの前から消えようとしていたほどに。

分かっているのに、夕焼けの中しゃがみ込む背中を見ていたら勝手に口が言葉を紡いでいた。

しばらくの沈黙の後、やっぱり顔を上げないまま、ヴィンセントは答える。

「エステル、週末さ、街でデートとかしようぜ。俺、甘いケーキとか食べてみたい。エステルが好きな店、連れてってよ」

ああ、やっぱり。

「うん、そうだね。楽しみにしてる。お疲れ様、ヴィンセント」

精いっぱいに明るく返して、そのまま研究室を出た。

分かっている。守ってくれているのだ。これ以上私を巻き込まないように。

だけどそれがもどかしくて、たまらなく情けない。

想いが通じ合ったからって、欲張りになっては駄目だ。それをかさに着てヴィンセントを追い詰めるようなことだけは、してはいけないと分かっているのに。

唇を噛んで早足に廊下を抜けながら、私は胸元のペンダントをマントの上からそっと押さえた。

そこにヴィンセントのぬくもりを、どうしても今、感じたいと思ったから。

その夜、夢を見た。


あたり一面真っ白な世界。ぐるりと見まわして視線を戻すと、目の前に小さな横顔があった。

白い寝間着を着た、五歳くらいの男の子だ。

爪先がコツンと大理石の床にぶつかる。いつのまにか、薄暗いお屋敷の廊下にいた。

豪奢な扉がわずかに空いて、廊下に光が漏れてきている。その奥を覗くように、その男の子は立っている。

ダークシルバーのくせっ毛。小さな手には古ぼけた毛布を握りしめている。

ぷっくりした頬が赤い。瞳が潤んでいるのは熱があるからだ。

高熱を出してずっと一人で寝ていた彼は、夜中に寂しくてたまらなくなって、誰かいないのと声を上げた。だけど誰も来てくれなくて、冷たい廊下を裸足でペタペタと歩いて、灯りが漏れる扉の前までどうにかたどり着いたのだと。まるでずっと見守ってきたかのように、そんなことまで分かってしまう。

「あれはだめだ。今朝も強い炎を手から出して昏倒《こんとう》した。全く力を制御できていない」

「しかし父上、あの力を利用すれば、我がクロウ家が王家となり替わることも可能なのでは」

「呪われた力だ。母親すらあれを怖がっている。あんな忌まわしい力、始祖であるエグモント・クロウ以来誰にも現れなかったのだ。それなのに今更、あんな悪魔が生まれるなんて！」

扉の奥から響いてくるのは、憎しみに満ちた罵詈雑言《ばりぞうごん》だ。

これ以上聞かせたくなくて男の子の耳を塞ごうと手を伸ばしたら、小さな男の子はいつの間にか、十代前半の少年になっていた。

すっと、彼は視線を扉からそらす。

切れ長の赤銅色の瞳は少し三白眼で、今よりさらにくっきりと見える涙袋にあどけなさが残るけれど、身長は既に私より少し高い。

しなやかな肢体に学術院中等部の制服を纏《まと》った少年は、くるりと向きを変えて、まっすぐに扉から離れていく。

ああ、夢を見ているんだな。その頃には、私はとうに気付いていた。

だから暗闇の中を振り向かずに去っていくヴィンセントの背中が唐突に消えた時にも、あまり驚かないでいられた。

また薄暗い空間にいる。

今度の足元は磨き込まれた大理石なんかではない。ゴツゴツする岩肌だ。

空気がひんやりとしている。暗闇に慣れた目に、あちこちに固まる雪と氷が見えた。

背後から、ヴィンセントが歩いてきた。

今の、二十一歳のヴィンセントだ。

右手に掲げた短剣の先が、まるでランプのようにふんわりと明るく光っていた。

ヴィンセントの後ろにも多数に分岐しながらずっと続く薄暗い道。ここは洞窟の最奥だ。

私に気付くことなく通り過ぎたヴィンセントは、突き当たりの壁に手を置いて、目を閉じると何かをつぶやいた。岩壁が、重たげな音を立てて左右に開いていく。

彼の背中越しに、私も奥を覗き込んだ。

そこは広い部屋だった。おびただしい数の魔術古道具が壁際に並んでいる。

部屋の中央には漆黒の棺《ひつぎ》が横たわり、背後の壁には棺を見守るように古びた旗が掲げられていた。

朽ちかけた黒い布地に赤銅色で描かれた剣と杖、そして星。それはクロウ家の紋章だ。

そんな中、私の視線は旗の隣に飾られた大きな額に吸い寄せられる。

額の中の絵が、なぜかはっきりと見えないのだ。

一生懸命目を凝らしても、焦れば焦るほど靄《もや》がかかったようにぼやけて見える。

その時、私たちの背後から足音が響いてきた。

ハッとして振り返る。ヴィンセントが素早く何かをかぶって姿を消した。

近付いてくる足音。黒い、長いながい影。赤い瞳が暗闇に光る。

足音の持ち主が、角を曲がって姿を見せる――――。


「くぽ……」

鼻先に冷たいものが押し当てられて、目が覚めた。

ぼやけた視界の先で、小さな金属の鳥が私の鼻をつついている。

「あ、ごめんクポ。えっと……こんなところで寝ちゃってたんだ」

女子寮の、見慣れた自分の部屋だった。

冷たい汗をかいている。胸がドキドキと打っていた。

夕食の後、部屋に戻って、なかなか眠れなくて悶々としていて、そのうちふと思いついたことがあり、ずっと机に向かって作業をしていて……そのまま、つっぷして寝落ちしてしまったのだ。

それにしても、今のは一体何だったんだろう。ただの夢にしては、あまりにも明晰だった。

心を落ち着かせなくちゃ。そもそも、机で寝落ちするなんて学部生の試験前日以来だ。こんなことじゃ、ヴィンセントに偉そうなことを言えないわ。

「ありがとう、クポ。ちゃんとベッドで寝ないとね」

椅子から立ち上がってちょっとよろけながら見上げると、クポは今度は部屋の窓をつついている。

「どうしたの、クポ。こんな遅くに外に遊びに行きたいの？　だめだよ、迷子になっちゃったら……って、えっ」

窓に手を突いた瞬間、思わず声が漏れた。

夜明け前の闇の底から、こちらを見上げる人影が見えたからだ。

「ヴィンセント……？」

窓を開けてつぶやくと、ヴィンセントはひらりとこちらに手を振った。

そして両手をポケットに突っ込むと、たたっと寮の建物に助走をつけて駆け寄ってきて……そのまま壁を、たん、たん、たん、と大股で三歩。

次の瞬間には、私の部屋の窓のさんに片手を、窓枠に片足を突いて立っていた。

「えっ……うそ」

シッ、とヴィンセントが唇に指を当てたので、慌てて口をつぐむ。

え、でも、だって、ここ、三階……え、なにが起きたの……壁ってこんなふうに登れるものだっけ……？

「よかった、窓開けてくれて。灯りついてたから、起きてるのかなと思ってさ」

とん、とヴィンセントは中に飛び込むと、物珍しそうに部屋の中を見渡した。

ものすごく言いたいことはたくさんあったけれど、とりあえず冷静になろうと努める。

「ヴィンセント、ここは女子寮だよ。男子が入ったら駄目。窓から飛び込むのも駄目。深夜に入るのも駄目。全部、駄目」

「いいじゃん。俺たち付き合ってるんだから」

「付き合ってたら寮に入っていいとか壁を登っていいとか、そういうのないの。私たち、教官として生徒たちのお手本でもあるんだからね？」

そうなのか？　と、ヴィンセントは心底意外そうな顔をする。こっちの常識が揺らいでしまうような邪気のない顔でずるい。

「でもまあ、もう来ちゃったからちょっとだけ。あー、ここがエステルの部屋か。研究室と同じだけど、もっと甘い匂いがする」

狭い部屋を見渡して、すんすんとヴィンセントは鼻を鳴らす。

ちょっとやめてほしい。

私の部屋は、全然女の子らしくないと思う。昼でも仮眠を取れるようにとカーテンは真っ黒だし、本や実験道具しかない。女子寮内では、悪魔儀式とか監獄とか不名誉な通り名で呼ばれてしまっているような部屋なのだ。女の子らしいものなんて、ひとつもない。

ヴィンセントが来るって分かっていたら、もっとどうにかしておいたのに！　いや、来ちゃ駄目なんだけれど！

「やめてよ、匂いとかかがないで！」

「シー、だろ？　エステル」

また人差し指を口に当てて私の声を封じ込めると、ヴィンセントはベッドに座って靴を脱ぐ。

「しょうがないなあ、エステルは。大きな声出したら隣にばれちゃうのに」

脚を組んで、得意げな子供みたいな笑顔で私を見た。

「ヴィンセント、今までずっと研究室にいたの？」

「うん。気が付いたら外暗くなっててさ。エステルに会いたいなって思って。エステル、部屋ではそういう格好なんだな。びっくりした」

言われて、自分が水色のナイトドレスを着ていることに今更気が付いた。

寝ようとベッドに入ってから思い至って起き上がりそのまま作業をしていたので、寝間着のままだったのだ。

裾はたっぷりしたフリルで飾られていて、胸元には大きなリボンまでついている、必要以上に甘く可愛らしいそれは、もちろん私の趣味ではない。

監獄みたいな部屋だから、せめて寝る時くらい可愛くしなさいよ、と去年の誕生日に学部長が冗談で贈ってくれたものを、勿体ないし誰にも見せないからいいかと惰性で着続けていたことを心底後悔した。

丈は膝下まであるけれど、生地は薄めだ。慌てて椅子に掛けていたガウンを羽織る。

「すげー可愛いの着てるじゃん。似合ってる。そういうの好きなの？」

「やめて、もう、ばか。これは違うの」

「ん」

居たたまれない気持ちで胸元を掻き合わせると、
ヴィンセントが、ベッドの上で両手を広げた。

「え……」

「エステルが足りない。ぎゅっとさせろよ」

こんな夜更けに女子寮に入り込んで、どうしてこの人はこんなに堂々としていられるんだろう。

呆れるし意味が分からないけれど、大真面目な顔で両手を広げるヴィンセントを見ていると、なんだかもう、しょうがないなあ、という気持ちの方が勝ってきてしまう。

自分でもどうかと思うけれど、好きだというのは弱みを握られているようなものだ。

ベッドに近付くと、ぎゅっと抱きしめられる。胸元にダークシルバーの頭がぽふんと埋められて、すりすりとこすりつけられた。

「あーやわらか。いい匂い」

くすぐったくてよじらせた身体はひょいと持ち上げられて、そのまま膝の上に横向きに座らされてしまう。

「エステル」

軽く唇をついばんでから、額同士をこつんとヴィンセントが合わせてくる。

「さっきはごめん。エステルの質問、はぐらかした」

赤銅色の瞳が、すごく真剣に、なんだか不安そうに揺れている。

「あ、でもエステルとデート行きたいってのは本当だぜ？」

「分かってる、それは絶対に行こうね？」

「ん。俺、あんまり金使わねーから結構貯めてるし、欲しいものあったら何でも買ってやるからな。デートってそういうのだろ？」

「うん、ありがとう。でも別に何も買ってくれなくても大丈夫だよ」

ヴィンセントはふぅっと息をついて、唇の両端に力を込めるような表情を浮かべる。何度か口を開いて、逡巡《しゅんじゅん》するように閉じる。その間も、私は彼の腕の中でじっとその様子を見つめていた。

「俺さ、あんまり気持ちを言葉にするの上手くねーから」

「知ってる」

「全く言わねーか、言いすぎるかどっちかになりそうで」

それから長くため息をついて、私をじとっと見た。

「……緊張解くために、ちょっとおっぱい揉んでもいい？」

「……ヴィンセント？」

じとっと見返すと、ヴィンセントは少し笑って、私の額に軽く口づけるとさらりと続けた。

「エステルさっき言ってたよな。ここしばらく俺らのこと狙ってきた呪いとか、魔術とか、そういうの全部俺の父親がやったのかって。答えは半分正解」

ぱちりと瞬きをする私に、ヴィンセントは片方の眉を持ち上げてみせる。

「知ってるよな？　クロウ家の始祖、ラセルバーン王国史上最強の魔術師……エグモント・クロウ。俺を狙っているのはあいつだよ」

さっき見た夢の中の光景が、不意にまざまざと目の前に広がったような気がした。


ひんやりとした空気、雪で濡れた岩の感触、そして暗闇の向こうから響いてくる足音。角を曲がって現れた男の姿が、今でもはっきりと目に焼き付いている。

式典で遠目に見たことがある。トマス・クロウ伯爵だった。

銀色が少し混ざった黒髪をぴしりと整え、すらりと背が高く、年を経ても怜悧に整った風貌を保った彼は、真面目で堅物、融通が利かないことで有名な魔術省長官だ。

その薄い唇が、不意に不敵な形に歪む。

「へえ」

そこに浮かぶのは、好戦的な笑みだ。おおよそ、伯爵には不釣り合いな。

「いいね。こんなところに入り込んでいる輩がいる」

思わず息を呑んだ。その瞬間、透明マントを被って姿は見えないままのヴィンセントが、私の脇をすり抜けていくのを感じた。

その動きに引っ張られるように私の意識も急速にそこから解放され、昇華して、そして唐突に目覚めたのだ。


「俺を狙って攻撃仕掛けてきてるのは、エグモント・クロウだよ」

ヴィンセントの言葉に我に返る。

「……なーんて。こんなこと話しても、普通に信じられねーだろ？　突拍子もないこと言ってるなこいつって」

「信じるよ」

私は前のめりに言い切った。続けて、ついさっき不思議な夢の中で見たことを、身振り手振りで説明する。

「……確かに、あの時なんだか温かい雰囲気を感じたんだよな。エステルの意識だけが時空を渡ってあの場に……？　でもそんなことあり得るのか……？」

ぶつぶつとつぶやいていたかと思ったら、ヴィンセントは不意に私の胸元に手を突っ込む。

「きゃあ!?　こらヴィンセント、おっぱいはまだ駄目!!」

「これの力かも」

ヴィンセントが引っ張り出したのは、昼間私に贈ってくれた赤い石のネックレスだ。

「そうか、俺の魔力をしこたま詰め込んだから、時空に影響を与えたのか。そういう副作用があり得るのか……。あーごめん。怖くなかったか？　他に変なところ行かなかったか？」

「……大丈夫だよ、怖くないし、他は何も見ていない。大丈夫」

前半の、屋敷の廊下に一人で立っていたヴィンセントの姿を思い出しつつ首を横に振る私をじっと見て、ヴィンセントはぎゅっと抱きしめてくれる。

「ねえ、ヴィンセント。エグモント・クロウはあの部屋から復活したってこと？　でも、あの人は……トマス・クロウ長官のように見えたんだけれど」

そう。見た目はクロウ伯爵そのままだった。だけど、確かに違和感があった。

表情、くちぶり、視線の動かし方。

あれはまるで、別人みたい……。

思わず背筋を震わせた私の疑問に、ヴィンセントは肩を竦めてさらりと答える。

「さすがに体は朽ち果てていて、あの棺に残ってたのはエグモント・クロウの魂だけだ。そして奴は今、トマス・クロウの肉体を奪って、好きに動いている」

「……!!」

やっと理解が追い付いた。同時に、今度は違う意味で寒気が走る。

私はヴィンセントの腕の中から強引に身体を離して、彼を見上げた。

「それじゃ、まさか、魔術省が……エグモント・クロウがヴィンセントを狙っている理由って……」

「そ。この王国で現在唯一の、魔力を持った俺の身体が欲しいんだろ。伯爵の身体はあくまで仮住まいで、本命は俺の身体ってわけ。気持ち悪いおっさんだよな。図々しいにもほどがある」

ヴィンセントはうんざりしたようにため息をつくと、私を見て、ふっと笑った。

「でも多分、エステルに出会う前の俺なら、面倒くさくなって身体ごとさっさとくれてやってたかもしれない。エステルと会った後の俺……ついこないだまでの俺は、どこか遠くに逃げてから、利用されないようにこの体を終わらせてやろうとか思ってた。だけど、今は違う」

ヴィンセントは、ひょいと私の身体の向きを変えた。私は彼をまたいでベッドの上に膝立ちになって、ヴィンセントと向き合っている。

「今の俺は、これから先もずっとエステルと面白おかしく生きていきたい。デートして、菓子食べて、たくさん魔術古道具解体して、そんでエロいことしたい。だから安心してろ。父親だろうが始祖だろうが、もう俺らにちょっかい出させないようにしてくるから」

ヴィンセントは笑った。

何かを隠そうとするとか、皮肉にとか、そういうのじゃない。素直にまっすぐ、未来を楽しみにした笑顔だ。

それを確かめて、私はヴィンセントの膝から床へと滑り降りた。

「エステル？」

机の上に、寝落ちするまで作業をしていたものがそのままになっている。工具の下敷きになっていたそれを掴んで、ヴィンセントの前に突き出した。

「ヴィンセント、お守りネックレスありがとう。これ、お返し」

ラセルバーン王国学術院、第一席の卒業生に贈られる緑色のメダル。

珍しい鉱石だけれど、硬度で勝る工具を使えば、理論通り小さな穴を開けることができた。そこにチェーンを通したものだ。

「エステル、これ穴開けちゃったのか？　もらった時すげー喜んでたじゃん。いいのか？　大事なものだったんだろ？」

「大事なものだよ。だから、ヴィンセントにあげるの」

ヴィンセントの首に手を回してネックレスを着けながら、彼の目をじっと見た。

「ヴィンセント、私には魔力はないけれど、このメダルにいっぱいいっぱい、ヴィンセントへの気持ちをこめたよ。だからこれを見たら思い出してね。私やリュートや、学部長やハンスさんや生徒たちや、あと私の両親や街の人たち、みんながヴィンセントを想ってるってこと」

「エステル」

離れようとした私の手首を、ヴィンセントがぎゅっと掴む。

切れ長の目をすがめて笑った。

「俺さ、今まで、何が起きても平気でいられたんだけど」

それから、ふっと俯く。ダークシルバーの髪が乱れて顔にかかった。

「だけど、最近……すげー怖くなることがある。そんな弱さにうんざりするんだけどさ、でもそれだけじゃなくて、なんつーか……あー、うまく言えねーんだけど」

「うん、分かるよ、ヴィンセント」

私は両手を伸ばしてヴィンセントを抱きしめると、彼の唇に唇を当てた。

「それって、幸せって言うんだよ」

それから胸を張って笑顔になって。

「だって私もすっごく幸せになったから。ありがとう、ヴィンセント」

私たちは顔を見合わせて同時に笑って、それからまた、抱き合ってキスをした。

何度も何度も。

お互いの身体がここにあることを確かめて、刻み込んでいくように。

＊＊

講堂に辿り着いたのは、式が終わった後だった。

前夜から解体を始めた魔術古道具の様子がことのほか面白くて、総代を務めるはずだった卒業式のことなんかすっかり忘れていたのだ。

怖い顔をした教官から卒業証書やその他の書類がごそっと突っ込まれた箱を渡されて、散々説教を食らった俺は、うんざりした気持ちで廊下を歩いていた。

窓の向こうには、卒業を喜ぶ生徒たちの姿が見える。

親や兄弟が祝いに訪れ、おおいに盛り上がっている様子だ。何がそんなにめでたいんだろう。毎日続いていたことがある日を境に一旦終わって次のステージに移り、また同じように日々が単調に続いていく。ただそれだけのことなのに、そんなに騒ぎ立てる理由がよく分からない。

その時、抱えている荷物から小さな木箱が転がり落ちた。

反射的に受け止めると、弾みで蓋が開く。小さな緑色のメダルが入っていた。

ああ、優秀な生徒に贈られるとかいうあれか。

もしも、窓の外の皆みたいに俺にも卒業を祝ってくれる家族がいたりしたら、このメダルは何かの意味を持つんだろうか。家族が喜んだり褒めてくれたりして、価値あるものに変わるんだろうか。

なんてな。くだらない。あんなくだらないことに浮かれる奴らもくだらないし、そんなことを考えた俺が、きっと今、この学院で一番くだらない存在だ。

——いっそすべてを、ほんの少し指先に力を加えてぐちゃぐちゃにしてしまったら……。

「ヴィンセント！」

廊下の奥から明るい声が響いてきて、俺はハッとした。

顔を上げると、ハニーブラウンの髪をした女子生徒が、手を振りながら駆けてくるのが見えた。

気持ちがひょこんと立ち上がる。

「エステル。俺の代わりに総代してくれたって？」

「うん。それはちょっと驚いたけど。ねえ、ヴィンセントこれを見て。前学期に書いた論文で学部長の賞をもらえたでしょう。あの功績と、毎日の授業態度が評価されたの！」

はあはあと息を整えて、エステルは両手でそっと小さな箱を開く。

中で光るのは、緑色のメダルだ。珍しい鉱石でできていて、中心に学術院の紋章が彫られている。

さっき見たのと同じメダルとは思えないほどに、エステルの手の中のそれは輝いていた。

「あのね、私たちの学部では、もらえたのは私とヴィンセントだけだって」

俺を見上げて、エステルは誇らしげに笑う。

高等部から入ってきた、学部唯一の奨学生。強い風当たりの中、エステルはひとつひとつ、愚直に結果を出してきた。

元々クロウ家として無駄に一目置かれていた俺なんかとは全然違うスタートラインから、この細い腕で、自分で掴んできた結果だ。

眩しい。キラキラと力強く輝くエステルの瞳は緑色で、このメダルの色とよく似ている。そんなことにすら、俺はその時やっと気が付いた。

「ねえ、ヴィンセント。私が今まで頑張れたのは、ヴィンセントと競争してこられたからだよ。ありがとう。このメダル、一生大切にする」

それからハッとしたように姿勢を正して、エステルは俺を見上げた。

「卒業おめでとう、ヴィンセント。メダル、お揃いだね」

窓から吹き込む暖かな風が、柔らかくウェーブした髪を、微笑むエステルの頬の上で揺らす。

ああ、抱きしめたいな。

俺なんかが触れたら、この柔らかそうな小さな身体を傷つけちまうかもしれないけど。

きつく抱きしめて咬みついて、俺の中にこの、光の中で笑う笑顔を閉じ込めてしまいたい。

そんな奇跡が起きたなら、俺は決して、あのどす黒い衝動に捕まったりはしないのに。


「んっ……」

あれから何年だ？　三年と少しか。俺の腕の中でエステルが今、固く結んだ唇から吐息を漏らしている。

エステルの身体はあの頃散々想像した通り、いや、それ以上に柔らかい。

甘くていい匂いがして、触っていくと、気持ちが境界を越えてあふれていく。

「ほら、声出していいぜ？　聞かせて」

「だ、だめ……あっ……」

さっきから、ずっとエステルの中に自分を収めたまま。

すっかり柔らかくなった内側を堪能して、エステルの弱いところを細かく擦り続けている。

「つ……つ、んっ……」

エステルが眉を寄せる。目をきゅっとつぶって、必死で耐えている。

ぞくぞくする。すげー可愛い。もっと声を出させたくてたまらない。

腰を揺らして一度入り口まで戻すと、エステルが可愛い唇でふぅと息を吐き出すタイミングに合わせて、奥にぐちゅりと突き込んだ。

「はっ……」

眉を寄せて、エステルがギリギリで声をこらえている。前を開いたナイトドレスから覗く白い胸が、ぷるぷると柔らかく揺れている。俺はそれを両手で寄せて、左右の胸の先を指先でつまんだ。きゅっと尖るそこが可愛い。愛おしい。順番に口付けながら、奥をぐちぐちと突き上げる。

「あっ、んっ……ヴィンセ、だ、あっ……」

エステルが、潤んだ目で見上げてくる。細かく首を左右に振る。あー、だめだ。可愛い。好き。食い散らかしたい。骨の髄まで舐めしゃぶりたい。

「エステル、気持ちいい？」

「んっ、そこばかり、擦らないでヴィンセント、声出ちゃう……あっ……」

「いいぜ、声出して。可愛いから」

「ちが、隣に、聞こえ……」

「そうだな、聞こえたらまずいな。みんな驚くな。生徒にも噂になるかもな。真面目なエステル教官が、こんなところで男を咥えこんでるって」

部屋の周りには最初から、どんな音も通さない結界を張っているんだけどな。

いつどこで誰が俺たちの会話を聞いているか分からないから、この部屋に入った瞬間に、ここを外界から遮断したんだ。

あー、でもそんなこと知らないまま涙目で声堪えてるエステル可愛すぎるから、教えないどこ。

「エステル」

「んっ……あっ……」

「可愛いな。すげー可愛い」

ささやいて、わざとちゅくちゅくと音を立てながらキスをする。

それから不意に俺をエステルの中から引き抜いて、くったりした両脚を大きく開いた。

「えっ……な、なに……」

くちり、とさっきまで俺のものを受け入れていた場所を開く。

「とろとろだな。最初に見た時と変わらない。いや、もっととろけてる。すげーエロい」

「や、ばか、見ないでそんなところ……」

散々弄られて奥まで突かれていたのに、まだ涙目で恥ずかしがるエステル。なあ、すげーだろ、この子が俺の恋人で、俺のこと好きだって言ってるんだぜ。

くちりと左右に開いたその細かい襞を尖らせた舌先でめくるようにして、小さな突起をちゅっと吸い出す。

「ふぁっ！」

エステルが喉の奥から悲鳴のような声を漏らす。跳ねあがる足をぐっと押さえつけて、突起を口の中で転がした。

ぷしゅ、と奥から液体が噴き出す。顔を上げて、わざとエステルと目を合わせて舌で口の周りを舐めてみせると、涙目のエステルが真っ赤になる。

あーやばい。ぞくぞくする。もっと恥ずかしがらせたくて、困らせたくてたまらない。

俺は笑ってエステルの身体を抱き上げると、向かい合って座ったまま下から繋がった。

「あっ……」

「ん、エステル、ほら、俺に抱きついて」

突き上げながら唇をあわせる。エステルは涙目で俺にしがみついて、これ以上深く入らないように本能的に必死で逃げようとするけれど、俺はそれよりも早く突き上げて、ぱんっと卑猥な音を立てた。

「や、んっ、ヴィンセント、や、ぎゅってして、ぎゅうって、して、おねがい……」

エステルが俺にしがみついてくる。なにこれ。ふざけんなよ。あ——もう、なんだよ。

「なんでそんな、可愛いんだよっ……」

抱きしめて、舌を絡ませるように口づけた。繋がったところだけじゃない、体中が交ざり合うくらいに。体温が同じになって、全部ぜんぶ。俺とエステルがひとつになればいい。

「エステル、気持ちいいって言って」

「あ、っ、き、もちい……、きもちい、あっ……」

しゃくり上げながら唇を震わせて、エステルが涙目で繰り返す。

「俺のこと、好きって言って」

「ヴィンセント、大好き、大好き……」

エステル、俺は今でもさ。

おまえのためならこの国を手に入れてもいいと思ってる。むしろ滅ぼしてもいい。この国じゃ足りないなら、隣の国も、その隣も。

もしもおまえが喜ぶなら、俺の力を全部使って、世界を作り変えてやりたい。

やっぱりエステルと俺以外の人間なんか必要ないって定期的に思ってしまうし、俺たちを邪魔する奴がいるなら、エステルには考えられないくらい残酷な方法で葬ることも全然平気だ。

だけど、俺はもう知ってるんだ。おまえはそんなことじゃ、絶対に笑わないもんな。

エステル。一緒にデートしてさ、手繋いで、ゆっくり散歩してさ。エステルの家族の話とか聞いて、甘いもの食って、可愛い服とか髪飾りとか、なんかわかんねーけど欲しいものなんでも買ってやってさ、それでキスして手繋いで、エッチなことして眠るんだ。一緒の部屋で。毎晩。それで起きたらまた、エッチなことする。

そういう未来を楽しみに生きることが、きっと幸せって言うんだよな。

なら、俺はそっちにする。

エステルと一緒に、エステルが幸せだと思ってくれる世界で、ずっとずっと生きていく。

「エステル、そろそろイくぞ」

耳を舐めて、きつく抱きしめる。

エステルが幸せを見つけてくれる世界が、俺が生きていく場所でありますように。

「エステル、なんかヨボヨボしてねーか？」

結局その日、俺は明け方までエステルを抱いて、ベッドの上で意識を失ってしまったエステルの服を整えて、すっかり満足すると窓から男子寮に戻った。

仮眠を取って昼過ぎに研究室に戻ったところで、ちょうど中から出てきたエステルと鉢合わせたのだ。

心配して指摘したのに、エステルはぎろりと怖い顔で睨んでくる。しょせん可愛いだけなのに、怖い顔で威嚇してるつもりなのが可愛い。今すぐにでも裸に剥いてあちこち触ってやりたくなる。

「ヴィンセントのバカ。手加減を知らないおろかもの」

「えっ、でもエステルが気持ちいいって言うからさ」

「あーもう、大きな声で言わないで！」

ぷんっとそっぽを向く小さな鼻を、きゅっと摘まんだ。

「はにふるのよ！」

「髪結んでないんだな」

ハニーブラウンの髪を指先でいじると、エステルは真っ赤になった。

「……首筋に、いっぱい残しておいたもんな？　俺のだってしるし」

「もう、ばか。あんなにびっしりつけられたら、普通の生活送れない！」

あー可愛い。やっぱり今からもう一度抱くしかないな。

そんなことを企んでいると、廊下の奥から白衣を着た眼鏡の学部長が現れた。

「エステル」

「ベティ・エンダー学部長。どうしたんですか？」

学部長はエステルから俺に視線を移して、ちょっと考える表情を浮かべてから、ポケットから封筒を出す。

「おめでとう、エステル・シュミット。君の研究が評価されて、今年の最優秀魔術研究賞が授与されることになったよ」

封蝋《ふうろう》には、クロウ家の紋章が刻まれている。

「よって、今度の魔術功労者式典には、正式にエステルも招待されることになったってわけだ。むしろ主賓の一人として」

腹の底が、ぐつりと沸くのを感じた。

今まで見つかった魔術古道具を材質から系統立てて、誰にでもその年代と機能の幅を予想できるようにしたデータベース。

エステルが高等部の頃から膨大な情報と格闘して、気が遠くなるような細かい実証実験を繰り返して作り上げてきたそれは、だけどまだ完成に至っていない。

でももう少したてば、ちゃんと結果が出せるはずのものなんだ。そうなってから、正当な評価を受けるべきものなんだ。

それを、俺を式典に引っ張り出すための餌としてエステルを利用するために。

そんなくだらないことのために、こんな中途半端な段階で表彰してしまうだなんて。

そんなのは研究者にとってひどい屈辱だ。俺にだって、それくらい分かる。

「エステル、そんなの無視していい」

「え、どうして？」

エステルが振り向いた。緑色の大きな目は輝いている。

ただし、栄誉に浮かれているのでも、降ってわいた評価に舞い上がっているのでもない。

「これって私も正式に式典に参加できるってことだよね？　その上あっちは私を完全に舐めている。それなら逆にチャンスだわ。ヴィンセント、私も何か役に立てるかもしれない」

エステルの瞳に宿っているのは、闘志だ。好戦的に爛爛《らんらん》と光るその瞳に、思わず笑ってしまう。

そうか。そうだよな。

エステル、おまえは逆に火がついちゃうよな。

おまえの根性を甘く見たこと、後悔するのはあいつらの方だ。

「そうだな、エステル。ついでにおまえのこと、俺の婚約者だって大々的に紹介するのもいいな」

驚いたように真っ赤になるエステルの隣で、ひゅーっ、と学部長は唇を鳴らした。

「なになに？　つまらない式典が、がぜん面白くなってきたね！　なんだかよく分かんないけど、学術院は全面協力するよ！」

俺はエステルを抱き寄せて、その唇に口づけた。

魔術省の式典？　爵位と長官職を継承する、クロウ家の晴れ舞台？

いいな。全部爆発させて、俺とエステルの結婚式に置き換えてやる。それが俺があの家に贈れる、最後で最高のご祝儀だ。

「エステル、この国で一番すげードレスを買ってやるからな」

俺の腕の中で、エステルは笑った。俺は彼女の髪をかき上げて、そこに残した数多の口づけの痕の上に、もう一度新しい痕を上書きする。

ああそうだ。

魔術省だか始祖だか史上最強の魔術師だか知らねーけど、俺とエステルにケンカを売ったこと、たっぷり後悔させてやる。

だって俺は、この世界で幸せになるって決めたんだから。

ずっと、エステルと一緒にさ。

第五章 「今すぐに大好きな子を抱かないと俺は死ぬ」と好きな人に言われました。

王城に足を踏み入れることが珍しいわけでは、決してない。

学部長のお供で、お使いで。魔術古道具《ブロカント》を引き取りに、提出しに。

一番最近は、ヴィンセントが爆破した今年二十八個目の魔術古道具に関する顛末書を提出に来た時だわ。大体、あの顛末書は私が作るべきものではなかったのに。「エステルってなんでこんなややこしいこと一枚にまとめられるんだ？　すげーな天才」なんてうまいこと乗せられちゃって、嫌になっちゃう。

……ラセルバーン王城大広間、中央の玉座の足元で、私はそんなことを考えていた。はい、現実逃避です。

私の左隣には、管状《かんじょう》の魔術古道具に遺された魔術を利用して王都の水道設備を革新させた魔術省王都施設部の部長。右隣に置かれた椅子に両手で持った杖に顎を預けるようにして座っているのは、長年王城で魔術医療を統括していた魔術省副長官の老公爵だ。

この国の魔術すべてを統括する魔術省の主催で毎年開催される、魔術功労者式典。

今回表彰される三人のうち、魔術省ではなく学術院所属なのは、最優秀魔術古道具研究賞を受賞した私だけだ。

国王陛下と王妃殿下がゆったりと腰を掛ける玉座の前で、赤いローブをまとった紳士が、一人一人の功績を読み上げ表彰していく。

「エステル・シュミット」

おもむろに名前が呼ばれ、私は背筋を伸ばして進み出た。

広間を照らす明かりに目がくらみそうになる。

——学術院の正装を、エステル仕様に作り直したよ！

そう学部長が張り切って出してきてくれたのは、濃紺の地に金色のフリンジが付いたスカートとジャケットのセットアップ。右肩の肩章で留めたスモールケープが特徴的だ。

玉座を中央に左右ずらりと並ぶのは、王族や上位貴族家の当主たち。宰相や魔術省の上層部など、肩書もそうそうたる方々ばかりだ。

今この大広間で完全なる一般階級出身なのは、間違いなく私だけだろう。

こくんと息をのんだ時、視界の隅にひらひらと場違いな動きをするものが映った気がした。

視線をやって、ぎょっとする。

最前列の特等席に、ひときわ目立つ風貌の男が立っていたからだ。

ダークシルバーの癖のある髪に赤銅色の三白眼。すらりとした体躯に沿った細身のジャケットの上に軽く羽織ったフード付きマント。不敵な笑みを浮かべたまま、ひょいとこちらを覗き込んで、彼は私に向かってもう一度、片手をひらひらと振ってみせた。

隣に立つ宰相があからさまに眉を顰《ひそ》めるのも意に介さずに両手をマントのポケットに突っ込むと、ヴィンセント・クロウは、しれっとした顔で唇を無音で大きく動かした。

【ぶ　ち　か　ま　せ　？】

いやいやいやいや!!

心で激しく突っ込んで、同時に噴き出しそうになってしまい、喉の奥で慌てて軽く咳をする。

そうか。そうだったわ。

この会場のどこかには学部長もいる。きっとヴィンセントの様子を学部長は面白がっているだろうけれど、学部長補佐のハンスさんは無表情ながらハラハラしているに違いない。

そろそろリュートたち医療班も、準備のために会場入りする頃だ。

さっきまでの緊張が嘘みたいに、視界が開けていく。

会場の片隅に、黒く四角い箱を構えた男の人たちの姿が見える。

あれは、二年前にヴィンセントが解体して組み立てなおした魔術古道具だ。

前面に張り付けられた小さな鏡に映った光景を魔力がこもった特別な板に焼き付ければ、そのまま絵画として残すことができる稀有《けう》な魔術を有している。

複製だってできるから、この光景は明日の新聞に掲載されるのだろう。

きっとお父さんとお母さんもその新聞を買うわ。私が表彰された記事を見つけたら、びっくりするだろうな。お母さんってば、驚いて今度こそ階段から転げ落ちないといいけれど。お父さんは顔には出さずに、でもきっと食堂の壁に張り出しちゃうわね。それもきっと、何枚も。

お客のみんなも、それを口実にまたお酒を飲むんだわ。飲みすぎには注意してもらわないと。

笑い出しそうになりながら、私は足を止めて玉座の方に向きなおった。

「エステル・シュミット。魔術古道具経過年数割り出しの法則に関する材質解析分野において、極めて普遍的かつ実践的な指針を製作した実績を称え、本年度の最優秀魔術古道具研究賞を授与する」

きわめて普遍的かつ実践的な、と言っていただくには、あと一年分ぐらい時間をもらいたかったかな。正直なところ、ちょっぴり残念に思う気持ちはある。

ヴィンセントは私以上に憤ってくれたけれど、実は私は彼が思うほどには気落ちしていない。

だってこの賞、ヴィンセントは受賞していないんだもの。ヴィンセントこそ、その功績がどんなに認められても足りないくらいの実績を積み上げているにも関わらず。

ヴィンセントの父親であるトマス・クロウ閣下が魔術省の長官で、二人のお兄様も魔術省の高官を務めているから、身内を避けてのことだろうって学部長は説明してくれる。だけどやっぱり納得はいかないし、この賞の求心力が若者たちの間で年々下がってしまうのは、仕方のないことだ。なんと言っても今の若い魔術研究者たちにとって、最大の憧れはヴィンセント・クロウなのだから。

賞が人の価値観を左右するんじゃない。人が賞の権威を作り上げるのよ。

そんなことも分からない魔術省なんか、私は全然怖くない。

朗々と響く声で目録を読み上げる男性を見上げる。

トマス・クロウ。クロウ伯爵家当主にして、ラセルバーン王国魔術省長官。

そして、ヴィンセントのお父さん。

ヴィンセントが生まれ持った魔力を恐れ、子供のころからずっと放置してきた父親。だけどそれだけじゃない。今、彼の中に入っているのは……。

大広間のまばゆい光の中、私はまっすぐにトマス・クロウの瞳を見た。

赤い瞳。ぐつぐつと滾《たぎ》る岩礁《マグマ》のような赤銅色。

——俺以外のクロウ家の人間は、みんな青い目をしてるんだ。歴代ずっと、ただ一人を除いては。

建国の頃から千五百年もの歴史を持つクロウ伯爵家において、ヴィンセントと同じ赤銅色の瞳を持っていたのはたった一人。それはクロウ家の……いや、この王国のすべての魔術師の始祖とも謳われる、最強の魔術師。

顎を持ち上げて、まっすぐにその瞳を見た。

私はきっと、この人から見れば取るに足らない虫けらみたいなものだろう。

魔力も持たない、貴族ですらない。ちっぽけで非力な存在に見えているだろう。

だけど、この虫けらには意志がある。

根性もふてぶてしさも図々しさも。それらはすべて、ここまで這いあがってきた、誇り高き庶民のしぶとさだ。

ヴィンセントは、渡さない。

想いを込めて、赤い瞳を見返した。

そんな私を見下ろして、エグモント・クロウは……唇の片端を、傲岸《ごうがん》な形に持ち上げた。

「すっごく似合ってるよ、エステル。だから僕はいつも言ってたじゃないか、エステルは可愛いって！　すごい、えっ、これってなにかの魔術を使ったんじゃないよね？　すごいすごい!!」

手放しで褒めてくれているのは、念のために言っておくとヴィンセントではない。

身体をのけぞらせて手を叩いてくれるのは、私たちの共通の友人、リュート・アンテスだ。さすが学術院で一番友達が多いと言われるリュートだけあって、褒めることもとっても上手。ちょっと恥ずかしいくらいだ。

怒涛の一日というのは、今日のような日のことを言うのだろう。

式典を終えた私は用意された馬車に乗り込み、王城後方の丘の上に見張るようにそびえるクロウ伯爵邸へ、初めて降り立った。

用意されていた控室に通されて、衣装を替えて髪を結いなおし、化粧を施されたところである。

「学部長の知り合いの皆様の腕がすごすぎるんだと思う……」

ドレスなんて、着たことがない。

二十一歳の女子としては恥ずかしながら普段はお化粧すら最低限、そばかすを薄い白粉で隠すくらいしかしていない。ドレスに似合う髪型なんて、どうしたらいいか分かりません……。

式典の後クロウ伯爵邸で祝賀会を兼ねた夜会が開催されると聞いて情けない声を上げた私の代わりにすべてを取り仕切ってくれたのは、学術院魔術古道具研究学部長ベティ・エンダー博士だった。

「なかなかやりがいのある素材だったわよ」

「あなた、いいもの持ってるんだから普段からバーンと出した方がいいわ」

「また何かあったら呼んでちょうだい！」

リュートと入れ替わりに、素早く荷物を片付けたお姉さま方が颯爽と部屋を後にしていく。

それぞれに個性的な衣装をまとった、この上なく華やかな、年齢不詳の女性たちだ。

「普段は王都の劇場で公演をしている、人気劇団の方々なんですって。最近では貴族令嬢の間でも大人気で、彼女たちにメイクをしてもらおうと思ったら普通なら一年待ちって話よ」

「そんな人たちをすぐに招集できちゃう学部長って何者？」

興味津々に彼女たちを見送っているリュートから、私は鏡の中へと視線を移す。

そこにいたのは、今まで見たことがない自分だった。

ハニーブラウンのふわふわした髪は華やかにまとめられ、おくれ毛がくるりとこぼれている。ドレスから伸びた両手には、うっすら輝く光沢を持った白粉がはたかれ、黄緑色の瞳の縁にはまつげの間を縫うように柔らかな色のアイラインが芸術的に打たれ、そのおかげでやや垂れ気味の目元がぐっと引き締まり、なんだかキラキラして見える。

唇には春の花びらみたいな色が差されて、部屋に入って来た時は緊張で青ざめていた頬も、ふんわり色が差している。

「で？」

「そこ」

短い会話で状況を把握した私は、肩を竦めたリュートが親指で示した入り口へと向かう。

開いた扉の向こうにひょいと顔を出すと、そこに座り込んでいる黒づくめの姿が目に入った。

「ヴィンセント、そんなところでなにしてるの？」

「ん」

折った両膝の上に肘をつき、あわせた両手を口元に当てたまま、ヴィンセント・クロウは私を上目遣いに見上げた。

「無理」

「どうして？」

ヴィンセントは立ち上がり、拗ねたような顔で髪をかき上げる。

ダークシルバーの癖のある髪の下、まだらに色を変える赤銅色の三白眼。

その目元が、うっすらと赤くなっている。

「可愛すぎて、直視できない」

言いながらまっすぐ直視して、私の後ろの壁にとんと片手を突いた。

私が生まれて初めてまとったドレスは、ヴィンセントが見立ててくれたものだ。

少し前、二人の休みを合わせて、初めて城下町でデートした。

手を繋いで人混みの中をゆっくり歩き、最近人気だという（二人してそういうことに絶望的に疎い私たちのために、リュートが完璧なリストを作成してくれた）カフェに行ってお茶をした。

それだけでもう十分私にとっては、五年来の夢がかなった幸せな日だったのだけれど、更にヴィンセントは私を貴族令嬢御用達というブティックに連れて行ってくれて、ドレスを仕立ててくれたのだ。

濃紺の、まるで星空みたいなドレスだ。

しっかりとした生地を金色のパイピングが縁取っていて、おとぎ話の魔法の森みたいな刺繍が施されている。スカートはふんわり膨らんで、袖は動かしやすくすっきりと。クラシカルな形の襟元には、これもヴィンセントが贈ってくれた一番星みたいなブローチが留められている。

私が密かにこだわったのは丈が長すぎないところで、ブーツを履いておけば、いざとなればドレスなのに走れちゃいそうだ。今日という特別な日にぴったりのドレス。

そしてなによりも、ヴィンセントが私のために見立ててくれたということが、今日の私に勇気をくれる。

「可愛いだろうなって予想はしてたけど、あまりに可愛くてすげー動揺してる。可愛いの魔法にかかった可愛いお姫様が可愛いの呪いを背負って可愛いを食い尽くした感じ」

「うん、よく分からないけどありがとう」

真剣な顔で早口に、ヴィンセントは語り続ける。

冗談ではなくて大真面目な顔で、壁に突いた手と反対の手で、自分の胸元を握りしめた。

「可愛すぎて胸が苦しい。死ぬかも」

「ヴィンセントも、とっても素敵だよ？」

ヴィンセントも式典後着替えてきたのだろう、黒い上下のセットアップをまとっている。

体にぴたりとフィットしたそれは銀のラインで縁取られ、揃いの飾緒《かざりお》も光っている。羽織っているショートマントもいつものフード付きのものではなく、高襟のびしっとした生地で、銀の刺繍が縦にずらりと施されている。

よく見れば、私のドレスと同じ模様だ。いつの間にか同じお店で仕立てていたのだろうか。もちろん、マントの裏に工具や古道具が仕込まれているようなこともないはずだ。……多分。

薄い唇にきりっとした眉、眼光鋭い三白眼にくっきりした涙袋、引き締まった頬。

ヴィンセント・クロウはやっぱり今日も……ものすごく、めちゃくちゃにかっこいい。

「……なあエステル、挿れてもいい？」

「え？」

ヴィンセントは、私の耳元に唇を近づけると甘い声で囁いた。

「いますぐエステルの中につっこんで、めちゃくちゃにかき回したくて俺どうにかなりそうだ」

「えっ、ちょっと、なに言ってるの？」

「いいだろ？　な？　まだ少し時間あるし、絶対気持ちよくするからさ」

コホンコホンコホンコホンコホン!!　と連続する激しい咳払いに振り向くと、部屋の中に呆れ切った顔をしたリュートが立っていた。

「ねえ、本当にさあ、ほんっとうにさあ!!　二人とも本当に分かってる？」

巨大なため息をついたリュートが、両手の掌を天に向ける。

「これから始まるクロウ家の夜会の目的を。トマス・クロウ伯爵の身体を乗っ取っているエグモント・クロウを永遠に封印して、ヴィンセントの身体を守るんだろう？」

そう、私たちは今夜戦いを挑むのだ。

おかしな呪いのかかった壺や人形を使って、果ては私の家族までも巻き込んで、この時代に唯一魔力を持って生まれたヴィンセントの身体を奪おうとする、エグモント・クロウ。

最初にして最強の魔術師が二度と私たちに手出しをしてこないように、総力を挙げた反撃に転じるのである。

それは、とても冷静ではいられないくらい無謀な挑戦であるはずなのに。

「とりあえず、広間に向かうか」

ヴィンセントは私の手を取った。

いつもと何も変わらない仕草で、肩を竦めて両眉を持ち上げる。

「さくっと終わらせて一緒に寝ようぜ、エステル。寝かさないけど」

ヴィンセントを見ていると、なんだか本当に何でもないことのように思えてきちゃう。

「そうね、ヴィンセント、行きましょう」

私も笑って、その手をぎゅっと握り返した。


幼い頃、そらんじられるほどに読んでいたおとぎ話がある。

貧しい少女が、偉大な魔法使いたちの宴に迷い込むお話だ。

ボロボロの服はまばゆいドレスにかわり、会場の壁は色とりどりのお菓子製。テーブルだって椅子だって食べられちゃう。天井は春夏秋冬の景色を映し出し、妖精が宙を踊っている――。

あの物語の主人公の気持ちが、今ならとてもよく分かる。

ヴィンセントに手を取られて扉をくぐった先には、まさにそんな世界が広がっていたのだから。

会場は、昼間式典が行われた王城の大広間と同じくらいの広さだった。

まるで宇宙の底にいるような薄暗いドーム型の天井の下、壁や天井のあちこちに飾られた色とりどりの花々が、まばゆい光を放っている。

「夜輝花《ナイトフラワー》……！」

二十一年前に発掘された、魔術古道具の植木鉢。そこで育てられた花は、昼のあいだ太陽の光を集めては、夜になるとあらゆる色の光を放つという。その花びらは最初は四枚に見え、一度視線をそらしてもう一度見返すと六枚になるというように、見るたびに形が変わっていくのだ。

花々の輝きを反射して、広間の床はキラキラと輝く。よく見れば、床の素材に使われているのも特殊な魔術古道具のタイルだ。

「嘘でしょう、この広間一面……？」

ごく普通の大理石のようでありながら、踵《かかと》で踏むと独特の感触がする。

これは四十六年前に見つかった、衝撃に応えて材質を変えるとても貴重なタイルである。この広間でなら、ダンスに慣れない私みたいなのが転倒しても危険性がないはずだ。

それ以外にも、壁にかかる絵は刻一刻と図案を変え、窓のステンドグラスは光を放ち、広間の端

にずらりと並んだ楽器は、奏者がいないのに美しい音色を奏で続けている。

「すごい、すごいわヴィンセント……」

「そう言うと思った」

ヴィンセントは軽く肩をすくめた。

「分かりやすい魔術古道具のお蔵出しだな。まるで見本市だ。エステルが喜んでるからいいけど、端から爆破してやりたくなる」

ぶすっとした顔で、物騒なことを吐き捨てる。会場入りしてからというもの、ヴィンセントは口の両端に力を込めて、不機嫌そうな表情のままだ。

実家に足を踏み入れるのは中等部に入学して以来八年ぶりだと言うけれど、大丈夫かしら。

「駄目だからね？　ヴィンセント。今日の目的を思い出して？」

ヴィンセントは、素直にこくんと頷いた。

「……頑張ったら、いっぱいエステルにやらしいことしていい？」

「ヴィンセント！」

こんな場所でまでいつものようにとんでもないことを言われて、私は慌てて周囲を見回す。

そして、ようやく気が付いた。

周りにはたくさんの招待客。老若男女、みんな上品な装いで、さざめくように囁き合って。

――そしてみんな、そう、大広間に立つほとんどすべての人々が、こちらの様子を窺っている。

「ヴィンセント・クロウよ」

「ああ、あのクロウ家の三男か。天才魔術古道具研究者の？」

「社交の場に出てくるなんて初めてじゃないか」

押し殺した大人たちのざわめきにかぶせるように、

「うそ、ヴィンセント・クロウだわ」

「なんて素敵なの」

「どうにかしてお近づきになれないかしら」

抑えきれない令嬢たちの囁き声も、耳に流れ込んでくる。

「だからさエステル、今日頑張ったぶん、明日は一日中二人でベッドにいるのはどう？　で、ずっと挿れっぱなしで生活するってのは」

「ねえヴィンセント、その話はあとにしましょう」

熱いまなざしでヴィンセントを見つめる人たちは、彼がこんなとんでもない内容をさっきから話し続けているなんて思いもしないだろう。

ヴィンセントの手をキュッと握った。勇ましく彼を護る覚悟だったはずなのに、そのまま私の視線はどんどんと、下がっていってしまう。

分かっていた。こういう場所に来たならば、ヴィンセントが注目を浴びるに決まっていることくらい。

そしてそうなれば、きっと……。

「隣にいるのは、どこのご令嬢かしら」

「ほら、昼の式典で研究賞を受賞していた」

「えっ。あの庶民出身の研究員っていう？」

私を伴っていることで、ヴィンセントへの評価が変わってしまうかもしれない。

こくんと息を飲み込んだら、思ったより大きな音が鳴ってしまった。

くくっと肩を揺らしたヴィンセントが、忖度《そんたく》なく問いかけてくる。

「委縮してるのか？　エステル」

「そんなんじゃ……でも、そうだとしても仕方ないわ」

「何言ってんだよ。ほら、顔を上げてよく見てみろ」

私の顔を覗き込んで、ヴィンセントが笑う。

それに促されるように、何度だって勇気をもらえるように、私はつられて顔を上げて……そしてやっと、周囲を見た。

予想通り会場のみんなが、こちらを見ている。

上品な装いの老婦人も、温厚そうな老紳士も、ひげを蓄えた貴族家当主の集団も、華やかな貴婦人たちも、そして、美しい令嬢たちも。

みんな、私と目が合うと一様に目を丸くして、やがて表情をやわらげていく。

それは、驚いたような戸惑うような、だけど総じて……好意的、と解釈していいような表情で。

少し離れたところに集まっている、若い男女の集団が見えた。

ほんの三年前まで、私たちの同級生だった方々だ。

すっかり大人びてきらびやかな衣装をまとった彼らも他の人々と同じような表情を私に向けてくれていたけれど、数人は、私と目が合うと気まずそうに目をそらした。

そのうちの一人、特にこわばった表情を浮かべた令嬢に見覚えがある。

――私、見ました。エステル・シュミットが懐中時計を盗むのを。

入学したばかりのあの日、展示された魔術古道具を盗んだのが私だと、虚偽の証言をした伯爵令嬢だ。

「エステル、自分が今どんなふうに見えてるか、冷静に分析してみろよ。いつもの客観的な観察眼はどこ行ったんだ？」

ヴィンセントが私の耳元で、笑いをこらえるように囁いた。

「だって、私はたぶんこの場で唯一の一般階級で……」

「だからなんだよ。そんなのが評価の足を引っ張っていたのなんて、せいぜい高等部卒業までだ」

呆れたように、ヴィンセントは右手の指を順に立てていく。

「最高学府である学術院の高等部を首席メダル付きで卒業し、さらにその上の研究職、その上最難関の、この国の未来を担う魔術古道具研究学部で研究室を持っちまうような優秀な研究者。あとは、まあこれはどうでもいいけど、年に一人しか取れないようなナントカって賞まで取っちまった」

それから私の顔を覗き込んで。

「さらに恋人は魔術古道具界のエース、ヴィンセント・クロウ。そしてその上、この会場で群を抜いてぶっちぎりに、この王国でも歴代文句なく、一番に美人だ」

最後の断言にはさすがに呆れてしまうけれど。

だけど私はヴィンセントの言葉に救われて、なんだか泣いてしまいそうになる。

「ヴィンセントの、言ったとおりになった？」

ヴィンセントはもう一度私の顔を覗き込んで、不敵な表情で微笑む。

あの時と同じ。初めて話をしたあの日、学院の廊下で制服のマントを揺らしながら。

「文句を言う奴らの方が格好悪いと思えるくらい、圧倒的な結果を出すこと。以上」

ああ、覚えてくれている。

私が決して忘れない、人生を変えてくれた――あなたに恋をしたあの瞬間を。

「あいつらに『ざまあみろ』って言ってくるか？」

真剣な顔で「付き合うぞ」なんて続けるヴィンセントに、私は首を振ってみせる。

「いいの」

「遠慮するなよ」

「全然いいの。あの時あんなことがあったから私はヴィンセントと知り合えたし、今ここにいられるんだと思う。むしろ感謝しているの」

ヴィンセントが、不意に私の腰を抱き寄せて額に唇を押し当ててきた。

周囲から息を飲む気配と歓声をはらんだどよめきが聞こえる。

「それって、本当の勝利宣言だな。やっぱりエステルはかっこいい」

だけど、と笑ってヴィンセントは続ける。

「あんな奴らが何をしてもしなくても、俺たちは親友になってライバルになって、それで恋人同士になったんだけどな？」

「うん、きっとそうだね」

私たちは、額を合わせるようにして笑う。

心が落ち着きを取り戻すと、会場のあちこちから発せられる、更に異質な視線までをも感じることができるようになった。

柱の向こうから、天井裏から。複数の鋭い視線が私たちの動きを監視している。

それはきっと、魔術省が送り込んだ護衛騎士だ。今夜何かが起きることを、魔術省も分かっている。

「ねえ、ヴィンセント」

「ん？」

「絶対に、エグモント・クロウなんてやっつけようね。そうしてあの研究室に一緒に戻ろう」

「当たり前。そしていっぱいいやらしいことしような」

もう、そればっかり。

呆れながら笑った時。今までとは違うざわめきが、大広間に広がっていくのを感じた。

広間の中央の階段から、二人の青年が下りてくる。

黒髪に青い瞳のオベロン・クロウと、金色の髪に青い瞳のユオン・クロウ。

怜悧な視線を細い縁の眼鏡の奥で光らせるオベロンと、キラキラした甘い笑顔が印象的なユオンは、ヴィンセントと血を分けた二人の兄だ。

オベロン卿が、大広間をゆっくりと見まわす。その視線は一度私たちの上を通り、だけど止まることも動揺を見せることもない。

一方その隣でじっとこちらを見つめ続けているのは、次男のユオン卿だ。

ヴィンセントの二番目のお兄様。話には聞いていたけれど、実際目にするのは初めてだ。

確か魔術省の外交部を統括していて、長いこと他国を外遊していたはず。

兄弟の中で唯一金色の髪なのは、もしかしてお母様譲りだろうか。

身長はヴィンセントよりも低い。柔和な顔立ちのためか、オベロン卿よりも穏やかに見えなくもないけれど、その青い瞳の奥はさえざえとして、ヴィンセントを拒絶していることを隠さない。

「皆様、本日はこの場をお借りして、皆様にご報告があります」

オベロン卿の冷静な声が、会場に響いた。

「私、オベロン・クロウはこのたび、クロウ伯爵家の爵位を父であるトマス・クロウより継承いたしました。同時に魔術省長官の職もトマスは引退、私が引き継ぎます」

ざわめきが、大広間に広がっていく。

私たちは事前に知らされていたけれど、他家の家長はもちろん、魔術省の幹部たちにとっても初耳だったらしい。慌てたように言葉を交わし合い、何か対応の必要があるのか、広間を足早に出ていく人もいる。

だけど張本人のもう一人、トマス・クロウはこの場にいない。

ヴィンセントの予想通り、きっと屋敷のどこかで、その時を待っているのだ。

オベロン卿が、ヴィンセントの上で視線を止めた。

ここでヴィンセントを呼ばれたりすると、少し厄介なことになる。足止めされている場合ではないのだ。

ヴィンセントとよく似た形の、オベロン卿の唇が開きかけたその瞬間。

「あら〜！　オベロン卿、おめでとうございます〜‼」

会場中に響き渡る声と共に、大胆な紫色のドレスをまとった女性が両手を大きく広げながら、階段の下に歩み出てきた。

豊かな赤い髪を結い上げて、明るい緑色の瞳に蠱惑的《こわくてき》な色を浮かべた、スタイル抜群の華やかな美人。

彼女は周囲を圧倒しながら階段を上がり、オベロンの首に腕を回した。

「だ、誰だ……」

「あら、分かりませんの？」

大輪の花のように艶やかに笑う彼女をじっと見つめたオベロンの、常に全く崩れないはずの表情に、わずかな動揺が走る。猜疑心《さいぎしん》にまみれた声で、彼は彼女の名前を呟いた。

「ベティ・エンダー……学術院魔術古道具学部長？」

「今宵は、伯爵令嬢ベティって呼んでくださってよろしいんですのよ？」

衝撃が大広間を包み込む。魔術省の送り込んだ監視の視線が、予想外の動きを見せる招待客たちによってかく乱されていくのを感じる。

予定通り、作戦決行だ。ヴィンセントと視線を合わせて頷き合った。

その時だった。

「――エステル？」

名前を呼ばれて振り向くと、そこに一人の男性が立っていた。

金色の髪に優しげな空色の瞳。三十代にさしかかったくらいの、穏やかな面差しの男のひと。

私は一度瞬きをして、息を呑んだ。

「……アルバン様？」

「久しぶりだね、綺麗になって一瞬分からなかった」

「アルバン様！　お久しぶりです。こんなところでお会いできるなんて！」

懐かしさに声が高くなってしまい、ヴィンセントを振り返ると身振り手振りで説明する。

「ヴィンセント、あのね、この方は私がとてもお世話になった方なの」

小さな食堂を営む両親のもとに生まれた私は、幼い頃から魔法使いのおとぎ話が大好きだったけれど、食堂の娘が魔術についての知識を得られる機会なんて、そうそうない。

学校の図書室の本を読みつくしてしまった幼い私の前に現れたのが、そのあたり一帯を治めている男爵家の息子、アルバン様だったのだ。

当時王都の学校の高等部に進学していたアルバン様は、私のような子供たちの質問にたくさん答えてくれた。そして、その中でもさらに多くを知りたがる子供たちを、男爵家の書斎に通してくれたのだ――。

「それ犯罪だろ」

「は？」

「子供を屋敷に連れ込んでいかがわしいことを」

「ねえちょっと黙ってて！」

とんでもないことを言いだしたヴィンセントの横腹に肘をめり込ませて、アルバン様に笑顔を向ける。

「ご無沙汰しています。アルバン様」

最後にご挨拶をしたのは、確か高等部の卒業前。学術院で研究を続ける試験に受かった頃だから、三年も前のことだ。

「受賞者の名前を見て驚いたよ、最年少の受賞なんてすごいじゃないか。僕も鼻が高いよ」

「なんでだよ」

「アルバン様のおかげです」

「そんなわけないだろ図々しい。エステルに才能があっただけだ」

ぶすっとした顔で恐ろしいことをいちいち言ってくるヴィンセントの足を思いきり踏みつけた。

そんな失礼なことを言われてもアルバン様は怒ることなく、「そうかー、あなたが有名なヴィンセント・クロウ様ですか。すごいなあ」なんてニコニコと頷いている。

今は王城で貴族の教育関係の役人をしているけれど、そろそろ爵位を継承して、あの街に戻るのだという。学校の建物を建て替えたいと思ってるんだ、図書室も大きくしたいしね、とアルバン様は話して下さった。とても素晴らしい。

「ああ、あの街の学校か。なあエステル、俺たちあそこでいろんなことしたよな、こないだ」

一方、どうしてこの男はこう余計なことしか言わないのだろう。

ぎこちない笑みを浮かべつつ学校への寄付を約束してからとりあえずアルバン様への挨拶を切り上げると、私はヴィンセントを広間の片隅へと引きずっていった。

「ねえ、どうしてあんな態度を取るの？」

ヴィンセントは、ぶすっと唇を尖らせている。

そのまま片手を伸ばして、私のドレスの腰のフリルをキュッと指先で掴んだ。

……そんな可愛い仕草したって、言うべきことは言わせてもらうんだから！

「だってあいつ、俺の知らない頃のエステルの話したから」

「仕方ないでしょ。本当に恩人なのよ。アルバン様がいなかったら、私はとても学術院の高等部なんて受からなかったわ。アルバン様がたくさん本を貸してくださったから……」

「他の男の名前呼ぶなよ」

じっとこちらを見つめてくる、ヴィンセントの目の奥が炎の中心のようにチカリと光る。

「ヴィンセント、あのね、アルバン……あの方は私にとって恋愛対象とかではないし、ただあなたに会う前にお世話になっただけの方なの。そんな方にまで、喧嘩腰にならないで」

分かってる。ヴィンセントはそういうひとだ。

自分の興味があるもの、愛着があるものやこと以外は目に入らない。価値を見出さない。

どう思われようがどこ吹く風で、自分のやりたいようにやる。

それが、ヴィンセント・クロウ。

危ういほどに重い愛を当然のように突きつけてくる、私が好きになったひと。

「すべての人を、片っ端から敵に回すような態度を取らないで」

だけど今は、心配なのだ。

ヴィンセントからの愛を感じれば感じるほどに、心の片隅に不安が巣食うのだ。

生まれながらに得体の知れない強大な力をその身に宿し、家族から忌み遠ざけられてきたヴィンセント。自分の力に戸惑いながら、孤独の中に育ってきた。

どんなに心細かっただろう。訳が分からなくて、不安だったに違いない。夢で見た幼い彼の背中を思い出すと、胸が締め付けられるようだ。ヴィンセントはそんな中、たった一人で自分の力を背負いギリギリの状態で生きてきた。

それなのに、彼は私を受け入れてくれた。この世界にとどまることを、選んでくれた。

だけど、最近むしょうに怖くなるのだ。

私に何かあった時、ヴィンセントはいとも簡単に、すべてを……自分自身までもを、諦めてしまうのではないかと。

私が愛してやまない彼の破天荒さが、いつか彼自身を滅ぼしてしまうのではないかと、怖くてたまらなくなるのだ。

「ヴィンセント」

「エステルが考えるのは、俺のことだけがいい」

「そうだよ、今もこれからもヴィンセントだけだよ」

「過去もそうしてよ」

「無茶言わないで、ヴィンセント」

私は大きくため息をついて、こめかみに指先を当てた。

駄目だわ。

少なくとも今は、こんなことを議論している場合ではないのに。

大広間の中央階段の上では、相変わらず学部長が大活躍だ。

変人で有名な学術院の魔術古道具学部長がド派手な美女に変身して現れて、普段から仲の悪いオベロン・クロウにまとわりついているのだ。

その異様な光景に、出席している貴族たちはもちろん魔術省から派遣された護衛騎士たちも、会場中が意識を奪われている。

数日前、学部長室で話し合った作戦についてを私は思い出していた。

「私がオベロンを誘惑して動きを止める。それが作戦開始の合図だよ」

そう言いだしたのは学部長だ。

「そこが作戦において一番の難所ではないでしょうか」

すかさず挙手するリュートにも、学部長は「まあ私の本気を信じなさい」と自信たっぷりだった。

「その間に、俺が直接エグモント・クロウと話を付ける」

続けてヴィンセントが、こともなげにそう言ってのけたのだ。

「今までの動きから察するに、おそらくエグモント・クロウはトマス・クロウの身体に不便を感じている。器として物足りねーんだ」

だから直接俺のところにさっさと乗りこみゃいいところを、無駄に魔術古道具を噛ませたり使えない手下を寄こしたりしていた、と続けた。

「おまえらが雑魚を足止めしてる間に、俺からエグモントに会いに行って決着をつける」

「決着って、どうやって。エグモントの魂は、トマス・クロウの身体の中にあるんでしょう？」

「そう。だから――」


その時、大広間の扉が勢いよく左右に開かれた。

「突然申し訳ありません、魔術疫学管理局です。この地区から、魔術古道具の強い魔力暴走が報告されています。直《ただ》ちに検査しますので、一旦外に出ていただけますか！」

凛とした声を響き渡らせ、足を踏み入れてきたのは全身を真っ白なマントで覆った人々。先陣を切って張り上げる声は、リュートのものだ。

魔術疫学管理局は、学術院の魔術医療研究学部の管轄下にある組織の一つである。魔術古道具の魔力の暴走を感知して、被害を水際で食い止めるのがその役割だ。

魔術古道具は、稀にその魔力を暴走させて周囲に被害を及ぼすことがある。

記録に残っている最悪の被害は今から二百三十八年前。

解析中の魔術古道具の大鍋が突然光を放ち、その一帯の屋敷と人間、すべてを飲み込み消失させたという。

そんな恐ろしい事故を二度と起こさないために、私たち魔術古道具研究員が日々研鑽を積んでいるのだ。どうか皆様には安心して生活していただきたい。普段ならば。

だけど今だけは、どうか思いきり焦っていただきたい。

いかんせんこのクロウ伯爵邸は、おそらくラセルバーン王国で王家以上に多くの魔術古道具を有する屋敷なのだ。それらが暴走したら、一体どんなことになるのか予想もできない。

会場中に一瞬緊張が走り、招待客たちがどうすべきか互いに顔を見合わせた時。

「大変だわ！」

「逃げなくては、なんだか息が苦しい！」

会場のあちこちから悲鳴が上がった。

冷静を保っていた人々の顔も、一気に焦燥に覆いつくされる。

ちなみに叫び声を上げたのは、事前に仕込んでおいた学部長の知り合いの劇団員たちだ。

やや大袈裟なほどのその迫真の演技は、招待客たちを扇動するのに十分な力を発揮した。

「ヴィンセント、この話はあとにしましょう」

切り上げて、私はヴィンセントに手を伸ばす。

今夜は絶対に彼から離れないと決めていたのだ。

そうじゃないと、ヴィンセントは無茶をする。絶対に絶対に、無茶をする。

分かっていたから、作戦を立てる際から何がなんでもヴィンセントから離れないと私は主張した。

危険は承知の上で、それでもそれが一番いいと学部長もリュートも賛同してくれて、最後にはしぶしぶとだったけれど、ヴィンセントも頷いてくれたのだけれど。

「ヴィンセント!」

叫び声を上げて走る招待客と肩がぶつかる。右に左に行き交う人々の渦に飲み込まれそうになる。

なのにヴィンセントは、伸ばした私の手を取ってくれない。

「エステル、ごめん」

ヴィンセントは私を見つめたまま、口元に唐突な笑みを浮かべた。

「やっぱ、俺一人で行く」

「ヴィンセント!? 聞こえない!!」

ヴィンセントの向こう、階段の途中からユオン・クロウがこっちを見ている。金色の髪に……赤い、瞳?

その瞬間、世界がガチャンと切り替わった。

圧倒的な静けさに飲み込まれそうな、暗闇の底にいた。

冷たい床に、ぺたりと座り込んで。

「……ヴィンセント……？」

ついさっきまで、大広間にいたはずなのに。

周囲には誰もいない。ほんの少し先も闇の中で、静けさに耳が痛くなりそうだ。

暗闇も、自分がどこにいるのか分からないのも怖い。闇の中から不安が襲い掛かってくる。

だけどそんなことよりも、ずっとずっと胸が苦しい。

——エステル、ごめん。

どうして、そんなふうに言うんだろう。そんなふうに、なんで思ってしまうの。

ごめんなんて、いらないのに。

目元をこぶしでぬぐって立ち上がる。両手を前後左右にやりながら、一歩一歩、慎重に進んでいく。ここはどこだろう。ここに私を送り込んだのがエグモント・クロウなのだとしても、ヴィンセントが把握しているのなら、絶対に安全な場所のはずだ。

だけど、じっとうずくまっているわけにはいかない。ヴィンセントに、伝えなきゃ。

さっきの大広間で最後に見えた、ユオン・クロウの瞳。

——エグモント・クロウが今身体を奪っているのは、ヴィンセントのお父様じゃなくて……。

「あ！」

唐突に、光が目を打った。

とっさに目を庇った両腕を、しばらく経ってからそろそろと下ろしていく。

暗闇の中、ぼんやりと光る壁が目の前にできていた。

間隔をあけて、数枚の絵画がぽつんぽつんと光の中に飾られている。

一枚目は、小さなヴィンセントだ。

いつかの夢で見たのと同じ、暗闇の中に一人でぽつんと立ってる。

二枚目は、それよりももう少し成長したヴィンセント。

絵の奥の方に一人で立ったヴィンセントをよそに、手前には、彼以外の家族がよりそっている。

四人は誇り高い笑みを浮かべて、一方のヴィンセントは何も感じていないような無表情で。

そんな絵画の連続に、吐き気を催してしまう。

悪趣味だ。この空間を作ったのはきっとエグモント・クロウに違いない。

こんなものを私に見せて、一体何がしたいのか。

ほの暗い目をしたヴィンセントが学術院の中等部の制服をまとった絵を最後に、壁はぷつりと途切れた。

その時になって、床の材質が変わっていることに気が付いた。

艶やかな大理石から、でこぼこした岩になっている。すぐ隣の壁に指を触れた。ひんやりした、湿った感触に覚えがある。

——ヴィンセントの記憶の中で見た、北の洞窟……。

そう思い至った時、目の前の扉がゆっくりと左右に開いた。

あの時と同じ。洞窟の最奥の部屋の中央には棺が鎮座し、奥の壁にはクロウ家の紋章が描かれた旗が掲げられている。

さらに、額が飾られているのも全く同じだ。

夢の中で見た時と大きく違うのは、あの時はぼやけて判別できなかった額の中の絵画が、今ははっきり見えること。

「これは……」

心臓が、どくんどくんと耳の裏で鳴っているようだ。

そこにあるのは、一枚の肖像画。

「エグモント・クロウ……」

始まりの魔術師、エグモント・クロウの肖像画は、教科書や図録、博物館なんかにいくらでもあった。でもそれは、後世の人々が描いたもの。

本当の彼の姿では、なかったのだ。

「これが……」

これこそが真のエグモント・クロウの姿。

その瞬間に、ずっと不思議だったことを私は理解してしまった。

どうしてあのお祭りの夜、ヴィンセントが私たちの前から姿を消そうとしたのか。

北の洞窟を捜索に出かけたヴィンセントは、最奥の部屋でこれを見たのだ。

ダークシルバーのくせっ毛に赤銅色の三白眼。薄い唇に精悍な頬。

似ているなんてものじゃない。

エグモント・クロウは、ヴィンセントに生き写し——いや、まるで張本人だったのだから。

＊＊

母親の顔は忘れた。

生まれて間もない俺が部屋中の家具を一斉に空中で旋回させたのを見て卒倒し、それきり実家の領地に籠ってしまったんだ。

だから二歳しか年の違わないユオンなんかは、とりわけ俺のことを憎んでいるんだろう。

いや、そんなのは些細なことか。

クロウ家にとって俺は、ただただ汚点であり痕《きず》であり、脅威だったんだから。

はじまりにして最強の魔術師、エグモント・クロウ。

侵略してきた敵軍を、たった一人で一掃した。

このラセルバーン王国の基盤的施設はすべて、彼の魔術が礎となって築かれた。

未だかつて、彼の力を超える魔術師は出ていないという。

そんな偉大なる伝説は、後になって魔術省が……クロウ家の子孫たちが、長い長い歴史の中で勝手に作り上げていったものだ。

事実、彼は最強の魔術師だった。この国に残したあまたの功績もおそらくその通りなんだろう。

しかしエグモント・クロウは……相当な人格破綻者だったらしい。

「楽しそうだな」

奴の声で、俺は自分が笑っていることに気が付いた。

「そう見えるならずいぶんお気楽だな。あんたと話をして楽しいと思ったことなんて一度もない」

今俺が立っているのは、なんていうか、図書館のどん底だ。

周囲三百六十度、本がぎっしり詰まった木製の棚に囲まれた広い部屋。本棚はどこまでも高く高く続いている。見上げたその先は闇の中に消えていく。星の数ほどの本に見下ろされているみたいな変な気分。

その途中、家でいうと五階くらいの位置に立てかけた梯子の上に、青いマントをまとった男が脚を組んで腰を掛け、俺を悠然と見下ろしている。

「トマス・クロウの身体に入ってたんじゃないのかよ」

「あれはもう使い物にならんと思っていたら、ちょうどいいのが帰国してきたものだからな。父や兄が心配か。優しいところがあるではないか」

答えずに、べっと舌を出してやる。

俺からの心配？　笑える。そんなもん、あの人たちだって求めてなんかいないだろう。

彼らが俺を見る時にその目の奥に浮かんでいたのは、恐れと疑念、そしておぞましさくらいだ。

そんなことより、エステルの気配をちゃんと辿れていることを確認する。

ここは確かにクロウ伯爵邸の敷地内だが、「表向きは存在しない図書館」だ。エステルがいるのも同様に「まっとうな方法じゃたどりつけない地下室」。

そういう、細胞と細胞の間の潤滑液みたいな部屋が、この屋敷にはうじゃうじゃある。

俺は小さい頃から当たり前のようにそういった、「部屋と部屋の間の部屋」を行き来できたんだけど、不意に変な場所から現れる俺に皆が怯えの視線を浴びせてきたことで、ああ、これは普通じゃないんだなと学んだ。

当たり前のことが普通じゃないことを、教えてくれる人なんていなかった。

常に奇異の目にさらされながら、後追いで学んでいく。それが、俺にとっての「学習」だった。

そう、エステルに会うまでは。

あの大広間から別々の場所に転移させられた俺たちだけど、まだ大丈夫だ。エステルの周りには脅威になりそうな存在はない。

待ってろエステル。すぐ終わらせて迎えに行くから。

パキリと右手の五指を鳴らす俺の前に、奴は青いマントを揺らしてふわりと下りてくる。

明るい金色の艶やかな髪は母親譲りで、それがこいつには自慢だった。

四角四面な長兄・オベロンとは対照的に、柔和な笑みを張りつけて、来るものは拒まず去るものは追わず、周囲に馴染んでいく温和な性格。身長は俺よりも低く、手足も細くて力も弱い。だけど本人はむしろそのおかげで、他人の懐に入り込めると思っている。他国との外交という仕事は、おそらく天職だ。

気持ち悪いとさんざん罵ってくれた赤い瞳、意外とおまえも似合ってるけど？

そんなことを考えているうちに、トン、と奴は——クロウ家の次男、ユオン・クロウは、俺の目の前の床に降り立った。

「まるで寄生虫だな。クロウ家の人間の身体を転々として。そんなことがしたくて復活したのか？　エグモント・クロウ」

ユオン・クロウの皮の奥、奴の身体の中心が、俺の目には映っている。

猛々しく燃え盛る真っ赤な炎の傍らで、本来のユオンの魂が、青く細く揺れているのが。

「いや、父親の身体よりは居心地がいいぞ？　こいつにはほんのわずかながら、魔力があるようだな。本人が気付いていないほど些細なものだが」

「へえ。それ聞いたらユオン喜ぶんじゃねーか？」

「それがあるから余計、自分の上位互換であるおまえのことが本能的に憎かったのだろうな。父親よりも長兄よりも、この男はおまえに美味い感情を抱いている。嫉妬と羨望は、最高のご馳走だ」

いちいち癇に障る笑みを浮かべながら、ユオンの身体を乗っ取ったエグモント・クロウは首をすくめた。

こいつがトマスやユオンの身体を乗っ取っている原理は、あれとほぼ一緒だ。

あの忌々しい「願いごと人形」が、エステルの身体を奪った事件。

一つの器に無理やり別の魂が入り込んで、元からいた魂を押し出してしまう。

北の洞窟で目覚めたエグモントの魂は、子孫であるトマスの身体に入り込んだ。ただし元からの魂を押し出したわけではなく、無理やり同居させて情報を引き出す。

今も同じだ。ユオンの魂は、まだユオンの身体の片隅に追いやられつつも同居している。

だけど俺に対しては、同居するつもりはないだろう。

元々エグモント・クロウの最終目的は、俺の……ヴィンセント・クロウの身体なんだからな。

俺の魂を押し出して、完全に体を奪い取るつもりに違いない。

俺は、マントの胸元にそっと片手を突っ込んだ。


「だから、敢えて俺の身体に入らせてやるつもりだ」

俺が策を披露した時、その場にいた全員が見事に同時に首を横に振った。

式典の数日前、学術院の魔術古道具研究学部長室でのことだ。

「え？　なんでそうなるの？」

ガタンと立ち上がったのはリュートだ。

「ヴィンスの身体をエグモント・クロウが欲しがっているのは分かるとして、どうしてみすみす乗っとらせてやっちゃうのさ？　また君の無謀病じゃないだろうね？」

「分かるよその好奇心。私も、魂が同居するっていうのはどんな感触なんだろうって興味あるもの。えっ……。本当に興味あるな。どうだろう、まずは私が乗っ取られてみるっていうのは」

「学部長、ちょっと落ち着いて下さい。ねえヴィンセント、『敢えて』って言うからには狙いがあるのよね？　それは何？」

凛々しい表情をしたエステルも可愛いなあ。

俺はじっと俺の恋人を見つめながら、丁寧に説明を追加していく。

相手が既に習得している知識や理解力に合わせて説明に段階を付けるっていうのも、エステルから学んだことだ。今回の対象は、そういう意味ではとてもやりやすい部類に入る。

「エグモントの狙いは俺の身体だ。トマス・クロウは現代社会に潜入するための傀儡《かいらい》でもあったし、ある程度トマスとしての知識も必要としていたから同居を選んだんだろうけど、俺に対してはそんな必要はない。一気に体と魔力を乗っ取って、その瞬間に多分、この国を自分のものにするつもりだろう」

エステルは唇を引き結んだ。

怖がらなくていいんだ、エステル。俺がそんなこと絶対にさせないから。あとキスしたいな。

「だから奴は、俺の魂をすぐにはじき出そうとするだろうけど、俺は譲らない。反対にあいつの魂をもう一度俺から追い出して、自分じゃどうにもならないような器に閉じ込めてやる」

これだ、と俺は用意しておいたものをテーブルに置いた。

全員が真剣な顔をそこに向け、すぐに「？」という顔になる。

「……これは何だい、ヴィンス？」

「人形」

俺が生まれて初めて針と糸を持って、自分で作った人形だ。

資料倉庫から麻の古着をもらってきて、ちょうどよさげな形に切り取り、中に藁を詰めてやった。

「えっ。もう少しどうにか……こう……なんとかならなかったの？」

「言ってくれたら私が作ったのに」

「いいよ。どうしてエステルが作った人形にあいつを入れてやらなきゃいけないんだよ」

唇を尖らせる俺の前で、人形はくてんとテーブルにつっぷした。

「この人形には、目も耳も鼻も口も与えない。関節もなきゃ自立もできない。これに閉じ込めちまえば、いくらエグモント・クロウでも何もできなくなる」

「でも、わざわざどうして一度ヴィンセントの中に入れる必要があるの？　トマス・クロウ長官から離れた時に、そのまま人形に封じてしまえばいいじゃない」

不安そうに眉を寄せるエステルも、可愛いなあ。

「一瞬でも同居するメリットってのは大きいんだ。あいつに比べて俺たちは情報が少なすぎる。だけど俺の中にあいつを一度入れることで、思考を共有することができるんだ」

そうすれば、あいつがこれから先に何かの罠をしかけていたとしても封じてしまえるし、逆に操れるかもしれない。何よりそれくらいの餌をぶら下げないと、奴はトマスの身体から出ても来ないだろう。

「だけど、もしも」

「もしも失敗して、俺が乗っ取られたらって？」

肩をすくめて、俺は鼻で笑った。

「いいか、エステル。エグモント・クロウが俺を欲しがるのは、トマス・クロウの身体じゃ力が発揮できないからだ。魔力は魂と肉体両方揃わないと完璧に発揮できないってこと。俺が俺である限り、俺の方が有利なんだよ」

そう、俺の方が有利なんだ。

だってエグモント・クロウにはないものが、俺にはあるんだから。

「会いたかったぞ、ヴィンセント」

両手を広げるユオン・クロウ……の中に入ったエグモント・クロウを、俺は冷め切った目で見つめている。

「もっと早く会えると思ったのだがな。吾輩からの贈り物は気に入らなかったか」

「処女を抱く壺？　空気読まない人形？　あんたプレゼントのセンスなさすぎ」

「あれは、貴様の力を試す試金石だった。結果は合格、褒めてやろう」

本棚が揺れる。何冊かの本が棚からこぼれて、宙を舞った。

「分かるか？　ここは吾輩の思考の部屋だ。これらの書物には、吾輩が去ってからこの国で起きたすべての出来事が記されている。千五百年間待っていたよヴィンセント。貴様が生まれて、成長するのを。そして——」

一度言葉を切って、にやりと笑う。

「吾輩に身体を返してくれるのを」

姿はユオン・クロウのまま。

だけど俺の目にはその奥で揺らめくエグモントの邪悪な魔力が見えている。

赤い炎の輪郭が浮かび上がらせていく、奴の本来の姿。

それは、俺とまったく同じ顔と形。

「北の洞窟の最奥で、吾輩の肖像画を見たのだろう」

「あー見た。俺がどうしてこんなクソみたいな力を持って生まれてきたのか分かって、スッキリしたよ」

北の洞窟に潜入して、最奥の部屋でエグモント・クロウが自分と生き写しだったことを知った時、俺は理解した。

自分が、ただの先祖返りでも突然変異でもないってことを。

ヴィンセント・クロウは、エグモント・クロウだ。

「千五百年前、吾輩はもう飽き飽きしていた。格下の魔術師たちの足の引っ張り合いも、魔力なしの人間たちにもな。いっそすべてを破壊してやろうとしたが、その前に暫くゆっくり休んで、後の世を見てからでも遅くないと思ったのだ。愚か者たちの行く末をな」

呵々《かか》と笑いながらエグモントは続ける。

なるほどね。魔術古道具を破壊して回る俺のことをみんなは爆発魔って呼んでいたけど、俺自身がエグモントの仕掛けた時限爆弾だったたってわけか。

ちょっと面白いな。そこまで笑うほどじゃないけど。

「だからちょうど千五百年の後に、自分の身体がもう一度生まれるように魔術を施した。そして魂だけ眠りについたのだ。ヴィンセント、もうとっくに分かっているだろう。貴様の身体は元々吾輩のものなのだよ。二十一年間留守番ご苦労。大人しく明け渡して――」

「嫌だ」

俺は首をコキリと鳴らす。

「あんた話なげーんだよ。ていうか来るのも遅い。千年で時間感覚ぶっこわれたんじゃねーの」

もうちょっと早く来てればな。

具体的には、俺がエステルに出会う前。それならいくらでも引き渡してやったのに。

だけど今は、簡単に譲るわけにはいかない。

だってそんなことしたら、エステルが泣いちゃうだろ。

可愛い可愛い俺のエステル。エステルを泣かせる奴は、絶対に俺が許さない。

「成程《なるほど》？」

エグモント・クロウは右手を前にかざして愉快そうに笑う。

「貴様の考えていることは分かるぞ、ヴィンセント。吾輩を一旦受け入れて思考を読み、そしてはじき出そうとしているな？」

「分かってるならさっさと入って来いよ。一応言っとくけど、おまえ相当気色悪いじじいだからな？　若い男に身体くれくれ連発してさ。自覚できてんのか？」

「それは、もともと、吾輩の身体だ！」

ぐわん!!　とエグモントの掌から、強い衝撃が波動のように押し寄せてくる。

こんなもんか。予想していたのと変わらない。

これくらいなら受け入れられる。俺の意識を守りながら、絶妙なバランスで距離を取って。

——ヴィンセント！

最後に見たのは、俺に手を伸ばす泣きそうな表情。

なんだよエステル、誰に意地悪されたんだ。

言ってみろ、俺がやっつけてやる。おまえを悲しませる奴なんて……奴なんて。

エステルの顔が、クシャリと歪んだ。

——無茶言わないで、ヴィンセント。

そんな顔をさせたのは……。

…………俺？

「可哀想にな、ヴィンセント・クロウ」

その一瞬、エグモントはさも愉快そうに笑う。

「我らは、愛する者に忌み嫌われる運命だ」

その言葉は何より切れ味の鋭い凶器となり、俺の意識を奪い取った。

できたのは一瞬の一億分の一にも満たないような隙。

だけど必要十分な、永遠にも等しい一瞬。

凝縮された情報の渦が、すかさず脳裏に流れ込んでくる。

千五百年間積み重なった邪悪な思考の濁流の向こうに、こちらを振り向くハニーブラウンの髪が見えた。赤い唇が開いて、言葉を紡ぎだす。


肥大した暴力的な自意識に、俺はぐわっと呑み込まれる。

＊＊

一度瞬きをした瞼をふたたび押し開くと、今度は明るい部屋の中にいた。

くらんだ視界をどうにか光になじませて瞳を大きく開いた時、あまりの景観に息を呑む。

明るい部屋の壁一面に、あらゆる道具が並んでいる。

茸の詰まった瓶、擂粉木《すりこぎ》、小さな黒い馬車、巨大なへら、大きなシチュー鍋、さび付いた釘、つばのない帽子、くるみ割り人形、火おこし道具、羽の生えたソリ、砕けた女神像、硝子《ガラス》の首輪、虹色の網、中身によって大きさの変わる籠……数えきれないほどの魔術古道具が、天井までびっしりと埋め尽くしている。

「エステル、見ろよここ、すごいだろ」

声の方を振り向くと、ヴィンセントが立っていた。

棚に寄り掛かり腕を組んだ姿勢で、首をコキリと鳴らす。

「ヴィンセント、エグモントは？」

「ああ、言ったろ？　俺の方が有利だって」

ヴィンセントは歯を見せて笑うと、落ちたマントを拾い上げ、ばさりと羽織る。

「心配かけて悪かったな。あいつの思考を読んだおかげで、完璧に魔術を使えるようになった」

「魔術を？」

ヴィンセントの掌の上で、ぱちんと光が弾ける。それはクルクルと回転しながらギュッと凝縮して、みるみるまぶしい塊になった。

「色々怖い思いをさせたな、エステル。でももう安心だ。何でも好きなものをやるよ。教えてくれ。手始めに、この部屋の魔術古道具を全部やる。言ってみろよ、他には何が欲しい？」

ダークシルバーの癖のある髪。赤銅色の瞳は三白眼で、だけどしっかり涙袋があることで、妖しくも甘い印象だ。輪郭は男らしく精悍で、薄い唇は凛々しい形。

ふてぶてしく自信たっぷりに、ヴィンセント・クロウは私に向かって手を差し伸べて、一歩足を踏み出した。

私は一歩、後ずさる。

「エステル？」

「あなた誰」

答えを聞くまでもないけれど。

「ヴィンセントは、そんなふうに言わないわ」

愉快そうに、試すように、目の前の男は唇の片端を持ち上げる。

ああ、やめて。そんなふうに、その人の身体を動かさないで。

憤りが絶望を覆いつくしていく。

「何でも好きなものを言え？　何でも欲しいものをやる？　あのね、ヴィンセントはそんなふうに言わないの」

ついこの間、初めて王都でデートしたのだ。

貴族令嬢にも人気だというお店をリュートに教えてもらって、学術院の裏門で待ち合わせをして、二人でドキドキしながら出かけたのだ。

私はワクワクしてふわふわして。

あれが素敵、これも食べたい。あっちのも好き、これも可愛い、と街のすべてが輝いて見えた。

ふと気付くとヴィンセントは、唇を尖らせてマントのポケットに両手を突っ込んでいて。

そうして、こう言い放ったのだ。

「エステルが一番好きなのは俺だろうって。欲しいものだって俺しかないだろうって。ヴィンセント・クロウはそれくらいに面倒くさい男で」

後ずさりながら、私は目の前の男を睨みつける。

「厄介な男だな」

男は鼻で笑った。

「そう、すっごく厄介なのよ」

私の今だけじゃ足りなくて、未来をあげてもまだ足りなくて、過去も欲しいなんて無茶を言う。

そのくせ自分はなんでも勝手に一人で決めてしまって、肝心なことは何も教えてくれないままに、私を守ろうと無茶をするの。

「いくら言っても研究室を片付けないし、貴重な古道具をすぐ解体するし爆破するし、なのに報告書は人に押し付けるし、寝るべき時に寝ないし寝ちゃダメな時に寝るしご飯食べるの忘れるし遅刻するし失踪するし挨拶できないし！」

目の前の男……ヴィンセント・クロウの身体を乗っ取ったエグモント・クロウは、天を仰ぐように笑い出す。

「なんだ、おまえもこの男に飽き飽きしていたのか。ちょうどよかった。それならなおさら俺と一緒に来い。手始めにこの国をおまえにくれてやってもいいのは本心だぞ」

「冗談じゃないわ」

背中が棚にとんと付いた。

「私はそんなヴィンセントが大好きなの。それはヴィンセントの身体よ。ヴィンセントが二十一年間生きてきた証よ。もうあんたの時代じゃない。この時代の人は、ヴィンセント・クロウを求めているの。そこから出て行ってちょうだい」

エグモント・クロウは愉快そうに笑ったままだ。

ヴィンセントとは全然違う。ヴィンセントなら、そんなに人を馬鹿にしつくしたような笑い方はしない。最近は、前よりも笑う頻度が増えた。もっと楽しそうに、もっと心から、もっともっと、可愛く笑うのよ。

「この時代の、か。ずいぶん生ぬるい時代のようだな。魔力なしが大きな顔をして――そうだ」

邪悪な笑みを浮かべたまま、エグモント・クロウは指を鳴らした。

ぶわりと風が立ち、彼の身体を宙に浮かせる。

「この時代の人間とやらに、吾輩の復活を知らしめてやろう。じきに王都のあちこちで、爆発が起きる」

「それくらいのこと、とっくに予想していたわ。火だろうが水だろうが風でも水でも土でも雷でも、どんな方向からの攻撃にも対処できるように、学術院が総力を挙げて待機している」

「対処方法が常識を超えていたらどうだ？」

エグモント・クロウは手首を一度くるりと回す。

もう一度開いた手の上に、どこかで見覚えがある球状のものが乗っている。

「爆発玉……？」

ちがう、あれは。

——どんなに火をつけようとしてもまったく点火しなかった爆発玉。逆に水をぶっかけたら一気に爆発した。

北の洞窟から発掘されて、ヴィンセントが仕組みを解析した魔術古道具。

「最初の爆発はダミーだ。食い止めようとおまえの仲間が躍起になって水をかけるだろうな。しかしその周囲には、無数のこれを仕込んである。この王都くらい簡単に覆いつくすほどの火力分」

「そんなことさせない！」

両足を踏ん張って叫んだ。

「今すぐここから脱出して、みんなに知らせるわ。ヴィンセント、そこらへんにいるんでしょう？早く出てきてあなたの身体を奪い返してよ!!」

ふむ、とエグモント・クロウは意外そうな顔で顎に指を当てながら、私の顔を見下ろした。

「動揺したり泣いたりしないのだな、娘よ」

「慣れてるの。遅刻するのはヴィンセントの得意技だもの」

エグモント・クロウはじっくり何かを考えるように私を見て、それから「いいだろう」と続けた。

「ずいぶん自信があるのだな。よし、吾輩は身体を取り返して機嫌がいいのだ。一つ遊戯でもしてやろう」

一度合わせた両手を、エグモント・クロウがゆっくりと開いていく。

その動きに合わせるように、周囲をぐるりと囲んだ棚の中の魔術古道具たちが、まるで絵本のページを一枚めくっていくかのように、みるみる姿を変えていく。

すべての古道具が、床から天井までぎっしりと棚を埋め尽くす、大小さまざまな星の数ほどの美しい人形たちに変化した。

「この部屋にある人形のどれかに、ヴィンセント・クロウを封じ込めた」

「えっ……」

「奴を封じるに相応しい人形を、特別に作らせておいたのだ」

目を丸くして周囲を見上げる私の姿に、エグモント・クロウは耐えきれないように笑い出す。

「どうした。自信があるんじゃないのか。ほら娘、ヴィンセント・クロウを探し出してやれ。それともやはり、口ばかりか」

私は黙って、その一つ一つを見つめていく。

一体、いくつあるのだろう。天井の近くは闇に飲み込まれて見えないほどだけれど。

「ヴィンセントが封じ込められるのに相応しい？」

「ああ。あの生意気な顔をした男を封じ込めるための特注品だ。そう言えば、どこか奴に似ているかもしれないな。人形作りの技術ってのは、この千五百年でなかなか進化したようだ」

何か面白い冗談でも言っているつもりなのか、エグモント・クロウはニヤニヤと私を見下ろす。

「――分かったわ」

エグモント・クロウは、笑みを消した。

私は手袋を脱ぎドレスのポケットに収めると、深呼吸をして目の前の人形をそっと手に取る。

「だけど、私が一つに絞るまで、外の爆発は止めておいて。それくらい待てるでしょう」

「娘、本当に選ぶ気か。魔力がないおまえなどに、分かるはずがないだろう」

一つめの人形を丁寧に調べる。

銀色の髪の、男の子の人形だ。つるつるした材質の肌。目は、色から判断するに鉱石から削り出したもの。髪は植物性の繊維からできている。塗料の匂い。

「これじゃないわ」

棚に戻すと、エグモント・クロウは片眉をピクリと震わせた。

「あてずっぽうでどうにかするつもりか？」

「あてずっぽう？」

二つ目の人形を手に取りながら、私は鼻で笑う。

「馬鹿にしないで。私が何の功績で今回表彰されたか、もう忘れちゃった？」

それからもう一度、人形の材質を確認していく。今度の人形は布製だ。触るとどこかしっとりして、けば立っている。色の乗せ方は後染めだ。目はボタン。木製だ。この木材は希少で、この三十年ほどは玩具には使われていないはず。

可愛いわ。だけどこれでもない。

棚に戻すと次を手に取る。

「私の中には、この国の千五百年分の材質すべての知識が収められているの」

全部一つ一つ、学生時代から起きている間のほぼすべての時間をかけて作り上げてきたデータベースだ。

私には、ヴィンセントみたいな才能はない。もちろん魔力だってない。

だからすべてをこの手で調べて、足を運んで、確認して、取り寄せて、検証して、系統立てて、ひとつひとつを積み上げてきたのだ。

——この俺の認めた、最高のライバルだって。

私のとっても地味な努力を、ヴィンセントは認めてくれたのよ。

「あなたはさっき、ヒントをたくさん与えてくれた」

睨みつけてやろうか、怒鳴ってやろうか。

ううん、違うわ。

顎を持ち上げ首をかしげて、唇の端を持ち上げて。

そうよヴィンセント、いつもあなたがやっているみたいに、私もうまくできているかしら。

あの憎らしくて生意気で図々しくて……最高に格好いい、笑い方を。

「こんな年代物の人形の中から、最近製作された、量産型じゃない特注の人形を見つけ出す、ですって？　簡単すぎて、欠伸が出ちゃう」

目を瞠るエグモント・クロウから棚へと視線を戻し、次の人形を手に取った。

指で触れて、じっと見つめる。周囲から、音がそぎ落とされていくような感覚に包まれる。

繊維・鉱石・金属・木材。目を閉じれば、すべての素材が時系列で並んでいく。

あとは、その中から答えを見つけ出すだけだ。

一体どれくらいの時間が過ぎているのだろうか。

お腹もすかない、喉も渇かない。眠くもならない。

おそらく、この場所は通常とは時間の過ぎ方が違うのだろう。研究者にとって、理想的な場所かもしれない。

ただただ集中力だけが、どんどん研ぎ澄まされていく。

二百三体目の人形を棚に戻した時だった。

「はっ……ははははは、はははははははは！！！！！！」

身をそらせるようにして、エグモント・クロウが笑い出した。

しばらくそうやって高笑いをした後、

「いいな、非常に気に入った。魔力なしの屑の中に、おまえのような女が生まれるとは。ヴィンセント・クロウは女の趣味だけは良かったと見える」

ぶわりと前に下りてきて、腰を曲げて私の顔を覗き込む。

「約束が違うわ。大人しく待っていることもできないの？　ヴィンセントに比べてずいぶん残念な集中力ね」

切り返す私にエグモント・クロウはヴィンセントと全く同じ顔で、なのに全然違う表情で笑った。

「光栄に思うがいい、娘。おまえを吾輩のものにしてやろう」

「いえ結構です」

即座の返事を予想していただろうに、さも心外そうにエグモント・クロウは両眉を持ち上げた。

「すべてをやるぞ？　おまえを庶民として下に見ていた奴らはその足元にひれ伏すだろう。そうだな、おまえの家族だけは特別扱いしてやってもいい。今にもつぶれそうな食堂を経営しているらしいな。吾輩の口には合わないだろうが、王宮で雇ってやろう」

「失礼な人ですね。間に合っていますからお構いなく」

「宝石もドレスも黄金も奴隷も、なんでもやろう」

「まったく興味ありません」

「この国の、いや、この世に残る魔術古道具を、すべておまえに捧げよう。この国以外のものもすべてだ」

うっ。

違うのよヴィンセント。今のは決して、ほんの少しでも揺らいでしまったとかではなくて！

「お断りします！　ちょっとうるさいので黙っていてもらえませんか？　調査中なんですけど！」

くわっと叫んだ私に、エグモント・クロウは動じることなく手を伸ばしてきた。

立ち上がってその手を避け、背後に下がる。まだ距離があったはずなのに、背中にとんと棚がぶつかってきた。やっぱりこの空間はおかしい。

「何が不満だ。あんな面倒くさい男より、吾輩の方がよほど分かりやすいぞ。おまえは吾輩を受け入れ、褒め称え、その体で癒やせばいい。ただそれだけで、この世界のすべてを捧げてやる。この世界で最も力と権力を持った男がおまえを欲しいと言っているのだ」

「そういう発言は不快なのでやめていただけますか？　うちの学部長、そういう権力をかさに着るやりかた大嫌いで、私もそこだけは同意しているんです！」

まくしたてながら、頭の中でこれからの動きを考えた。

人形はまだまだ残っている。

外からの助けは期待できない。

だめだ、考えがまとまらないうちに、エグモント・クロウが近付いてくる。

口元に蔑むような笑みを浮かべ、こちらに手を伸ばしてくる。

唇も指先も、ヴィンセントのもの。

だけど、嫌だ。

絶対に、嫌だ。

触られたくない。絶対に、絶対に……。

「ああもう、ヴィンセントのばか!!」

バチン！！！！！

閃光が弾け、こちらに伸ばされてきたエグモント・クロウの指先が跳ねあがった。

息を呑む私の目の前で、エグモント・クロウも目を見開いている。

煙が立ち上る彼の左手の指先に、ヴィンセントの瞳と同じ色の炎が揺れていた。

「なるほど」

指先に唇を当てその炎を飲み込みながら、エグモント・クロウは笑った。

「その首飾りに込められた力は、予想以上のものらしいな」

とっさに自分の首元に手を当てる。

そこに下がるのは、ヴィンセントが贈ってくれたネックレスだ。

彼の瞳と同じ色の石が、いつもよりもじんわりと熱い。

ヴィンセントだ。

ヴィンセントがいる。

胸を苦しくさせるような喜びは、続くエグモントの言葉で衝撃に変わる。

「しかしあの男が愚かだということは実証されたな。その石には、あの男の魔力の半分以上が込められているようだ」

「え……」

魔力の半分……？

「そんなことをしなければ、やすやすと封印されることもなかっただろうに。後先を考えない愚かな所業だ」

――俺の持ってる限りの加護を注ぎ込んどいたから。

ヴィンセントはそう言っていたけれど、それはてっきり言葉の綾だと思っていた。

そんなまさか、魔力の半分をここにあずけてしまっていたなんて。

ヴィンセントは、半分の力しかないような状態で、エグモントと対峙したの？

史上最強の魔法使いに、半分の力で挑んだの!?

「しかしどうするかな。このままでは、おまえに触れることもかなわない」

言葉とは裏腹に、エグモント・クロウは楽しそうに笑って、私を横目に見た。

ヴィンセントの三白眼は、中身がエグモント・クロウになるとぞくりとするほど残酷な色を宿す。

「ヴィンセントはおまえの身を守ることに能力を全振りしたようだが、結局おまえこそがあの男の最大の弱点だったわけだな」

「え……？」

「おまえに力の半分を渡していたとはいえ、ヴィンセントの力は膨大だった。吾輩が身体を奪うことができたのは、奴に隙ができたからだ」

エグモント・クロウは指を鳴らす。

空中に、ぶわりと漆黒の額縁のようなものが現れた。

「なに、これ……」

その中に浮かび上がったのは、金色の髪にグレイの瞳をした綺麗な女性。その残像がぼやけて消えたと思ったら、今度は明るい茶色の髪に緑の目をした姿になった。

――もう、あなたと一緒にはいられない。

緊張したようにこちらをまっすぐに見つめたまま、額縁の中の私は唇を開いた。

――あなたが怖い。何を考えているのか、もう分からない。これ以上一緒にいられないわ。もう私に触らないで。お願いだから。

それは確かに、私の声だ。

額縁の中の私はそこまで訴えて、くしゃりと顔を歪ませた。

「吾輩の昔の記憶に手を加えて、おまえの姿に変えてヴィンセントに見せた」

くつくつとエグモント・クロウは笑う。

「見ものだったぞ。それまで唯我独尊のような顔をしていたあの男の脳髄にこれを流し込んでやったら、一気に余裕が崩れ落ちた。おまえに嫌われることがよほど恐ろしかったらしいな。その動揺に付け込んで、身体を奪い取ることができた」

気が付いた時には、私はエグモント・クロウの頬を平手でたたいていた。

炎がぶわりと立ちのぼる。

「な、何でそんなことをするの？　こんな捏造資料を見せたらだめでしょう？　ヴィンセント、ショック受けるに決まってるじゃない！」

炎はちりちりと小さくなり、エグモント・クロウの頬の上でじゅわりと消える。

その下から、すべてを凍らせるような赤い目が私を見据えてくる。

ぞくりとする。だけど私は、必死で睨み返した。

「大体、最初に映った女の人は誰？」

「吾輩がかつて、愛した女だ」

エグモント・クロウの足元から、風が立ち上がる。

巻き込まれた人形たちがぶつかり合ってがちゃがちゃと音を立てていく。

「あの女も最後にはこう叫んで吾輩から離れていった。まさかその時の忌まわしい記憶がこんなところで役に立つとはな。抹消しておかなくてよかった」

私はただ目を瞠って、エグモント・クロウを見上げていた。

さっき一瞬見えた女性の瞳。

大きく開かれた瞳の奥には明らかな、悲しみの色がにじんでいたのに。

「そんな……」

「おまえも遅かれ早かれ、ヴィンセントに似たような言葉をぶつけたことだろう。さっきの夜会でも、言い争いをしていたではないか」

「あなた、馬鹿なの？」

思わずこぼれた私の指摘に、エグモント・クロウは不快そうな顔をする。

「愚かなのはヴィンセントだろう。こんな偽装に騙されるほどに」

「それもあるけど、それだけじゃないわ。あなた、彼女にそう言われて別れてしまったの？」

エグモント・クロウは意味が分からないというように眉を寄せた。

呆れてしまう。心底だ。

女心が分からないことは、クロウ家の呪いなんだろうか。

「ねえ、人間って本心とは違う言葉を口にしてしまうことがあるの。どうしてもっと、彼女の言うことを聞かなかったの？　ちゃんと話し合ってたら、彼女はあなたのもとから離れていかなかったかもしれないのに」

エグモント・クロウの赤銅色の三白眼が、ゆっくりと開かれていく。

「あなた、ヴィンセントよりもずっと愚かだわ。どうして知ろうとしなかったの？　彼女が伝えたかったことは、まったく逆のことだったかもしれないのに」

気付けば風は収まって、人形たちが一つずつ、床にぽとんぽとんと落ちていく。

まるで悪い夢の中の雨みたいだ。ばらばらと、身投げのように人形たちが落ちてくる。

「……もう遅い」

ぐしゃり、と人形の一つを踏みつけながら、エグモント・クロウは進み出る。

「彼女はもう、とうの昔に死んでいる。言葉を交わすこともできない。永遠に」

近づいてくるエグモント・クロウを睨みながら、私は後ろに下がっていく。

足元の人形に踵が当たって、踏んじゃいけないととっさに足を引いてしまった。

「きゃっ」

その場にしりもちをついた私を、エグモント・クロウは表情を変えずに冷たく見下ろす。

「貴様も同じだ。ヴィンセント・クロウの魂は人形の中に縫い付けて、更に無限の奥底へと追いやった。もう二度と、浮かび上がってくることはない。たとえ人形を見つけ出しても無駄だ。奴に会えるなど期待するな。永遠にだ」

言葉が冷たい刃となって、私の心を引き裂いてくる。

「そんなの分からない。私が呼べば、ヴィンセントは来てくれるもの」

ははっとエグモント・クロウは乾いた声で笑い、私の方に一歩近づく。

胸元の赤い石のネックレスがふわりと浮かび上がり、私の周りに湖面のような結界を張った。

そうだ。動揺したら駄目だ。

おそらくヴィンセントのくれたこの守護の力は、私の心とも呼応している。

私がヴィンセントを信じている限り、力が弱まることはない。

「呼べばいい。何度でも呼べばいい。そうだな、もしかしたら千五百年後、ヴィンセント・クロウは目覚めるかもしれないな。そうしてその世界でたった一人、ヴィンセントは悔やむことだろう。二度と会えないおまえのことを考えて、たった一人、暗闇で」

聞いちゃだめだ。

エグモント・クロウは私を動揺させようとしているのだから。

だけどその言葉に合わせて、さっきの絵画の中のヴィンセントの姿が浮かび上がってくるようだった。

暗闇の中、冷たい大理石の上。

幼いヴィンセントは、たった一人で小さくうずくまって、お母さんを呼んでいる。

ヴィンセント。

馬鹿。大馬鹿。なんで私に力をそんなに託しちゃったのよ。

無計画。本末転倒。優先順位めちゃくちゃ。

「ヴィンセント……」

私を見下ろすエグモント・クロウが邪悪に笑う。

マントの裏から短剣を取り出した。いつか見た、ヴィンセントの剣だ。それがエグモント・クロウの手の中で、片手剣へと姿を変えていく。

エグモント・クロウは、その剣先をひたりと結界に当てた。

駄目だ。負けちゃ駄目。動揺しちゃ駄目。

負けるな。負けるな。負けるな。

「あいつはおまえに依存すれば、この世界でも生きていけると思ったんだろうな。そんな危うい絆がどんなに頼りないものかも知らず」

「そんなことない。馬鹿にしないで。ヴィンセントは絶対に、私やあなたの予想なんて超えちゃうんだから」

「強気だな、娘。そうか、ずっと守られていただけのおまえはそれくらい気楽に構えられるか」

眉を寄せる私の前で、エグモント・クロウが首を鳴らす。

「『相手の純潔を散らさないと命を落とす呪いのかかった壺』覚えているか」

「な、なによ、いきなり……」

「あの呪いにかかっていたのはヴィンセントではない。おまえだ」

何を言われたか理解するのに、少しだけ時間が必要だった。

「『願いごと人形』の時も、あの人形がヴィンセントの首をかき切ろうとしていたのを奴はおまえに知られないように処分した。おまえの故郷の街から、魔術省の派遣した軍を丸ごと追い払ったこともくらいは聞いているか。いや、おまえはその頃あられもない姿で熟睡していたのだったな」

「なに、言って……」

答えようとするのに喉が震える。

周囲を護る結界が、ぴしりぴしりと音を立て、歪んできしんでいく。

最初の呪い——純潔を散らさないといけない呪いは、ヴィンセントにかけられていたはずだ。

だから、私はヴィンセントを救おうと思って。私が救わなくちゃと思って。

そして私たちは、初めて身体を重ねたのだ。

あれが、ずっと友達同士だった私たちの関係が変わる最初のきっかけで。

目に見えない結界が薄くなるのが分かった。

駄目だ。このままでは駄目だ。

しっかりしないといけないのに。

「おまえは一度たりともヴィンセントを守れたことなどない。いつもあの男の足手まといで、最終的には存在こそが足かせとなり、奴を滅ぼした。思い上がるな」

駄目だ、聞いちゃ駄目。

分かっているのにエグモントの言葉が、過去に残っていた違和感すべてと結びついていく。

「ヴィンセント……」

ヴィンセント、私のせいだった？

私の存在は、あなたを縛り付けていた？

あなたはこの国から出ていこうとしたのに、それを私が引き留めてしまったから、だから結局、あなたは身体を奪われて……。

剣先の触れた結界の一点から、ぴしぴしとヒビが入っていく。

私の心だ。これは、私の心と同じ。

「泣かなくてもいいぞ、娘。吾輩の身体はヴィンセントのものでもある」

その言葉に、自分の瞳から涙が溢れかけていることに気付く。

エグモントは、私を見下ろして唇の端を持ち上げると、膝を開くようにすとんと目の前にかがみこむ。

「吾輩はおまえに多くを期待することはない。夜はたまに抱かせてもらうだろうが、それ以外は身体も心も自由にしてやる。おまえを束縛することもない。悪い話じゃないだろう」

「な、んでそんなこと……」

「そうだな」

エグモント・クロウは膝の上に頬杖を突き、軽く肩をすくめた。

そして、残酷に笑う。

「おまえの中のあいつへの愛が、ぐちゃぐちゃに壊れていくさまを見てみたい」

涙が、ぽろりとこぼれた。

エグモント・クロウの右手が、私の左肩に……触れる、その時。

バチン！！！！

さっきとは比べ物にならないほどに大きな破裂音と共に、エグモント・クロウの手は跳ねあがった。

紅蓮の炎が鋭く天に向かって立ち上る。

エグモント・クロウが顔をゆがめた。炎が消えた後、彼の右腕の手首から先はおかしな方向に曲がり、だらりと力なく垂れ下がっている。

「これは……」

その手の甲に、どす黒い紋章。

見覚えがあるそれは、あの時ヴィンセントの首筋に浮かんでいたのと同じ……呪いの、紋章。

「――エステルを」

エグモント・クロウの左手から、剣がものすごい勢いで背後へ飛んで行った。

その先を仰ぎ見て、私は声を上げそうになる。

エグモント・クロウの背後、剣を片手に浮いているのは、くったりとした人形。

ヴィンセントが、やたら不器用に針と糸を駆使しながら作り上げた麻人形だ。

――奴を封じるに相応しい人形を、特別に作らせておいたのだ。

ずるい、ずるい。そんなのって。

そんな人形、最初から一つしかなかったんじゃない！

目も口も必要ないなとつるんとしていただけだったその顔が、一旦ぶわんと震えたと思ったら、不意にバチンと真っ赤なガラス玉のような瞳が開かれる。びしびしとヒビが入るように、口が大きく開かれた。

「エステルを泣かしてんじゃねーよ！」

剣をふりかぶり、麻人形が勢いよく切りかかってくる。

とっさにそれを受け止めたエグモント・クロウの左腕から紅蓮の炎が立ち上り、一気に全身を包み込んだ。エグモント・クロウは悲鳴を上げ、床に両膝をがくりと突き、そのまま前のめりにうずくまる。

だけど次の瞬間には炎は一気に破裂して、黒い煙を残して消失した。

炎の残滓が弾ける中、目の前の身体はゆっくりと顔を上げて――私を見た。

ダークシルバーの癖のある髪。

赤銅色の三白眼に、くっきりとした涙袋。

酷薄そうな薄い唇は、開くととても甘い言葉を紡ぐことを、私はもう知っている。

「ヴィン……ヴィンセント」

「うん」

「ヴィンセント……」

「うん、エステル」

手を伸ばした。

ヴィンセントも、私の方に手を伸ばした。

私は、その胸の中に倒れ込むように両手を広げて抱きついた。

温かい。

ヴィンセントの身体だ。

ヴィンセントの声だ。

強く抱きしめようとして、だけど私が痛くならないようにちょうどいい加減を気にしながら、それでも強くしがみつくように抱きしめてくれる、これはヴィンセントだ。

ヴィンセントの心が、ヴィンセントの中に入っている。

「どうして……どうして還ってこられた！　おまえの魂は、少なくとも千年分は深い底へと封印したはず！」

甲高い声がした。

ヴィンセントの背後で、麻人形がぴょんぴょんと飛び跳ねている。

ヴィンセントはうんざりしたようなため息をつき、後頭部を掻きながら振り返った。

「あんたが俺を封印しようとした力もついでに利用して、呪いをかけたんだよ。あんたがエステルを泣かせたら俺とまた魂が入れ替わるっていうの」

「なっ……」

エグモント人形は身体をのけぞらせる。

「封印されるあの瞬間に、そんな呪いをかけたというのか？　吾輩の魔力を上回る力で!?　そんなことができるはずが……」

「知らねーよ。俺があんたより優秀ってだけだろ」

エグモント人形は、ぱかんと大きく口を開けた。壊れた腹話術人形みたいだ。

「……呪いには代償が必須のはずだ。それだけの力の対価に何を差し出した？　残りの寿命すべてか？　死後の魂か？　そういうのを無謀と呼ぶのだ！」

エグモント人形の叫びを聞きながら、私は心が急速に凍り付いていくのを感じていた。

ヴィンセントが、無謀な行動を取る理由。

今までもそうだった。

私を助けるためだ。ヴィンセントはいつだって、自分をないがしろにしてまでも、私を優先してくれる。そもそも今回も本来持っている魔力の半分を、私に渡してしまっていたのだ。

ああ、駄目だ。こうなるのだけが怖かったのに。私のせいだ。ヴィンセントから離れられなかった私のせい。

私を助けるために、ヴィンセントは、ついに自分の命を代償に……。

「は？　あんたなに言ってんだ」

心から面倒くさそうに、ヴィンセントは呆れた声で言い放った。

驚いて顔を上げた私の視線の先で、彼は砕けた右腕の調子を確かめながらついでのように続ける。

「そんなもん代償にするわけねーだろ。阿呆か」

エグモントも私もぽかんとする。

「まあ、ちょっと前までの俺だったらそうしたかもな。それが一番簡単だし。だけどエステルと両想いになった俺は違う。おまえみたいな勝手な奴じゃ到底理解できない高みに俺は到達してんだよ」

「ヴィンセント……」

なんだかよく分からない方向にエグモントを煽りまくっていたヴィンセントは、私の声に、まるでこれがデート中の街中であるかのように爽やかな笑みを浮かべて振り返った。

「ん？　なんだ？　エステル」

「ヴィンセント、大丈夫なの？」

「あー、ごめんな、結局心配かけて」

ズボンのポケットに両手を突っ込み、ヴィンセントは私に近づいて笑う。

「俺、ちょっと油断しちゃってさ、身体乗っ取られるの回避できないって分かったから。だけど絶対に絶対に絶対にエステルを危険な目にあわせないために、すぐに戻ってくるために、呪い返しをエグモントにかけたんだ」

「それは……あ、ありがとう。だけど、代償って、一体何を」

ヴィンセントはいきなり、忘れ物を指摘された子供のような気まずそうな顔をした。

「――この王国を護るって」

ぼそぼそと答える。

「……はい？」

「だーかーら、無事に戻ってこられたら、俺の魔力を使ってこの王国が永遠に平和になるように護るって誓いを立てたんだよ。それが代償」

ぽかん、と私は目と口を大きく丸く開けてしまう。

不本意だけど、たぶんエグモント人形も同じ顔をしていることだろう。

「しょうがないだろ」

ヴィンセントは拗ねた顔だ。ちょっと恥ずかしそうでもある。

「こいつの呪い、そこそこ強かったし？　決める時間も瞬きの一億分の一くらいの時間しかなかったし？　そりゃ、俺がエステルみたいに想像力豊かな可愛い子だったらもうちょっと何か思いついたかもしれないけど、俺そういうの苦手なんだよ」

「ねえ、この王国を護るって……」

「あっ、もちろん一番に護るのはエステルに決まってるからな？」

「そうじゃない、そうじゃなくて、どうして命とか魂とかを賭けなかったの？」

私の言葉にヴィンセントは軽く一度瞬きをして、楽しそうに笑った。

「なーに言ってんだよ。そんなことしたらエステルが泣いちゃうだろ。エステルは俺のこと、大好きなんだからさ」

ああ、馬鹿だったのは私だ。

ちゃんと伝わっていたのに。

もうここにいるのは、黙っていなくなってしまうヴィンセントじゃないのに。

自分だけが傷つけばすべてが解決するからと、全部を一人で背負い込んでしまおうとする、あの一匹狼の爆発魔、ヴィンセント・クロウではなかったのに。

あっという間にゆるゆると、こちらを見つめるヴィンセントがにじんで溶けていく。

一気に空気を吸い込むと、喉の奥から「ふぎゅ」と変な音がした。

「私だけじゃない、他にもたくさんいるよ。リュートも学部長も、ハンスさんも学校や街のみんなも、ヴィンセントのこと大好きだよ」

「ん、エステルが教えてくれたもんな」

泣きじゃくりながら訴える私を、ヴィンセントは笑いながら抱きしめてくれる。

大きな手で、頭をぽんぽんと撫でてくれる。

「ヴィンセント、おかえり」

「エステル、ただいま」

ヴィンセントの胸元に、緑色のメダルが見える。

私がヴィンセントに贈った、不格好な穴をあけた記念のメダルだ。

ヴィンセントはあれ以降、肌身離さずそれを着けてくれている。

――守ってくれて、ありがとう。

思わずそのメダルに、ちゅっと口付けた。

「えっ」

「あ、ごめん、つい」

「いや、いいけど。全然いいんだけど。キスするならもっと俺の身体の別のところにいくらでもしてほしいところあるんだけど」

早口で言って、ヴィンセントはシャツの胸元をくつろげていく。

「いやいや、ちょっと待って落ち着いてヴィンセント！」

その時、ぐらり、と部屋全体が揺れた。

四方を天まで取り囲んでいた棚が一気にぐにゃりと歪み、まるで液体のように溶け落ちていく。

「この空間も限界だな」

ヴィンセントはつぶやいて、私の身体を両腕でふわりと抱き上げる。

「もう手遅れだぞ！」

ぴょんこぴょんこと麻人形のエグモント・クロウが叫びながら飛び出してきた。

「クロウ邸を中心に、王都中に仕込んだ爆弾がとっくに爆発している頃だ！」

「えっ!?　ひどい、私が人形を調べる間は止めておくって約束したのに！」

「知ったことか！　魔術省の護衛騎士たちも機能しないように手を回しておいたからな！　今頃ラセルバーン王国は火の海だ、すべてお終いだ!!　わははははは……ぷぎゃ」

そっくりかえって壊れたようにけたたましく笑いだしたエグモント・クロウを、ヴィンセントは容赦なくぷちっと踏み潰す。

「うるせーよ」

そうしている間にもみるみる周囲の景色は変わっていく。

視界が開けていくにつれて、自分たちがどこにいたのかが分かった。

ここは、大広間の屋上だ。ドーム状になったそのてっぺんに、私たちは立っていた。

見回して息を呑む。

あたり一面、真っ赤だ。燃え盛る炎がクロウ邸の広大な敷地のあちこちでうねり吹きあがり、すべてを飲み込もうとしている。

「ヴィンセント、どうしよう。本当に王都中が炎に……」

「安心しろ、エステル」

ヴィンセントは私を抱き上げているのと反対側の右腕を、さっと真横に突き出した。

さっき炎で弾かれて砕けた右腕が、みるみる再生していく。

それに目を奪われていたら、どこからか懐かしい声が聞こえた気がした。

「くぽ――――――」

かすかな声。

それを辿って周囲の暗闇を見回すと、遠くにチカリと光る銀色の影が見えた。

「クポ……！」

こんなところにいたの。てっきり研究室でお留守番していると思ったのに。

危ないからちゃんと服の中に入れておいてあげないと……。

そう思いながら目を凝らすと、銀色の塊はだんだん近づいてきた。

ぐんぐんと近づいて、近づいて……。ちか、づいて……。

「えっ……えええええええ！？」

それは私のよく知っている、小さなブリキのような素材でできた球体の掌サイズの魔術鳥のクポではなくて。

大きな翼を左右に広げた、小さなおうち一軒分くらいのサイズ感の、すらりと美しい身体をした銀色の鳥だったのだから。

いや、違う。その後ろから、もう一羽、銀色の鳥が飛んでくる。あっちがクポだ。だって小さいもの。小さい……小さいけど、馬車くらいの大きさがあるけれど!?

「くぽぉおおぉおおおおおおおお!!!」

ぽかんと口を開けたままの私をよそに、ヴィンセントは軽く口笛を吹く。

「偉いぞクポ。ちゃんと知らせてくれたみたいだな」

「くぽー」

家ほどの大きさの美しい銀色の鳥は、フンスと息を吐き出し、頭をヴィンセントに擦り付ける。

その隣に、それよりも少しだけ小さな鳥が、寄り添うように降り立った。

呆然とする私の顔を覗き込み、家サイズの一羽は嬉しそうに瞳を細めてくる。

「クポ……なの?」

「エグモント・クロウから乗っ取られる時、こいつだけ外に逃がしておいたんだ。リュートや学部長への伝言を添えて。王都中に仕掛けられた爆発玉には絶対に水をかけないこと、火がついていても構わずに、むしろさらに炎をぶちこめってな」

「すごい、そんなこと」

いったい一億分の一の瞬間に、ヴィンセントはどれだけのことをしていたのだろうか。途方に暮れてしまう。

私が両手を伸ばすと、大きな鳥はその手にそっと額を擦り付けてくれた。

クポだ。これはクポだわ。

「偉いわクポ、ちゃんとみんなに伝言できたのね」

「くぽー」

クポはすりすりと、私にほおずりしてくれる。

「だけど、どうしてこんなに大きく……そしてこっちのもう一羽は」

「あ、クポ結婚したんだよ。それが奥さんな」

「くぴー」

馬車サイズの鳥が羽ばたいた。クポにそっくりだけれど、確かによく見ればまつげが長い。

「クポの奥さん……」

「うん、本当は子供があと百羽ほしかったんだけど、さすがに間に合わなくてさ」

ちょっとごめんなさい。何がどうしてそんなことになったのか、ちっともまったく分からない。

子供？　何の話？　奥さんはどこから来たの？　どうしてこんな大きさに？

いや、とりあえずそれは横に置いておこう。置きにくいけど今は置くしかない。とにかくヴィンセントはクポに伝言を預けて、リュートや学部長たちは爆発玉の適切な処置をしてくれたというわけで……あれ？

「それならどうして、こんなにあたりが燃えているの？」

慌てて尋ねると、ヴィンセントはやれやれと首をすくめた。

「そりゃ、クロウ邸の敷地内に仕込んであった爆発玉は逆だったんだろうな。敢えて普通の、火をつけたら爆発するのを仕込んでいたんだろ」

「性根腐ってやがるぜ」とヴィンセントは続ける。

「ええっ。どうしよう！」

ヴィンセントは笑う。

まるで面白い悪戯が思いついた子供みたいな邪気のない悪い笑顔で。

「いい機会だ。クロウ家には、危険なだけの魔術古道具がまだまだ山のように隠されているんだよ。ついでに全部一掃できる」

息を呑む私を抱き上げたまま、ヴィンセントはクポの身体にひらりと乗る。

「くぽぉぉぉおおおおおおお」

クポは一度咆哮を飛ばし、ばさりと大きな羽を上下させた。

その体がぶわりと宙に舞い上がり、私はヴィンセントにしがみつく。

一緒にクピも舞い上がった。クポに寄り添うように羽ばたく。夫婦仲はとてもいいみたい……。

私はヴィンセントにしがみつきながら、あたり一面を見渡した。

逃げ遅れた人の姿はないみたいで、ほっとする。

右往左往としながら消火活動に当たっているのは、魔術省の護衛騎士の人たちだろうか。

その中になんだか見覚えのある人がいる気がしたけれど、確かめようとして身を乗り出した私をヴィンセントが強く抱きしめてきたので、結局よく分からなかった。

屋敷が燃えている。

改修を重ねつつも、王国の始まりの頃からここにあったと言われている、王城よりも古い歴史を持つクロウ邸が、炎の中に崩れていく。

うずくまって泣いていた、幼いヴィンセントの面影を飲み込んでいくように。

「ヴィンセント……」

思わずぎゅっとしがみつくと、ヴィンセントは真顔で言った。

「ちょっと待ってて。勃っちゃうから」

「ねえヴィンセント、本当にそういうのどうかと思う」

「やっぱさ、俺の性欲が強いのって、魔力の強さに比例してるんじゃないかと思うんだよな。そう考えたら納得いくだろ。諦めがつくっていうか」

「つきませんね？」

「そうか？　俺はそう考えれば、俺の身体の中のクソどうでもいい魔力もしょうがないかなって思えるけど」

呆れた私を笑って見て、ヴィンセントは唇を私の唇に当てた。

舌がゆっくりと中に入ってくる。

ねっとりと熱く、口の中を辿って吸い上げる。

抱き寄せた手が、私の胸をむにゅりと掴んで。

「おーい」

きつくつぶっていた目を開くと、目の前に赤毛の美人……ベティ・エンダー学部長が立っていた。

呆れきった顔で私たちを見る彼女の隣には顔を真っ赤にして目をそらすハンスさんと慣れきった様子のリュート、さらに思いきり仏頂面のオベロン卿までがいる。

「えっ、あ、えっと、あの」

慌てる私をよそに、リュートが進み出てきた。

「ヴィンス、言われた通り招待客も含めてみんな避難させておいたけど、あの炎どうやったら消えるのさ。街の爆発玉とは違って、火をつけたら更に爆発したんだけど」

「普通。水で消える普通の爆発玉」

「なんだよそれ！」

天を仰ぐリュートの隣に、ヴィンセントは私の身体をふわりと立たせる。

一度手首をくるりと返すと、そこにはあの片手剣が握られていた。その剣身が、ギラリと光ってぐんぐんと伸びていく。

「エステル待ってて。すぐに戻ってくる。そうしたら思いっきり続きしようぜ」

くぽぽおおおおおおお!!　と、クポが張り切った咆哮を上げる。

ばさりと大きな羽が煌めき、ヴィンセントを乗せたままその体は再び空に舞い上がった。

続いてクピも、それに従う。

みるみる高度を上げたクポとクピは、私たちの頭上で一度旋回する。

ヴィンセントが掲げた剣がきらりと光ったと思ったら、夜空を突然どす黒い雲が覆いつくした。

そこから一斉に雨が降り注いでくる。

あまりの急激な天候変化に私たちは飛び上がり、慌てて燃えていない建物の陰へと逃げ込んだ。

見上げた空の上では、ヴィンセントがクポの上でさらに剣を振る。

クポとクピが大きく息を吸い、咆哮した。その嘴からも大量の水が放出される。

大量の雨とクポたちの作り出す水で、みるみる炎が消し止められていく。

「いやー……参ったねえ」

ぐっしょり濡れた赤い髪をかき上げながら、学部長は首を振った。

「ただものじゃないとは思っていたけど、ヴィンセントが魔術を使えるなんて」

「あ……」

やっとそのことに気付いて私は衝撃を受ける。

うっかりしていた。なんてこと。

私たちだけじゃない。敷地内のあちこちから、いいや、きっと王都中からたくさんの人々が、巨大な鳥の背中に乗って天候を自在に操るヴィンセントの姿を見上げているだろう。

ヴィンセントの力が。

彼がこの世界に残る、最後の魔術師だということが。

「参ったね。これで来年から学術院の入学希望者は更に倍増だね。唯一の魔術師を有する研究機関として、更なる予算を計上しないわけにはいかない。見物料も取れるんじゃない？」

「学部長、さっきから気になっていたのですが、ドレスの形がやけにボコボコでは？　その下に大量に隠しているのは、クロウ邸からくすねてきた魔術古道具ではないでしょうか？」

「うるさいねハンスくん、女性の服の下は神秘の領域だ。口出し無用」

続くやり取りを聞きながら、私は空を見上げた。

炎はあらかた消し止められて、どんよりした雲の切れ間から、朝の光が差し込んでくる。

きっと大丈夫だ。

ヴィンセントが魔力を持つことをみんなが知ったとしても、もう、きっとみんなが受け入れてくれる。

だってヴィンセントは、この王国を護る存在になるのだから。

「ていうかクロウ邸はもちろん、魔術省も壊滅的な被害を受けちゃいましたね、オベロン卿」

焼け落ちる屋敷を呆然と見つめるオベロン卿の肩を、学部長がとんとんと叩く。

「望むなら、学術院の私の研究室に採用してあげてもいいですよ？」

「うるさい。くっつかないでくれ」

「おや、あなたも私のドレスの下にご興味が？」

「何の話をしているんだ！」

「エステル」

私の隣に立っていたリュートがつぶやいた。

「爆発魔のヴィンセントが、創世主になっちゃったみたいだね」

「今まさに、屋敷をひとつ丸ごと消失させたところだけど？」

「その跡に、新しい世界を作るってこと」

リュートはやれやれというようにため息をついた。

「どんなに強い力をヴィンスが持っていてもきっと安心だと思えるのは、エステルがいるからだな。エステルがやめろと一言いえば、ヴィンスは絶対に止まるから」

「そうかな、そうだといいけれど」

「なに言ってるのさ。実証されているじゃないか」

その時、ぶわりと空気が揺れた。

目の前に、麻の人形が飛び出してきたのだ。

「なんてことだ、屋敷を……貴重な魔術古道具を!!」

オベロン卿が煤で汚れた眼鏡を押し上げ、忌々しそうに吐き捨てる。

「何だ、この小汚い人形は」

「エグモント・クロウですね」

私が答えると、オベロン卿はぎょっとしたように口をつぐんだ。

「吾輩は諦めないぞ、あの力は、身体は吾輩のものだ。吾輩が、絶対にこの世界を今度こそ……」

「おまえさあ、そういう成長ないところが彼女から振られた理由だっていい加減気付けば？」

背後から人形を摘まみ上げて、ヴィンセントが言い放つ。

いつの間に降りてきていたのか、その向こうでは奥さんと寄り添ったクポが、やれやれと言うように欠伸をしているのが見えた。

「うるさい！　はなせ！　おまえに何が分かる!!」

じたばたと暴れるエグモント・クロウを、ヴィンセントはぺしょんと地面に放り投げる。

「あんたの恋人だった女ってのに会ってきたけど、やっぱり泣いてたぞ。あんたが眠りについた後」

……は？

多分その時私とエグモント・クロウは、完全に同じ感情を共有しながらヴィンセントをまじまじと見返してしまったのだと思う。ヴィンセントは、面白くないような顔をした。

「なにを……適当なことを……いつ、おまえが彼女に……彼女は千五百年前にとっくに……」

「あんたと一瞬同居した時、あんたの記憶をたどって、ついでに時空の歪みから、過去をちょっと覗いてきた」

詳細は分からずとも、とんでもないことを言っているのは理解できるのだろう。

学部長やリュートたちもオベロン卿も、ぽかんと口を開けてヴィンセントの話を聞いている。

「あんたの恋人だった女、本当はあんたのことを心配してたんだよ。だけどそれがあんたに伝わらなくて、あんなこと言ったんだな。もう少し立ち止まって、彼女の話を聞いてやりゃよかったのに、あんた、振られたと思い込んで拗ねて眠っちまうんだもんな」

ヴィンセントは何でもないように言いながら、私の身体を抱き上げる。

そのままあっけにとられたみんなを置いて、さっきと同じように、ひょいとクポの背に乗った。

「お、おい、ちょっと待てヴィンセント、そんなことが……」

「ヴィンセント、本当なの？　本当に、千五百年も過去のことが」

「え、だって」

思わず聞いてしまった私を、ヴィンセントは何でもないように見やって。

「俺、エステルの過去も欲しいって言っただろ。エステルはそんなこと無理だって言ったけど、前にエステルが夢の中で俺の記憶を辿ったことを思い出したから。それを応用したらできた」

はくはくと口を開いては閉じる私に、ヴィンセントは焦ったように言う。

「あ、だけど安心して。俺は成長できる奴だから。さっきはごめんな。もう反省したし。俺は、エステルの過去ごと愛してる。過去はエステルを作ってくれた宝物だ。俺は甘んじて受け入れる。たとえ、俺と出会う前のエステルに愛した男がいたとしても……あ、待って、死にそうに嫌だけど。えっなんだよ、そんな男がいたとか絶対いやだけど、だけどうーん、受け入れ……やっぱ嫌だ」

「落ち着いてヴィンセント！　そんな人はいないから！」

ヴィンセントは一度大きなため息をついて、私の額に額を寄せた。

「エステル、愛してる。今も未来も俺の過去も、永遠分やる。だからエステルも、全部俺にちょうだい」

「……うん、ヴィンセント。愛してる」

ヴィンセントはニヤリと笑い、私にキスをした。

長いキスだ。

みんなの視線を感じて私が胸を押し返しても、むしろそれを逆手にとって、もっと長く口付けて。

呆然としていたエグモント人形が、ポカンと口を開く。

「いったい貴様はなんなんだ……吾輩の体に入り込んだ、仮初《かりそめ》の虚《うつろ》な魂に過ぎないはずなのに…」

「そうだな。そうだったのかもな。でも俺にはエステルがいる。あとまあ、ついでにみんなもいる。だから俺は、俺を譲ったりはしない」

堂々と言い切るヴィンセントの姿に、涙が溢れそうになる。

そんな感動している私をヴィンセントはおもむろに見やった。

「エステル、大変だ」

大真面目な顔で囁いてくる。

「こ、今度は何……？」

もういっぱいいっぱいで、さすがの私も情報過多だ。

「呪い返しが来た」

「えっ」

ぶわり、とクポの身体が浮かび上がる。

ぐんぐんぐんぐん高度を上げて、地上のみんなを、炎の消えた屋敷を置き去りに。

朝のまぶしい光を浴びて、ヴィンセント・クロウは笑顔で叫ぶ。

「今すぐに大好きな子を抱かないと俺は死ぬって呪い！」

最終章　○○しないと出られない部屋

学部棟を抜けると研究棟だ。

並ぶ扉の十二番目。毎朝のことだけれど、この扉を開くとき、私の胸には確かな幸せが広がる。

ラセルバーン王国の学術院。

ドアノブを回したその先は、私、エステル・シュミットの研究室だ。

さあて、今日はどの研究材料から始めようかしら……。

わきわきと指を動かしたまさにその時。

があああぁぁあああぁああああああん！！！！！！！

鼓膜が割れるほどの音と床をうねらす振動が、すぐ隣の部屋から響き渡る。

天を仰いで大きなため息ひとつ、ゆっくりと廊下に出ると息を大きく吸い込んで、隣の部屋の扉を開いた。

「ヴィンセント・クロウ!!　今度はなにを爆発させたの？」

もうもうとした煙と不思議なにおいに包まれた部屋の中で、今日もヴィンセントは私を振り返って笑顔になる。

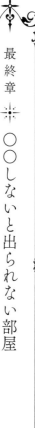

あの日、エグモント・クロウの計画からヴィンセントの身体を奪い返した夜会を経て、いくつかのことが大きく変わった。

何よりも大きいのは、ヴィンセントが魔力を持っていることが、王国中の知るところとなったことだ。

ずっと昔に淘汰されたはずの魔術師が、現代に残っていた。

その最後の一人こそ、ヴィンセント・クロウ。

だけどそのことは、驚くほどにあっさりと国中に受け入れられていった。


「人々の反応は、ざっくり三種類に分類できると思うんだ」

昼休み。お弁当を持ち込んだ作業部屋で水筒からお茶を注ぎながら、リュートはそう説明してくれた。

「一種類目は僕らと同じ、魔術に対する学術的な理解をある程度持っている人間。こういう人間ほど、ヴィンスが魔術古道具《ブロカント》に精通しすぎていることに今まで違和感を覚えていたと思うんだ。その人たちはやっと納得できたってことで、むしろすっきりしていると思う」

僕たちがそうだったようにね、とリュートは指を立てる。

「あとは、利権が絡んでいる人。王族や上位貴族、魔術省の関係者とかがそれだ。でも、彼らにとってはヴィンスは恐ろしい存在だ。変に怒らせたら自分たちの既得権益を脅《おびや》かされかねない。なんせエグモント・クロウでも敵わなかったんだ。とても手を出せないよ」

「あと一種類は？」

「そりゃ、当然」

くくくっと楽しそうにリュートは肩を震わせる。

「大多数の一般階級の人々だよ。彼らにとってはヴィンスはまさに救世主だ。なんだか分からないけれど、すっごい奇跡を見せてくれるような、伝説の魔術師再来ってね」

胸がふわあと熱くなる。

ちょうど昨夜、お母さんからも手紙が届いた。

そこには私の受賞を喜ぶ言葉と共に、ヴィンセントがあの日大きな鳥に乗って天気を自在に操ったことについて、街の人たちも遠くからその姿を見ることができたらしく、お祭り騒ぎになったということが書かれていた。とりわけ街の子供たちにとっては、ヴィンセントはまさしく英雄。希望の魔術師そのものになってしまったそうだ。

今度あの街に顔を出したら、きっと大騒ぎになるわ。みんなに大歓迎されて、彼はどんな顔をするかしら。今からとっても楽しみだ。

私たちがそんな会話をしている間も、ヴィンセントは難しい顔をして、大量の紙の束に何かをずっと書き付けている。

ダークシルバーのくせっ毛が、整った顔の上でくしゃくしゃと揺れている。

フード付きのマントを無造作に羽織って、タイは雑にほどけたままで、シャツだって多分寝起きでしわしわのまま。

相変わらずのヴィンセント・クロウだけれど、書いているのは何かの報告書かしら。もしかして、自分の立場への自覚っていうものが少しは芽生えたのかもしれない。いい兆候だ。

学部長がひっくり返って足をばたつかせる勢いでねだったので、ヴィンセントは今までより三コマも多く授業を引き受けるようになった。ヴィンセントが根負けするというのは学部長がすごすぎるというか、もしかしたらヴィンセントの成長……なのかもしれない。

相変わらず面倒くさそうに、油断するとすぐに寝坊して遅刻するのが大前提だけれど、私にお尻を叩かれながら、欠伸しながら大講堂で授業をしている。

魔術省はあの一件で壊滅的な打撃を受けた。

魔術省の本部自体は王城内にあって被害は少なかったけれど、実質的な中枢機能はすべてクロウ邸内に置かれていて、それが裏目に出たのだ。

この王国を魔術的に支える機関部が機能しなくなったことで、にわかに存在感を示したのが我らが学術院。魔術省の仮本部が、学術院の中に設置されることになったのだ。

噂では、ベティ・エンダー学部長が法外な条件をふっかけて受け入れを許可したという。

最近は、苦虫を常に五千匹噛みつぶしたような顔をしたオベロン・クロウ卿と胃薬を片手に常備したハンスさんを両脇に従えて、学部長が肩で風切り闊歩《かっぽ》している姿をしょっちゅう見かける。

トマス・クロウ元魔術省長官とユオン・クロウ親子は崩れ落ちたクロウ邸の跡地から発見された。二人とも奇跡的に大きな怪我はなかったけれど、トマス・クロウの消耗は激しく、彼は長期の療養に入った。

一方ユオン・クロウは早々に治療を切り上げて、他国に重要なポジションがあるからと国を発《た》っていった。

出国直前にヴィンセントと一瞬顔を合わせた時、ユオン・クロウは一言だけ、

「しぶといね」

と吐き捨てたらしいけれど、ヴィンセントは何故かむしろそのことを楽しそうに話してくれた。

そして、彼らの身体を乗っ取って好きに動いていた諸悪の根源はといえば……。

「おい、小娘。最近の昼食はしょぼくれているな。肉はないのか、肉は」

テーブルの上でふんぞり返っているのは、ヴィンセントが縫ったあの麻人形。

相変わらずその中には、エグモント・クロウが入ったままだ。

「ねえ、あなたそろそろ千五百年前に帰ったら？　ヴィンセントにできたんだから、あなたにもできるでしょう」

「小娘……煽るのが上手くなったな。ふん！　吾輩はまだしばらくここで、おまえたちが破局するのを見届けてやるからいいのだ！」

「くぽー！」

憎たらしいことを言う麻人形を、掌サイズのまんまるボディに戻ったクポが激しくつついている。

その隣でクッション型の孵化器の上にうずくまるのは、クポと同じようにまんまるな鳥。

「くぴー！」

クポのお嫁さんの、クピだ。

あの後詳しく聞いた話では、クロウ家の夜会の前にヴィンセントは北の洞窟にもう一度赴いて、新たな卵を見つけてきたらしい。そこから生まれたのがクピだという。

そして今、クピは卵を温めている。

クピが初めて産んだ卵はなんと百個。これらはヴィンセントの作った孵化器に大切に保管され、クポとクピが順番に温めているのだ。

「クロウ家にあった危険な魔術古道具は軒並み爆破したけどさ」

レポートにペンを走らせながら、ヴィンセントはこちらを見ないままに言う。

「まだまだこの国には、面白い魔術古道具が眠ってる。色々探して回ろうぜ」

「そんな面倒なことせずとも、貴様が自分で作り出せばいいだろう」

ふんぞり返るエグモントに、ヴィンセントはさらりと答える。

「嫌だ。俺とエステルは、今までもこれからも、古い道具に込められたロマンに夢を見るんだからさ」

な？　と首をかしげてヴィンセントは私を見る。

「そうだね」

答えると嬉しそうに笑って。

「ん」

唇を突き出した。

「えーっと、ちょっと待ってよヴィンセント」

「なんで？　この二時間キスしてない。足りない」

「いやいや……」

「あーはいはいはいはいはい！」

両手に持っていたサンドイッチをぱくりと口に咥えて、リュートが勢いよく席を立つ。

乱暴にエグモントを掴み、肩にクポを乗せてクピをクッションごとそっと持ち上げ、口をもぐもぐさせながら呆れた顔で私たちを見た。

「お邪魔しました。勝手にしてよ！　でも二人を探して学生が来るかもしれないから、あまりあられもない声上げないでよね！」

「心配するな」

ほんの少しも動じることなく、ヴィンセントは言い切った。

「誰も入れない部屋でやるから」

立ち上がって、何もない空中を縦に切るように手を動かす。

いきなりそこに大きな裂け目が口を開いた。

「えっ!?　ちょっと待ってヴィンセント!?」

「エステル行くぞ。『セックスしないと出られない部屋』だ」

私の身体を抱き上げて、ヴィンセントはその空間に足を踏み込んだ。


ふんわりとした真っ白な空間だ。

床も壁も、一面が極上のブランケットのように柔らかい。

まるで、雲の上にいるみたいにキラキラと明るく暖かい空間に、ヴィンセントは私の身体を横たえた。

「ヴィ、ヴィンセント、ここは……」

「セックスして俺が満足するまで出られない部屋」

「なんだか条件が増えてない!?」

魔術が使えることが公《おおやけ》になってからの変化、大きいのが一つ残っていた。

ヴィンセントが、ことあるごとに私に対して魔術を使ったイタズラをしかけるようになったことだ。

それも堂々と、何の迷いも躊躇もなく!!

「エステル、抱くぞ」

言いながら、ヴィンセントは私にキスをする。

私の両側に手を突いて、見下ろしながら色っぽく微笑んで。

「時間ないってば、昼休み終わっちゃうし」

午後からは研究授業なのだ。

オベロン卿とヴィンセントが、一般階級の教育における魔術古道具の活用について忖度一切なしの討論をすることになっている。ゲストにはアルバン様も登場だ。

私は、魔術古道具に関する教育を一般階級を含めたすべての子供たちに広げていきたいと考えるようになった。魔術古道具に親しんで、理解して、正しい使い方を学んでもらうのだ。

その第一歩となる重要な研究授業……なんですけれど!?

「大丈夫、ここでは外と違う次元で時間が進むから」

「その強大な魔力をわけの分からないことに使わないで！」

ヴィンセントは盛大に唇を尖らせた。

「しょうがないだろう。言った通りなんだから」

「何がよ」

ばさり、とどこからか出してきた分厚い紙の束をヴィンセントは私に突き出した。ついさっきまで、ヴィンセントがせっせとしたためていたものだ。

「魔力の絶対量が性欲の強さに比例することに関する分析レポート」

「……なんて？」

絶句する私をよそに、ヴィンセントはレポートをめくっていく。

「魔力ってのは生命エネルギーを自然エネルギーと反応させて変質させるものなんだよな。要は先天的に俺の中には一つの惑星が入っているようなものなわけ。ほら、魔術古道具に感じてた鼓動もそういうこと。ってことはそこでの生命活動の根幹すべてを俺が担うってことだろう？　そりゃ性欲も強くなるって」

「ごめん、壮大なんだけど理論が飛躍していてちょっと共感できないかも！」

朝からずっとこんなものを書いてたの!?　やだもう、全然成長していなかった！

膝立ちになったヴィンセント・クロウは、余裕綽々《しゃくしゃく》の表情で私を見下ろして、不敵に笑う。赤いネクタイをしゅるりと抜き取った。

「まあでも、魔力なんかなくても俺は性欲強いと思うけど」

「レポートの意味なくない？」

「安心しろよ、エステル限定だから」

「わけわかんない！」

お互いの言葉にかぶせるように勢いよく突っ込んで、しばらく真顔で見つめ合い、それから同時に笑いだす。

「エステル、好きだ」

「私も好き」

「ヴィンセント好き、ってちゃんと言って」

「ヴィンセント、大好き」

ヴィンセントはまるで子供みたいに嬉しそうに笑って、大きな猫みたいに、すりすりと私にほおずりした。

くしゃくしゃのダークシルバーの髪がくすぐったい。

「エステル、可愛いな。可愛くって泣きそうになる。あー、なんでこんなに可愛いんだろ。もう誰にも見せたくないな。ここなら俺以外誰も見ないのも最高だな。可愛いエステルは俺だけが見ればいいもんな。北の洞窟で見つけた星影の鏡使って最近は見守ってたけど、そもそもずっとここに閉じこもっていればいいんだもんな。そうしようかな」

なんだか気になることを、というか不穏なことをぶつぶつぶやいていたヴィンセントは、「そうだ」とさもいいことを思いついたような顔をした。

嫌な予感しかしない。

「エステル、こないだのドレス可愛かったな。俺、エステルならもっといろんな格好似合うって思う」

「何の話……？」

「たとえばこんなの」

ヴィンセントがパチンと指を鳴らすと、ふわん、と一瞬身体が軽くなって、気が付くと学術院の正装は姿を消し、私はふわふわで真っ白な、謎の衣装をまとっていた。

「えっ……？　な、なにこれ…!?」

真っ白な胸当てとショーツだけ。ふわふわとして布地は多いけれどこんなの下着と一緒じゃない？　ううん、下着よりも恥ずかしすぎる！

違和感を覚えて頭上に手をやると、そこには小さな耳……猫の耳が生えている!?

「な、なにこれ、ちょっと……？」

動揺して見上げると、ヴィンセントは真っ赤な顔で口元を片手で押さえていた。

「うわ……」

「ヴィンセント、なにこの格好！」

「エステル子猫、めっっっっちゃくちゃ可愛い。あほじゃねーの」

「あほはあんたよ！　やだもう、見ないで」

必死で縮こまろうとするけれど、両手を掴まれて開かれて、まじまじと恥ずかしい姿を隅から隅まで見られてしまう。

「やだ……」

「エステル、恥ずかしがってるのも可愛い」

「馬鹿！　変態!!」

自分の力を前向きに受け入れるようになったのはいいけれど、こんな使い方間違ってる!!

「やばいな。部屋から出るためにもめちゃくちゃに抱かなくちゃ。あと、ほら、討論会もあるし」

「絶対！　討論会のこと忘れてたでしょ！」

「大丈夫、俺だけじゃなくてエステルも気持ちよくさせるから」

両手を開いて柔らかな床に押さえつけて、ヴィンセントは「ん」と私に口付けた。

この部屋は、まるで雲の上にいるみたい。

適度な弾力と柔らかさのある真っ白なもこもこのクッションが、一面に敷き詰められているのだ。

材質は何だろう。綿？　もっとしっとりして柔らかで、なによりも私の動きに合わせて自由自在に形状を変える。

「あっ……ぁんっ……」

ちゅこっちゅこっと音がする。

それは私の秘所にヴィンセントが指を挿し入れて、中を擦っているからだ。

ずっとずっと擦られて、そこはすっかり熱を帯び、腰が自然に浮いていく。

「あっ……あっ！　あんっ……!!」

指が増えた。二本だ。簡単に飲み込んでしまって恥ずかしい。だけどそんなこともよく分からなくなってしまう。

「うわ、ここ熱っつ。内側から溶けてきてるみたいだな」

「ああっ……！」

中の指が、お腹の裏側をぐっと押し上げる。

ヴィンセントは、あの白い胸当てを押し上げられてむき出しになった私の胸の先にぢゅうっと吸い付いた。

激しく吸い上げながら、口の中で先端をぐりぐりとなぞる。

「可愛い。芯持ってる。すげー可愛い」

かすれた声でつぶやくと、色っぽく笑いながら私を見て、舌を押し込むように口付けた。

「俺の全部で、エステルを感じていたい。一日中」

「ま、まって、そんな、いっぺんにされたら……」

「わ、中またきゅってした。可愛い」

こりこりくにくにと、胸の先端を指先でいじる。反対の手は、秘所の内側を相変わらずぞりぞりと擦りあげて。

「ああっ……も、や、んっ……」

背筋がぴんと伸びてしまった。ヴィンセントにしがみついて、私は数回ぴくぴくと震える。

「イった？　エステル」

「ま、待って、休ませて……」

「ん、休んでていいよ、可愛がっててあげるから」

ヴィンセントは不穏に笑って、私の両脚の間にかがみ込んだ。休みにならない。

逃げねばと思うのに、身体が動かない。ただ心地よいまでの気怠さの中、上下左右から夢みたいに温かいクッションに包まれている。

「わ、とろとろ。可愛い。吸い取ってやるな」

くちりと開いたその場所を、下から上へと舐め上げて。そしてヴィンセントはぢゅるると音を立てながらそこを吸い上げる。

「や、っ、だ、だめ……！」

「ここ、本当に可愛いな。どんな輝石《きせき》より貴重な、この世界のすべてより価値のある、エステルのいやらしいちっちゃいとこ」

「や、だ、ばか……」

はあっと息を吐き出して笑うと、ヴィンセントは私の突起を上下に舌先で弾いた。何度も、繰り返し。

「あっ」

震える身体を押さえつけて、何度も何度でも。

「あっ、あっ、ああっ……！」

軽く歯を立てて、その状態で先端を弾く。

「んんっ、あっ、や、あああああっ…………!!」

身体がくたりと弛緩した。

「エステル、すげーやらしい」

笑いながら身を起こして、ヴィンセントは濡れた自分の指先を丹念に舐める。

「子猫の服、ずれちゃって身体丸出しになっちゃったな」

「や、もう、意味ない……」

「まあいいか。エステル何着ても何も着てなくても可愛いし。きっと骨でも可愛い」

「怖いんだけど……」

ぐちゅり。

私の片脚を持ち上げて、ヴィンセントが挿《はい》ってくる。

押し当てられて、そのままぐっと先端が。

「あっ……」

その瞬間、ヴィンセントはせつないような顔をする。

大胆不敵でめちゃくちゃで、天衣無縫なヴィンセントが、私の中に自分を収めるその瞬間だけ、なんだか苦しいような何かをこらえるような、綺麗な形の眉を寄せて、薄い唇から息を吐き出して、どうにもならないせつないような顔をする。

それを見上げていると私は、自分でも変なんだけれど、なんだかすごく身体が熱く火照るような感覚に包まれてしまうのだ。

「あー、気持ちい。すげ、エステルの中に挿ってる」

何度繰り返しても、ヴィンセントはまるで初めてのように言って、身体を折って私に口付けて。

そうして腰を動かし始める。

最初はゆっくりと、だんだん速く。

「夜会でドレス着てたエステルも可愛かったな。お姫様みたいだった」

「ヴィンセントの、ドレスのおかげ……」

「エステル、お姫様になりたいか？」

ぐりぐりと腰を押し付けて奥を細かく突きながら、ヴィンセントが耳元で囁いてくる。

「え……？」

「なんかさ、俺、王にならないかって言われてて」

ちょ、ちょっと待って、そんな奥、突きながら、突起のところ指でくにくにされたら……。

「あっ、んっ、な、なんて……？」

「王。えっと、この国の。こないだなんかおっさん来たなと思ったら国王でさ。どうせこの国を護ってくれるなら、いっそ王位を俺に譲りたいとかなんとかかんとか言われたんだよな」

「ちょ、ま、待って……」

なんだろう、ヴィンセントなんだかものすごいことを言っているような気がするけれど、や、あ、そんなところ何度もぞりぞり擦らないで、だ、だめ、力はいんないっ……。

「王とかなったら面倒そうだから断ったんだけど食い下がられて、また来るって……あー、あったけ……とろとろしてる……な、一度出すな？　すげ、んっ……」

奥にぐいっと押し付けられて、ヴィンセントは息を吐き出しながら何度か私の中で痙攣した。

じんわりとしたものが、奥に広がっていく。

……と思ったら、それはすぐにまたぴしぴしと硬さを取り戻して。

ヴィンセントは私の身体を持ち上げて、つながったまま自分の上に座らせる。

「あっ……」

「あ、こつんってなった。ここエステルの一番奥だな？　ほら、いっぱい俺にしがみついて」

「ま、ヴィンセント、さっきの……王様って……」

ヴィンセントは私の胸を両手で持ち上げて先端をちゅうっと吸い上げながら、

「エステル、王様好き？」

「好きっていうか、そんなこと……」

考えたことも……。

「エステルが好きなら俺なろうかな。で、エステルはお姫様だ。いや、王妃か。王宮にはたくさん魔術古道具も隠されてそうだし、いいかもな。あー、でも」

ぱんぱんと、下からヴィンセントが突き上げてくる。

額にうっすら汗を滲ませて、それでも笑いながら、勢いよく突き上げて。

私の身体をぎゅっと抱きしめて、また中に放出した。

力が、入らない。

そんな私の身体から一度自分を抜き出して再び仰向けに倒すと、濡れた場所にヴィンセントは、容赦なく更に硬くなった身体の一部を埋め込んでいく。

すでに放出されたものが、ぷちゅちゅと音を立ててあふれていく。

そうしながら、私の耳……頭上に生えた猫耳にカプリと歯を立てた。

その瞬間、背筋を駆け抜けるような刺激。

「ああっ!?」

「ん。この耳、性感帯にしておいてよかった。エステルの可愛いあそこの突起と同じくらい敏感にしてる。どう？」

息が入ってくる。片方を指先で弄ばれながら、反対を優しくこりこりと甘噛みされて。

私は悲鳴を上げながら、何度も細かく達してしまう。

「エステル」

どれくらいそうしていただろう。

唇を軽くぬぐってから、ヴィンセントはくったりと力の抜けた私をひたと見下ろした。

「だけど、俺、王城じゃなくてもいいんだ」

「え……？」

「俺、いつかエステルとさ、どっか遠くのすげー綺麗な静かな場所に引っ越して、小さくていいから大きなベッドがある家を建てて、そこでずっと一緒に暮らしたいって最近思ってる」

ヴィンセントの言葉に合わせて、私の視界に爽やかな光景が広がっていくようだった。

緑色の草原、きらきらと輝く澄んだ川。遠くに山がそびえていて、季節の花が咲き乱れていて。

そこに小さな家がある。

ヴィンセントがいて、私がいて。

春も夏も、秋も冬も。ずっとずっと。

それはなんて、なんて幸せな。

「素敵ね、ヴィンセント」

「だろ？」

ヴィンセントは得意そうな顔になる。

ああ、こんな顔もするんだ。なんだか子供みたいで可愛いな。

おじいちゃんとおばあちゃんになっても、ヴィンセントの色々な顔を見ていたい。

抱きしめるように密着して、ヴィンセントは耳元で囁いて。

「魔術古道具が足りなくなったら、その時は俺がまた探してきてやる。そんで二人で、一生古道具をいじり倒すんだ。すげー楽しそうだろ？」

「あのね、ヴィンセント。私、呪いがかかった古道具を、他の形で生かしてあげられる方法も研究したいと思っているの。そういうこともできるかしら」

ずっと考えていたことを告げると、ヴィンセントは一瞬目を丸くしてから嬉しそうに笑った。

「いいな、それ。俺とエステルならできるだろ」

よかった。きっとどこでだって、私たちは研究を続けていける。だけどヴィンセントは、呪いの代償でこの国をその魔力をもって護り続けるはずだ。そうなると、やっぱり王都に残った方がいいのかな……。

そんな途方もない命題に眉を寄せる私の考えを読み取ったのか、ヴィンセントは自信たっぷりに続けた。

「大丈夫だ。俺たちに子供が生まれたら、俺の魔力を分けてやるから。みんなで手分けしてこの国を護ればいいだろ？」

「簡単に分けられるものなの？」

「うん。一人にたくさん分けすぎたら苦労させるかもしれないけどさ、十分の一ずつくらいに分ければいけるだろ。それくらいなら、結構便利に使えると思うし」

十分の一って……ヴィンセントは、いったい何人子供を作るつもりなのかしら……。

「俺、子育ても家事も頑張るからさ。あー、すげー楽しそう。楽しみだな。絶対実現させような。約束」

「うん、約束」

ヴィンセントはぱあっと笑う。

「じゃ、いつから始める？　明日？」

「明日って……！」

「じゃ、今日？」

大真面目な顔に、私は呆れて、満たされて、なんだか泣きそうになって。

「ヴィンセント、愛してる」

「エステル、愛している」

私たちは笑いながら、また深くつながってキスをした。

何度も何度も、二人が満足するまでキスをした。


ふと目を覚ますと、ヴィンセントは私の身体を抱きしめるようにして寝息を立てていた。

くしゃくしゃのダークシルバーの髪をそっと撫でた自分の左の薬指に、いつの間にか細い指輪がはめられていることに気付く。

赤い石が光を放つ、いつか約束した指輪。

驚いて、涙で滲みそうな視界でそれを見つめながら、そっと石に口付ける。


純潔を散らさないといけない壺に、願いを叶えてくれる人形。

エグモントは言わないしヴィンセントも認めないけれど、いつだって、私は愛を試されていたんじゃないかなって思う。

ねえ、ヴィンセント。あなたが強いのは性欲……だけじゃない。きっと、愛情が深いのよ。

息もできないほどの愛を私に注ぎ込みながら、私からの愛も絶えず求めてくるんだもの。ああ、やっぱり。ヴィンセント・クロウは、なんて面倒くさい男なのかしら。


だけど、ねえ、任せていて。

私だって、あなたが絡んだら十分面倒くさくなれるんだから。

私たちは魔法のように巡り合って、呪いの力で結ばれて、そして二人で幸せになる。

そんな魔法にかけられているの。


きっと、ずっと、永遠に。

書籍版書き下ろし① あの日の勇気

「ヴィンス、好きよ。私の恋人として、今度の王城での夜会にエスコートして下さらない？」

学術院の高等部、春先の中庭だった。

とっさに柱の陰に隠れた私は、教科書をぎゅっと抱きしめて、ただただ息を止めている。

花壇に咲き誇る深紅の花々が、やけにまぶしいとぼんやり思っていた。

高等部二年生に進学すると、生徒たちはにわかに浮足立つ。

当然だ。学術院の生徒のほとんどを占める貴族の子息令嬢たちは、十七になるこの年に人生が決まると言われているのだから。

「聞いた？　ロメーヌ様が、次の夜会のパートナーにヴィンセント・クロウを指名するって話」

教室を出ようとした私の耳に、女子生徒たちのささやき声が飛び込んできた。

「やっぱり？　でも、ロメーヌ様は王太子妃の最有力候補でもあるでしょう？」

「王太子殿下は年が離れていらっしゃるもの。やっぱり素敵なのはヴィンセント・クロウよ」

早く行かなくちゃ。

魔術古道具学《ブロカント》の特別講義は、前学期の試験で好成績を収めた生徒だけが出席できるものだ。放課後になったら一刻も早く赴いて、いい席を確保するつもりだったのに。

「美男美女でお似合いだわ。そもそもヴィンセント・クロウみたいな天才に釣り合うのは、やっぱりロメーヌ様くらいの家格の方じゃないと」

「最近、あの二人よくお話をされているものね」

きゃあ、と盛り上がる女子生徒たちの声でやっと足を動かすことができた私は、廊下を逃げるように歩いていく。

入学して一年。改めてこの学院は素晴らしい学び舎だと、最近の私は実感している。

「結局、学術院は実力主義ってことさ。特に魔術古道具研究学部は副学部長が実力主義で、一般階級でも貴族でも、優秀な生徒なら学びの機会をどんどん与えてくれるらしいよ」

そう教えてくれたのは、最近たまに話すようになった同級生のリュート・アンテスだった。

「君、たまにヴィンスと話してるよね」

と声をかけてきた時は警戒したけれど、屈託のない笑顔と学院中のすべての事象を把握しているのではと思うほどの話術に引き込まれ、あっという間に緊張がほぐれた。

リュートの言う通りだ。

入学した当初こそ小さないやがらせはあったけれど、次々迫りくる試験や課題に、すぐそれどころではなくなった。制度もそうだ。試験で上位の成績を収めれば、出自なんて関係なく特別講義や研究室の発表会に参加できる。高等部卒業後もここに残って、ゆくゆくは研究者として身を立てたいと考えている私にとっては、まさに理想的な環境だった。

こんな場所で、大好きな魔術古道具を学ぶことができる。

あまりにも充実した日々のはずなのに、最近の私には、どうしても気になってしまうことがある。


「一人一つずついきわたりましたか」

教壇から私たちを見渡すのは、ハンス・ボダル教官。長身にクールな表情で淡々と講義を進める、学術院の新進研究者だ。ちなみに専門は魔術古道具の中でも特に台所用品だという。

「今日は、研究室から危険度の低い魔術古道具を提供してもらいました。自由に検証して、どんな魔力を持っているか、どんな用途で使用すべきか検討して下さい」

レポートにまとめて来週提出です、という声を聞きながら、私は目の前の机に置かれた魔術古道具をうっとりと見つめた。

それは、鈍い光を発する青い水晶玉のようなものだ。台座には魔物の姿が彫られている。魔除けだろうか。水晶玉と言えば未来を映し出したり世界中のどこでも見たい場所を見せてくれたり、果ては病を治したり。だけどそんなすごい力を持つものが、授業に使われるはずはない。ああ、だとしてもなんて綺麗なの。まずは丁寧に磨いてあげなくちゃ。

鞄からハンカチを取り出した時だ。

「今にも舐めしゃぶりそうな顔」

冷静な声に、心臓がとくんと飛び上がる。

「ヴィンセント！」

振り返ると、赤銅色の瞳をした男子生徒が立っていた。

ダークシルバーのくせっ毛に、涙袋のはっきりした三白眼。整った甘い顔立ちをしているけれど、学年が変わってさらにぐっと大人びた。

学年一の有名人ヴィンセント・クロウの登場に、講堂中の生徒たちが一斉にこちらを見る。

「エステル、本当に魔術古道具好きだよな。恋人でも見るような顔」

「そんなことないよ。冷静に観察してるだけ」

ドキドキする胸を抑え込み、平気な顔を取り繕う。最近は、そういうことにもだいぶ慣れてきた。

ヴィンセントは、この国の魔術を象徴する伯爵家の三男で、私たちの学年の……ううん、学術院始まって以来の圧倒的な成績を誇るひとで。

そして、私がこの半年間、密かに想いを寄せる相手だ。

ヴィンセントは、私の手元を覗き込んで、うわっという顔をした。

「それあれだろ。公衆浴場で使われた……」

「待って、何も言わないで！　私が自分で考えるんだから！」

「ヴィンセント。人の邪魔をしていないで、君も一つ選びなさい」

ハンス教官が差し出した魔術古道具の箱から見もせずにひとつを掴み出して、ヴィンセントは机の上に置いた。

シャツの胸元を緩め、長い脚を無造作に組み、手の中で古道具を転がし始める。

「日用品ね。暇な魔術師が完全に趣味で作ったやつ」

つまらなそうにつぶやきつつも教室を出ていくこともなく、マントの裏側からガチャガチャと、何でそんなにと思うほど大量の工具を取り出した。

ヴィンセントが授業に顔を出すことは、滅多にない。

学術院の研究所に入り浸ったり、寮の自室や空き教室で寝ていたり。やりたいことをやりたい時にやりたいようにする。試験すら、寝ていて受けない時もある。だけど受けると文句なしの首席だ。

なのに何故かこの特別講義だけは、今まで一度も欠席することはなかった。

ヴィンセントが静かになると、それに倣《なら》うように他の生徒たちもそれぞれの検証作業に没頭する。

しかし、しんとしていたのはしばらくの間だけだった。突如おかしな音を発する道具がある。触れてはいけない場所に触れてしまったのか、煙を上げてぐずぐずと壊れていってしまうものもある。

温風を噴き出した道具を放り投げた生徒が、教官に助けを求める。

いくら知識があっても実践は別だということは、多分この授業で習得すべきとても大切な知識の一つだ。成績上位の生徒たちが集まっているはずの講堂は、にわかに騒然とした。

「エステル・シュミット。これどう思う？　水に反応を示したから五百年前の釣り針だと思ったんだけど、変な音が止まらないんだ」

前の席に座っていた男子生徒が振り向いて、白くて硬い素材の、歪《いびつ》な楕円形をした物体を差し出してきた。掌に乗る大きさで、耳を寄せるとぴろぴろとのどかな音を発している。

「五百年前……。でもこの素材、南部鹿の角じゃないかな。角の乱獲は五百四十二年前に規制されたはずだから、もう少し前のものだと思う」

目を凝らせば、小さな穴がいくつか並んでいる。もしかしたら楽器の類い、そうだわ。動物を集めるための水笛じゃないかしら。

「ちょっと待ってね、南部鹿の角を使った古道具についてまとめたことがあるの」

鞄からファイルを取り出そうとした時だ。隣から、冷たい声が飛んできた。

「なんでもエステルに聞けばいいって思ってないか？」

組んだ脚の上で古道具をいじりながら、ヴィンセントがこちらを見ないまま言い放つ。

「ぼ、僕は別に……エステルなら、素材とかに詳しいから」

「生まれた時から詳しいわけじゃねーだろ。エステルの労力を利用するな」

髪の間から覗く赤銅色の三白眼が、酷薄に顰められる。男子生徒はふるりと背中を震わせて、ごにょごにょ言い訳をしながら前を向いてしまった。

「エステルも、貴重な資料をほいほい共有してんじゃねーよ」

「貴重な資料って。そんな大したものじゃないけど……」

鞄から出そうとしていたのは、普段自分でまとめているファイルだ。

学術院の生徒の大多数は、生まれた時から魔術古道具が身近にあったような貴族の子息令嬢だ。自然と目が肥えていて、基礎的な知識を持ち、何より感覚が備わっている。

その差をどうにかして埋められないかと考えた私が思いついたのは、悲しいほどに古典的な方法、すべてをメモに取ることだった。

普段の授業、研究室の見学、特別講義、課外活動。時には学院の資料室に入り浸って。

新しい魔術古道具を学ぶたびに、それらの特徴や素材、魔力などを書き留めて、さらに派生した情報も網羅する。やがてメモがあふれて収拾がつかなくなったため、ファイルにまとめて自分だけの辞書のようなものを作り上げていたのだ。

「知識はいずれ感覚を凌駕《りょうが》する。それはおまえの武器になるぞ」

こちらを見ないまま、ヴィンセントはぼそりと言う。

感覚の王者みたいな人に言われても……と思ったけれど、ヴィンセントがそう言ってくれれば手元のファイルがなんだかすごく価値があるもののように思えてくるから不思議だ。

「うん。ありがとう、ヴィンセント」

「別に」

ヴィンセントは、つまらなそうな顔でぷっと横を向いた。

改めて見ると、机の上には細かい部品が散らばっている。まさかあんなになるまで魔術古道具を分解してしまったのかな……？　え、まさか、だよね。

「あと、おまえはこの授業に出てる唯一の女子だから、そこらへんも自覚しとけ」

「え？」

「どうせ質問したり組んだりするなら女子の方が楽しいとか思う奴もいるだろ。俺は違うけど」

言葉の意味をゆっくりと理解して、私は「ああ」と笑ってしまった。

「なんだよ。学期末には泊まりの研修もあるって聞いたからな。そういうのも気を付けろって言ってやってるのに。俺くらいなんだからな。紳士で安全なのは」

「ありがとう。だけど大丈夫だよ。この講義を受けている女子は私だけじゃないし……」

――ロメーヌ様が、次の夜会のパートナーにヴィンセント・クロウを指名するって。

不意に、教室で聞いた話が耳元に蘇った。

ロメーヌ・フルニエ様も、この講義を受ける資格を得ている一人だ。

彼女は私たちの同級生で、由緒正しき名門侯爵家のご令嬢。

艶やかな金色の髪に切れ長の青い瞳、透き通るような白い肌。いい匂いがして爪が綺麗で、そのうえ成績も優秀で、私みたいな庶民の生徒にも分け隔てなく接してくれるひと。

女子生徒が二人だけということで、最初の講義では隣の席になった。

その時、侯爵家に代々伝わる古道具の話をしてくださったのだ。生まれ育った家に普通に魔術古道具があるということが私にとってはおとぎ話のようで、そんな話を直接聞けたのが嬉しくて仕方なくて、その日に関しては講義よりも印象に残っているくらい。

だけど、それ以降彼女がこの放課後の特別講義に姿を見せることはなかった。

王太子妃候補に名が挙がるような侯爵家の一人娘。学校の他に行儀見習いや各式典への出席など、予定が目白押しだという噂を聞いた。私にとっては、本当に別世界の話だけれど。

「ヴィンセントは、王城の夜会に出るの？」

気付いたら、そんなことを尋ねていた。

「は？　夜会？」

首を傾げたヴィンセントに、私は焦りつつ取り繕う。

「えっと、ほら、貴族の方は皆、十七歳の夜会が大切だって……」

「なんで？　なんか珍しい魔術古道具でも公開されんの？　十七からしか使えない縛りとか？」

「え、いや、夜会ってそういう場所じゃないんじゃないかな。ほら、エスコートとか」

「エスコート？　二人一組じゃないと発動しない魔術のことか」

なんだか、話がかみ合っていない気がする。

「もういいわ。気にしないで」

そもそもヴィンセントとロメーヌ様が結婚相手を決める夜会のパートナーになるからって、私に何ができるっていうんだろう。実際、二人が話をしているのを最近見かけたことがある。とてもお似合いだった。

もしかしたらロメーヌ様が王太子妃候補なんていうのはただの噂で、元から二人は婚約者だったりするのかも……そういう話、最近学院内でとてもよく聞くことだし……。

ぶんっと頭を振った。

だめだ。どうかしてる。貴重な講義の最中なのに。集中しないといけないのに。

呼吸を整えて目の前の魔術古道具に向き合う私に、今度はヴィンセントが話しかけてきた。

「エステルも、ドレスとか着たいのか？」

「え？　なんで？」

「ほら、今、夜会とか言ってたから」

「ドレス？　そりゃ、素敵だなとは思うけれど、考えたことがないな。そもそもあまり見たことがないもの。私が住んでいるところじゃ、結婚式くらいでしか着ないし」

街の結婚式は、中央の広場で催される。

花嫁のドレスは代々伝わるものを大切に手直しして、家族や友達が二人にメッセージを贈り、あとはご馳走を食べて街中でお祭り騒ぎをするのだ。

説明しながら気が付くと、ヴィンセントは身を乗り出して、さっきより近い距離で私を見ていた。

「な、何？」

「結婚するのか？　相手、決まってんの？　もう誰かに申し入れられたとか？」

「え？　そんなわけないでしょ。私はただの食堂の娘だよ？」

ヴィンセントはすん、と真顔になり、速やかに身を引いて元の位置に戻っていった。

今のは一体何だったんだろう……。

「ヴィンセント……？」

「なんでもない。くだらねーこと話してないでさっさとやらないと、間に合わないぞ」

「う、うん……」

もう一度ファイルを開きながら、私はヴィンセントの横顔を盗み見た。

ヴィンセントらしからぬ話題。やっぱり彼にも結婚の話が出ているから、そういうことに興味があるのかな。そして、その相手は……。

片頬をぺちんと叩く。

だめだ、集中しよう。

そうだわ。このファイル、もう少し改良できるかもしれない。素材を年代ごとに分けて分類してみるのはどうだろう。素材だけじゃなくて、それぞれの古道具が有する魔術の属性でも軸を作るのだ。そうすれば傾向が見えてくるのではないだろうか。気が遠くなるほど大変だけど、もしもいつか完成したら、本当に頼もしい武器になるかもしれない。

中庭で、ヴィンセントがロメーヌ様の告白を断るのを聞いてしまったのは、その数日後のことだった。

＊

「あの二人」

カフェの窓から見える賑やかな通り。可愛い飾りつけがされた屋台に、見慣れた制服を着た男女が二人、肩を寄せ合って立っている。

「知ってる奴？」

私の視線を辿ったヴィンセントが尋ねてくる。

「ううん。でも、高等部の生徒だね」

男子生徒は屋台の店主から油紙に包まれた焼き菓子を二つ受け取ると、片方を彼女に渡す。

どうも二種類は味が違うようだ。女子生徒は、砂糖がかかった方を一口食べると、男の子に差し出した。男の子は照れくさそうにそれを彼女の手からぱくりと食べ、自分のはちみつがかかった方を彼女に差し出す。

「制服で買い食いとか教官としてあまりにもまともなことを言う。

ヴィンセントが、教官としてあまりにもまともなことを言う。

「そうだけど、なんだかいいなって思って。ああいうの」

口をもぐもぐさせながら微笑みあう二人につられて、私の口元もほころんでしまう。

一方ヴィンセントは、盛大に不本意そうな顔になった。

「なんだよ。焼き菓子食べたいなら、たくさん買って俺たちも歩きながら食べるか」

「そういうことじゃないし、私はここでケーキが食べたかったからいいの」

「そうか？　じゃ、また追加注文してくる」

「えっ……もうテーブルに載らないんだけど」

「いいんだよ。今日はエステルを思いきり甘やかすって決めてるんだ。だから甘い物食べろ」

「甘やかすってそういう意味じゃ……待って！」

十六歳のあの日から五年の時間が流れ、私とヴィンセントは恋人同士になった。

今日は、二人で街にやってきた。

仕事が目的ではあるけれど、かなり時間に余裕がある。きっと学部長が気を利かせてくれたのだ。ここしばらく私が疲れていたのを見抜いて、気分転換を兼ねて予定を組んでくれたのに違いない。エグモントの一件以降、私たちの置かれた環境はずいぶんと変わった。

ヴィンセントはこの国唯一の魔術師として周知され、なぜか王位継承の話すら出ている。

一方学術院は魔術省の役割も担うようになり、国内外の中枢に関わるようになった。いち研究者に過ぎなかったはずの私まで、さまざまな会合に駆り出されるようになったのだ。

物理的な忙しさには慣れている。だけど、今まではあくまで自分の好きなことを、黙々と貫くような忙しさだったのだ。それががらりと変わり、貴族や役人、果ては諸外国の人々と相対し、時には意見を戦わせなくてはいけなくなってしまった。

交渉能力の塊みたいな学部長や対人能力の達人・リュート、何も気にしないヴィンセントと違って、私にとっては毎回緊張と戸惑いの連続だ。ついには睡眠時間を削って対応するようになり、ふらふらになってしまったのだ。

自分はこんなに駄目だったのかと情けなくなる。

やっぱり学生時代から、勉強以外にも磨いておくべき能力がもっとあったんじゃないだろうか。

「あー、もう、お腹いっぱいだよ」

「大丈夫、お腹ぽこっと出たエステルも可愛いから。脱いで見せてみろよ。可愛いこと確認してやる」

カフェを出た私たちは、王都の中央を抜けて、並木通りを歩いていた。

目的地までは馬車で行く予定だったのを変更して、腹ごなしに歩くことにしたのだ。

「ちょうどいい。のんびり歩くか」

ヴィンセントが私を見つめて、微笑んで、その手に私の手を包んでくれて。

秋のはじまりの穏やかな空の下、色づく木々の下を私たちはゆっくりと歩いていく。

「さっきの生徒たちの、羨ましかったか？」

「いやいや、ケーキすっごく美味しかったし、焼き菓子はまた今度でいいからね？」

「そうじゃなくて、ああいうふうにさ、制服で一緒のお菓子、はいあーんみたいなやつ」

顔を覗き込んでくるヴィンセントの表情に、笑ってしまう。

「ヴィンセント、羨ましかったの？」

憮然《ぶぜん》とした顔で、だけど素直にヴィンセントは頷いた。

「あの頃は考えもしなかったけど、あれはちょっと、いや、すげーいいなと思った。エステル、今度学術院の制服着てあれやろうぜ」

私たちが制服姿で出かけていったら、リュートや学部長たちはどんな顔をするだろう。忙しさで頭がおかしくなったと思うだろうか。想像して苦笑してしまう。

あの頃の私は、研究・レポート・勉強・発表、そして家の手伝いでいっぱいいっぱいで、こんなふうに放課後を過ごすことを考えもしなかった。

「ヴィンセントも、あの頃すっごくクールでああいうのにまったく興味なかったものね」

そう。ヴィンセントの方こそ、あの頃は女の子に興味を持つどころではなかったはずだ。家の事情や持って生まれた得体の知れない魔力、出生の秘密など、あの頃すでに彼の上にはたくさんのものがのしかかっていたのだから。

それはもう、ロメーヌ様の告白すらも断ってしまうくらいに。

でも、もしもそんなものがなかったら。ヴィンセントがただのヴィンセント・クロウで、エグモントのことなんて何もなかったら、ヴィンセントは伯爵家の三男として……。

「エステル？」

気付くと、ヴィンセントは私のずいぶん先を歩いていた。

「あ、ごめんなさい」

早足で追いつきながら、大きく首を振って雑念を追い払った。

疲れは、ずっと閉じ込めていたはずの不安すら引っ張り出してくる。

そんな昔の「もしかしたら」を考えてしまうなんて、今日の私はどうかしているのだ。

目的地に着いたのは、お昼を過ぎた頃だった。

王都の外れにそびえる瀟洒《しょうしゃ》なお屋敷は、名門貴族・フルニエ侯爵家のものだ。

今日の私たちの任務は、フルニエ侯爵家秘蔵の魔術古道具を検証し、受け渡しの段取りを話し合うこと。

古い歴史を持つフルニエ侯爵家……ロメーヌ様のお屋敷である。

「待って、ちょっと緊張してきちゃった」

門の前で深呼吸を繰り返す私を、ヴィンセントは怪訝そうに見ている。

「大丈夫よ、仕事なんだから」

自分に言い聞かせるようにつぶやく。

エグモント・クロウにより（というかヴィンセントにより？）魔術省が壊滅してから、魔術省とクロウ家が隠し持っていたたくさんの魔術古道具が押収された。それらは軒並みとても貴重な品ばかりで、学術院によって次々と解析され、人々の生活に活かされ始めている。

続いてヴィンセントが指示したのが、上位貴族家からの魔術古道具の供出《きょうしゅつ》だ。

「古道具の特性も分からない馬鹿が勝手にいじって暴走させて事件を起こす」

ヴィンセントが常々主張していた通り、それぞれの家は驚くほどの古道具を秘蔵していた。

当然反発も上がったが、もともと正式に登録されたものではなく、私欲のために隠されていたものなのだ。今やこの国唯一の魔術師となったヴィンセントの正論に逆らえるはずもなく、最後には渋々ながら魔術古道具を提出することになる。

そんな中、自ら協力を申し出てくれる貴族家が出てきたのである。

それは特に、私たちとあの頃学院で席を並べていた貴族子息令嬢たちの家だった。

徐々に代替わりの世代となった彼らが、代々隠していた魔術古道具をすすんで提供してくれる、それは、あまりにも嬉しい驚きだった。

とりわけ率先して動いてくれたのが、フルニエ侯爵家なのである。

ロメーヌ様は今、王太子殿下との結婚が決まっているという。なのに変わらず公正で、私たちの研究に理解を示して下さって。

「お会いするのがすごく楽しみなの。だけどなんだか、緊張しちゃって」

ヴィンセントは、私の顔を覗き込んで首を傾げた。

「なんで？」

今のヴィンセントの気持ちは、少しも疑っていない。

だけど、こうして高等部時代の思い出を辿っていくと、やっぱりあの中庭での光景にたどり着いてしまうのだ。


あの日、私は作りかけのファイルをヴィンセントに見せたいと思ったのだ。

魔術古道具の年代と素材、有する魔術を系統立ててまとめた表は、試しに作ってみるととてもしっくりときた。完成すれば、もっとたくさんの魔術古道具が解析できるようになるかもしれない。

そうすれば、私だってヴィンセントみたいに……。

そして辿り着いた中庭で。

——そういうの期待してんなら、もう俺に話しかけないで。

それはまるで、私自身に投げられた言葉のようで。

ロメーヌ様でも駄目だったのなら、私なんかが受け入れられるはずがない。

絶対に、この不埒な気持ちはヴィンセントに知られてはならない。

だから私はそれから五年間、ヴィンセントへの恋心を心の奥底に封印したのだ。

「大丈夫か？　なんかやっぱり、エステルちょっと変だぞ、今日」

ヴィンセントが顔を覗き込んできた。

「そんなことないよ」

「嘘つけ。俺の対エステル観察眼を舐めるなよ」

私は観念して、ふうっとため息をついた。

「ごめんなさい。昔のことを思い出して。フルニエ侯爵家といえば、ロメーヌ様でしょう？」

ヴィンセントは斜め上を見て記憶を探るような顔をした。

「あー、なんだか聞き覚えがあるような気がしたけど、フルニエってあの女子か」

「そうよ、あなたが一時期よく一緒にいたロメーヌ様」

一度だけ瞬きをして、ヴィンセントはじっと私を見た。

「……エステル、もしかして妬《や》いてんの？」

「……だって、すごくお似合いだったし」

「うわ」

ヴィンセントは口元を片手で覆う。

「昔のことだよ？　今のヴィンセントを信じてないとか、そういうのじゃなくて……」

そのままヴィンセントは、しゅるしゅると地面にかがみ込んでいく。

「今さらヤキモチとか妬いちゃうエステル、どんだけ俺のこと好きなんだよ……すげー可愛い」

「……もういい。忘れて」

無表情に門に向かおうとすると、ヴィンセントは笑いながら立ち上がった。

「あれはさ、特別講義の初回で、エステルがあの女子と話しているのを見たから。エステル真っ赤な顔ですごく嬉しそうに話を聞いてて、何の話してんのかなってすげー気になって、それでその後、あの女子に聞きにいったんだよな」

「え……」

「そしたらそれから色々話しかけられるようになって、そのうち好きとか言われて、あー、なんか間違えたなって。余計なことしたなって思って」

ヴィンセントは大きく伸びをすると、涼やかな風に目を細める。

「俺、そもそも誰にも興味なかったのに。そんなこと言われるような距離感作らないようにしてたのに。あの頃からたまに、そういう意味が分からない行動とることが増えて、自分でも戸惑ってたんだ」

両手をマントのポケットに収め、くしゃりと笑った。

「エステルが絡んだ時だけな？　でも、ああいうぐちゃぐちゃな時間を過ごして、俺はだんだん自分ってものを理解していったんだと思う。すげー時間かかったけど」

「ヴィンセント……」

「今ならさ、あの時の断り方ももっと言いようがあったって分かる」

「ヴィンセント、あの頃女の子になんて……私になんて、全然興味ないんだと思ってた」

ヴィンセントは一瞬眉を上げて、にやりと笑う。

「そんなわけないだろ。大体あの放課後の講義だって、男ばかりの中におまえ一人なのが気になって出席してただけだし。案の定、たくさん話しかけられててムカつくし。そのうえ自分の結婚式に俺も友人として出ろみたいなことまで言い出すし」

「いや待って！　そんなことひとことも言ってないよね？」

「言っただろ。友達がメッセージ贈るって」

えっ。一体何の話だろう。

「だけど、クールでかっこいいってエステルに思われてたんだってさっき知って、それも悪くねーなって黙ってようかと思ったけど」

私の身体を挟むように、門柱に片腕をとんっと突いた。

「でもやっぱり、今の俺の方がずっとかっこいいって言わせたい」

耳元で甘やかに囁いて、唇を近づけてくる。

流されそうになりながらも、ここがどこかを思い出して、私は慌てて彼の身体を押し返した。

「もう、馬鹿。行くわよ!!」

赤くなる顔を擦りながら、私は猛然と侯爵家の門をたたいたのだった。

帰りは、侯爵家の馬車で学術院まで送っていただけることになった。

座り心地のいい座席に腰を下ろすと、ほうっと満ち足りたため息がこぼれてしまう。

ロメーヌ様は相変わらず、とっても素敵だったのだ。

私たちを笑顔で迎えて、侯爵家の魔術古道具庫を自ら案内して下さった。

それはまるで、学院時代に戻ったような楽しい時間で。あの時のようにたっぷりと、ロメーヌ様から魔術古道具の話を伺うことができたのだ。

「なに？　ヴィンセント」

気付けば、ヴィンセントは向かいの席で腕を組み、じとっとこちらを見つめている。

「別に？」

「ロメーヌ様が王太子殿下と結婚されたら、王家と学術院の絆がさらに強固なものになるわね」

「王太子は、俺に王位を譲りたいって言ってるけど」

「うん。それもロメーヌ様のお力添えがあれば現実味がある気がするくらい」

ロメーヌ様の笑顔を思い出して、にまにまとしてしまう。

「来週も来ようかしら。今度は大きな馬車で来て、古道具を一部運び出させていただくの」

「却下」

ヴィンセントは憮然とした顔で、即座に返事をした。

「エステル忙しいだろ。そんなの学生にやらせればいい」

「大丈夫よ。仕事はまず楽しいことから優先的に入れないとね。基本的なことを忘れてたわ」

「なんだよ、楽しそうに二人でこそこそ話してさ」

――あの頃のことなんだけれど。

さっき、ロメーヌ様が耳打ちして下さったことを思い出す。

――中等部から一緒だった女子生徒は、みんなヴィンセントに憧れていたわ。だけど、高等部から入ってきたあなたに、彼がどんどん興味を持っていくでしょう。私、焦ってムキになっていたのね。

華やかに笑って、ロメーヌ様は私を見つめた。

――私も本当は、放課後の特別講義を受けたかった。だけど私の役割はそれではないと言われて、諦めてしまったの。受けたいなら無理やりにでも受ければよかったのにね。逆境でも負けずに結果を出した、エステルを尊敬しているわ。

「エステル？」

ヴィンセントがうっすら滲んで見えて、私はぐいっと目を擦った。

ついこの間のようだ。あの春の中庭で、ロメーヌ様がヴィンセントに想いを告げるのを聞いてしまった時。あれをきっかけに、私は初めての恋に蓋をした。

だけど今なら分かる。私は、彼女の勇気の陰に隠れて言い訳をしていたのだ。

そのツケで何年もこじらせてしまった片想い。

今だって何も変わらない。環境が、立場が変わっていく中で、不器用な私は緊張して、カラ回って、一人で膝を抱えてうずくまっている。

だけど、今の私はもう知っているはずだ。

ほんの少しの勇気を出せば、世界が変わっていくということを。

「なんで泣いてるんだよ。悪かったって。あーはいはい、結局俺の方が妬いてましたよ？　だって
ほら、二人でやっぱすげー仲良さそうだからさ。でも、意地悪言ってごめん」

滅多にない困り顔のヴィンセントが、身を乗り出して私の頭をわしゃわしゃと撫でてくれる。

「ヴィント、前に言っていた田舎に家を建てるって話、進めようよ」

目を丸くしたヴィンセントは、勢いよく頷いた。

「えっ。いいのか。実はもう目星つけてるんだけど。ていうか契約も済ませてるから明日からでも
行けるぞ。二人で一緒に、ゆっくりのんびり過ごそうな」

きっとこれから、私たちの周囲はさらにいろいろなことが変わっていく。

つまずきながら、戸惑いながら、それでも私たちは一緒に進んでいくのだ。

勉強ばかりしていたあの愛おしい日々が、私をここまで連れてきてくれたように。

「とりあえず明日はあの屋台で、ヴィンセントにあーんってしたいかも」

「了解。一緒に制服着ていこうな？」

私たちは目を合わせて同時に噴き出して、どちらともなく両手を伸ばして互いを抱きしめる。

かけがえのない思い出に答え合わせをするように、未来へ続くぬくもりを確かめ合いながら。

書籍版書き下ろし② 時すら超えて

「学部長！　この本、三年前に紛失して魔術省と抗争になりかけたものじゃないですか!?」

悲鳴のような声を上げた私に、ベティ・エンダー学部長は悪びれることもない。

「あーそんなところにあったのかい。あとでオベロンにさくっと返しておいて？」

「嫌ですよ、自分で渡してください！」


その日、私とヴィンセント、そして逃げようとしたところを連行してきたエグモント人形の三人は、学術院魔術古道具研究学部、ベティ・エンダー学部長の研究室にいた。

エグモントとの戦いから一カ月。魔術省の機能を学術院が兼ねるようになってから、学部長はとっても忙しくなった。そこで、彼女が担当する授業を私とヴィンセントが引き継ぐことになり、そのための資料を探しにきたのである。

うすうす気づいてはいたけれど、勇気を奮い立たせて直視すると学部長の研究室はやはりとんでもなく散らかっていた。

「えっ。あの部屋を掃除するのですか」

普段は学部長に忠誠を誓っているハンスさんの浮かべた驚愕の表情の意味が、身に染みて分かる。ヴィンセントの研究室も相当だけど、学部長の部屋はなんというか、年季と気合いが違うのだ。棚から壁から天井裏から。あふれた資料が何重にもなって床と一体化している。

「探索員にやらせた方がいいんじゃねーの」

ぶつぶつ言いながらもヴィンセントは床の上にしゃがみこみ、掴みだしたものを手当たり次第に破棄用の袋につっこんでいる。エグモント人形は、早々にサンドイッチ（らしき何か）を踏みつけたことですっかりへそを曲げて、机の上に避難してしまった。

「おいエグモント、サボってんじゃねーよ」

「吾輩がどうしてこんな汚物処理をせねばならない。大体、手伝ってもらいたいとほざくのなら、まず吾輩の手に指を作ってからにしろ」

エグモント人形は、本来目も耳も口も持たない、自立すらできないはずだった。だけどヴィンセントが中に入った時、強引に五感を覚醒させたので、今ではよくしゃべりよく暴れ、走り回ることすらできる。しかしそれだけでは満足できないようで、頭身を上げろだの酒を飲めるようにしろだの、しょっちゅうヴィンセントに掛け合っては却下されている。

それでもなんだかんだ、ここでの呑気な生活を意外と気に入ってるのではないかと私はひそかに思っているのだけれど。

「これ……」

天井裏から下ろした木箱の底にひっくり返っていたその額《がく》を私が見つけたのは、不毛な発掘作業にいい加減みんながうんざりしてきた頃だった。

くすんだ真鍮《しんちゅう》のような素材の額だ。絵画がはめ込まれているようだけど完全に劣化して、どうにかそれが絵であったことが分かるくらい。何が描かれていたのかなんて、到底判別できなかった。

一見なんてことはない古い絵画。だけど何故か、やたらと気になる。

「ああ、それは学術院の創設者の肖像画だよ」

学部長が、背後から私の手元を覗き込んであっさりと言った。

エグモントを肩に乗せたヴィンセントも、資料の山をまたぎながら近付いてくる。

「学術院の？　学術院は二百年前に魔術師の血を引く公爵家が創設したのではないですか？」

だけど今、私の掌の上にある額は二百年前のものではない。素材の劣化具合から考えて、さらにずっと遡らなくてはいけないだろう。

「さすがエステル。二百年前っていうのは、この場所に学術院ができた年だね。魔術省の認証を得て、正式な国の機関になった時とも言える。しかし公にはなっていないけれど、学術院の前身自体は、そのずっと前からあったんだ」

学部長は、机の上にどかりと腰を下ろして全員の顔を見回した。

「一説では、その起源は千五百年前にまで遡るとも言われている」

「そんなに!?」

千五百年前と言えばエグモントの時代。この国自体の黎明期だ。もちろん魔術省すらない。そんな時代から、学術院があったなんて。

「最初はごく小さな組織だったらしいけどね。噂では、貴族でもない魔力なしが、魔術を理解したいと研究を始めたのがきっかけらしいよ」

「貴族でもない、魔力なし……」

「ふん。くだらんな。魔力がない奴が魔術を理解などできるはずがないのだ、図々しい」

エグモントはもう飽きてしまったように、積みあがった資料の上でゴロンと横になった。

「創立者は、その生涯を魔術の研究に捧げたらしいよ。学術院は教育機関であり、研究機関だ。ただ真実を追求するのみ、いかなる圧力にも屈しない。その理念を定めたのも、創立者だと言われている。学術院の起源が魔術省より古いなんてことが公になると魔術省の威信に触れるから、秘密にされてきたんだね〜。魔術省ムカつくわ〜。滅べ！　あーもうほぼ滅んでるんだった」

笑えない冗談を繰り出しながら、学部長は手をひらひらとさせた。

「だからこのことを知っているのは歴代の学部長だけ。その箱も持ち出し禁止の宝物庫に所蔵されていたんだけれどね」

「それがどうしてこんなところに？」

「うん。五年くらい前にこっそり持ち出して、すっかり忘れてた」

悪びれない学部長の豪胆さに震えながら、私はその、判別できない絵画をじっと見つめた。

「創立者、どんな方だったんだろう」

ずっとずっと昔、貴族でもなく魔力も持たない人が、魔術を理解したいと思ったのだ。そしてそのあとずっと続く学術院の礎《いしずえ》を築いた。そこには、どれほどに強い想いがあったのだろう。

「一度バラさせて。仕組み見るから」

ヴィンセントはマントをめくり、その下からがちゃりといつものレンチを取り出す。

「この額縁、多分魔術古道具だ」

「でも、こんなに劣化していたらそんなこと」

私の表情を見ていたヴィンセントがどかりと隣に座って、こともなげに言った。

「復元するか」


ほどなくして、ヴィンセントは額縁を解体し、もう一度組み立てなおしてしまった。

かちゃりと角をはめ込んだ瞬間、そこには色鮮やかな絵画が蘇る。

「女の、ひと……」

それは、精巧な筆致で描かれた絵画だった。

金色の豊かな髪にグレイの瞳。理知的な濃い眉に意志の強そうな口元が印象的な、美しい女性。

「学術院を創立した方……」

つぶやいて、じっと見つめて。

何かが引っ掛かって首を傾げた私に、学部長が問いかけてくる。

「どうしたんだい？　エステル」

「いえ、なんだか、どこかで見たことがあるような……」

「創立者の存在は完全に歴史に伏されて、資料も残っていないはずだけれどねえ」

「エグモントの恋人だろ、これ」

さらりと、ヴィンセントが言った。

「あっ……！」

そうだ。あの時不思議な部屋で、エグモントがヴィンセントと私に見せた自分の記憶。その中で、エグモントに別れを告げた女性。

――あなたが怖い。これ以上一緒にいられないわ。

そう、涙ながらに訴えていた女性だった。

思わず振り返ると、エグモント人形はヴィンセントの肩の上から、固まったようにじっと肖像画を見下ろしていた。

「そんなはずがないだろう。あの女は魔術を恐れていた。吾輩が魔力を使うことを嫌がっていた」

しばらくの沈黙の後、エグモント人形はかすれた声で吐き捨てる。

「そんな奴が、生涯を魔術の研究に捧げただと？　ありえん」

人形は、くるりと肖像画に背を向ける。だけど、そこから動くことはない。

「エグモント、きっと彼女は、あなたを理解したかったんだわ」

ずっとずっと昔、エグモント・クロウは、世界に絶望して自分の命を一度止めた。

身体が遠い未来の子孫に生まれ変わるように術式を施し、魂だけ眠りについたのだ。

千五百年間けっして目覚めることのない、永遠に等しいような眠りに。

残された彼女はどう思っただろう。どれだけたくさんの涙を流したのだろう。想像すると苦しくなる。だけど、彼女はその果てに立ち上がったのだ。

「……愚かな女だとは思っていたが、救いようのない阿呆だったのだな。うたかたの命を、そんなくだらんことに費やすとは」

吐き捨てる人形の、小さな肩が震えている。

「短い命だからこそ、一番大切なことに費やしたんじゃないかな」

彼女は魔術を研究して、エグモントを少しでも理解したいと思ったのだ。

たとえもう二度と会えなくても。ううん、会えないからこそ。

彼女の気持ちが手に取るように分かってしまうのは、ほんの少しのかけ違いで、私だって彼女と同じ立場になっていたかもしれないから。

ヴィンセントが、あのままずっと先の未来まで目覚めなくなっていたとしたら。もう会えなくなってしまったとしたら。

悲しくて後悔して、寂しくて心がつぶれてしまいそうで。それでも必死に考えるはずだ。

何かできることはないだろうかと。

ヴィンセントを知るために。そして、いつか彼が目覚めるだろう、未来へ繋いでいけるように。

「要するに、救いようのない阿呆はエグモントの方だったってことだな。俺みたいに、生きているうちにエステルと理解し合うことができなかったわけだし」

「やめなさい」

追い打ちをかけるヴィンセントを、珍しく学部長が常識的に諌めている。

「くだらん。ほんっとうに、おまえらはくだらんな」

たとえヴィンセントから力を奪い返したとしても、エグモントが完全に過去に戻ることはできないだろう。ヴィンセント自身だって、過去を覗くことはできても干渉はできないと言っていた。

時の流れには、魔力だって追い付かない。エグモントは、二度と彼女に会えはしない。

「だけどまあ、よかったな。彼女の気持ち、エグモントに結局届いたじゃねーか。可愛いエステルが見つけてくれて、解説までしてくれたんだ」

ヴィンセントは、エグモントをひょいと摘まみ上げた。

「強い想いは、時間すら超えるってことだろ？　すげーな、おまえの彼女もエステルも」

「小僧が……知った口をたたくな！」

ぽかんと口を開いたエグモントが、やがて喚き散らす。その額を指先で弾き、ヴィンセントはニヤリと笑った。

「目から水が出る機能、付け足してやろうか？」

「黙れ！　そんなものいらん！」

二人の言い合いを聞きながら、額縁の中の彼女を見つめた。

揺るがない強い想いは、きっと時を超えてその先へ繋がっていく。

ううん。ちゃんと受け取ってみせますから、安心していてくださいね。

「あれれ。これも魔術かな。この肖像画、さっきよりもなんだか嬉しそうな顔してない？」

私の手元を覗き込み、学部長が楽しげに言った。

書籍版書き下ろし③　閑話休題兄弟談義

「おまえの、結婚式で……歌え……だと？」

地の底から響くような声を絞り出し、愕然とした顔でユオンは言った。

「違う。歌って踊れ、だ」

ヴィンセントは全く意に介さず、けろりとした顔で繰り返す。

「緊急の案件があるなんて人を呼び出しておいて話すことがそれか。論外だね。もう帰る」

「言っておくが魔術に頼るのは禁止だ。街の子供たちが魔術古道具の楽器を使って演奏をしてくれるのが式の目玉企画だからな。逆におまえらは自分の喉で歌って手足で踊るんだ。街の子供が魔術を、クロウ家の兄弟が身体を使う。いい企画だろ？」

「ふざっ……兄上、何で黙っているんだ。寝言は寝て言えと言ってやってくれ！」

勢いよくテーブルを叩きつける次男と椅子にふんぞり返った三男。二人の弟を前に、クロウ伯爵家の長男である私は長いため息をつきながら眼鏡を押し上げた。

――ヴィンセントはまた古道具を破壊したのか。ああ、あれは危険だ。いつかこの国を滅ぼすだろう。

幼い私にとって絶対的存在であった父の心を占めるのは、いつだって末の弟だった。

――あれの中には化け物がいる。私の後は、おまえが見張り続けるのだ。


クロウ伯爵家の異端、ヴィンセント。

母は心を病み、父は恐れ、ユオンは忌み嫌った。

昏《くら》い目をしたまま十三歳で家を出たヴィンセントは、八年後には何故か別人のように生き生きと成長を遂げていて、始祖の能力を持つ者としてこの国の支配者のような存在に変わっていた。

今、引退した父は領地で母と共に静養している。恐らくもう二度と、中央には戻らないだろう。

外交担当として諸外国を行き来しているユオンと、私……クロウ家の現当主であるオベロン・クロウは、今回非常に重要な案件があるとヴィンセントから緊急招集をかけられたのだ。


「エステルと俺の結婚式だぞ。最善を尽くす以外ないだろ。エステルのお父さんの生まれた町の結婚式では、花婿の男兄弟が歌って踊ってみんなが笑うのが伝統なんだってさ」

「笑われる役どころか！　どうして僕がそんな伝統に従わないといけないんだ！　そもそもなぜ僕がおまえの結婚式に出る前提で……ああ、どこから指摘していいか全然分からない！」

金色の髪に両手を突っ込みかきむしりながら、ユオンは声を荒げる。

「へえ。俺とエステルの結婚を祝う気がないって解釈で合っているのか？」

ヴィンセントの瞳が、ゆらりと細められる。始祖のエグモント・クロウと同じ赤銅色だ。

「暴力に訴える気か？」

果敢にも煽るように笑ってみせたユオンだが、ヴィンセントは不意に肩をすくめて緊張を解いた。

「まあしょうがないな。おまえらあれだろ、悔しいんだろ」

「……は？」

「まだ独り身の可哀想なおまえらを差し置いて、俺だけどんどん幸せになってるんだもんな。ていうかエステル見たんだろ。まあ遠くからちらっとくらいなら、特別に見ることを許してやるよ。俺のエステル可愛いだろ。すげー可愛いし賢いし、強くて優しいんだからな、俺のエステルは」

ユオンが戸惑う視線を向けてくるのが分かったが、私は黙って目をそらした。

「愛し合うってぃいもんだぜ？　最近さ、俺ら一緒に住み始めたんだけど。あ、聞こえなかったか？　一緒に、住み始めたんだ。けじめをつけたいってエステル言うから学術院では別々の部屋だけど、週末だけさ、田園地区に小さな家を建てて、そこで一緒に過ごしてるんだ。エステルが朝ご飯作ってくれて、それで昼はごろごろしながら古道具いじって、で、夜は……」

ふう、とヴィンセントは満ち足りたため息をつきながら遠くを見る目になった。

「誰がおまえらなんかに教えてやるか」

「知りたくないんだよ勝手にしゃべるなよ！　……兄上！」

ユオンが助けを求めるように振り返る。私はため息をついてヴィンセントに向きなおった。

「おまえはそれでいいのか。そもそも、結婚式に私とユオンが出席することに異存はないのか」

ヴィンセントは冷めた目で私たちを見て、ふーっと息を吐き出すと首をコキリと鳴らした。

「幸せになったもん勝ち」

けろりとした顔だ。

「知ってるか？　エステルが教えてくれたんだ」

「はあ？」

ユオンは顔をゆがめる。

「確かに過去において、俺はあんたらに嫌な目に遭わせられた。だけど俺は今すげー幸せだ。だからもう、どうだっていい。それよりもエステルとの結婚式を、エステルとエステルの家族が喜んでくれるような完璧な式にする未来の方がずっと重要。分かるか？」

「……おまえ、今までで一番腹立つ顔してるな」

ユオンの言葉を聞きつつ私は椅子から立ち上がり、咳払いをしてタイのゆるみを正した。

「人にものを頼む態度が為《な》っていない」

ヴィンセントは動じることなく片方の眉を持ち上げ、ユオンは得心したように笑う。

「仮にもこの国最後の魔術師、最高権力者である自覚を持て。こちらの意見など聞く必要はない。頭から命令すればいい。そんなことでは老獪《ろうかい》な貴族家当主たちは動かせんぞ」

固まるユオンとニヤリとしたヴィンセントを置いて、部屋の出口へと向かう。

あの頃のクロウ家がヴィンセントを排除しようとしたことを、間違っていたとは思わない。

それくらいヴィンセントは危うかったのだ。明らかに能力を持て余し、理解不能な行動を繰り返した。

父の予想通り、いつかクロウ家を破滅に追いやるだろう。いや、この王国すらも。

幼い頃からずっと、私はその未来を想定していた。

一族が排除したヴィンセント。しかし最悪な未来がやってきた時は、私が止めなくてはならない。なぜならクロウ家の次期当主は長男の私であり、それこそが最悪の魔術師であるエグモント・クロウの血を引く者としての使命だからだ。

しかし。

――そんな使命を勝手に背負って独身を貫いていたとは、君もたいがい損な性分だね。

魔術省が機能を失ったこの一年間、私は学術院で彼をよく知る人間たちと共に働いてきた。

彼らは想定していたより遥かに優秀だったが、騒々しくて未熟で出鱈目《でたらめ》で極端で、私が今まで関わってきた人種とは明らかに違う者たちだった。

日々、自分の中の常識が揺らがされていく。なぜ私が位を継いだ途端にこんな者たちと協力関係を持たねばならなくなったのかと、運命を呪いたくもなった。

――ヴィンセント・クロウは確かに強大な力を受け継いでいる。だけど、そんな彼を丸ごと受け入れたのがエステルだよ。今でも彼が危険人物だと思うかい？　魔術省長官の名に懸けて、公正な目で見てごらんよ。

そう言って笑ったのは、いつも馴れ馴れしくて偉そうで煩わしい、学術院の魔術古道具学部長だったか。

「エステル・シュミットか」

強大な能力を制御できず、いつ爆発するか知れなかったヴィンセントをこの世界につなぎとめたのが、あの一般階級出身の、集中力と根性でできているようなごく普通の女性研究員だなどと、にわかには信じられなかったが。

しかしあの頃の私たちが思いもよらなかったやり方で、彼女はヴィンセントを変えたのだ。

「なに一人でエステルの名前つぶやいてるんだよ」

いつの間にか背後についてきていたヴィンセントが、耳元でぼそりと囁いた。先ほどまでの余裕はどこに行ったのか、怨嗟《えんさ》と威圧に塗れた声だ。

「っ!? 驚かせるな」

「エステルでやらしい想像してたんじゃないだろうな。ここに来て俺を敵に回す気か？」

「なっ……くだらんな。そんな想像するはずがないだろう」

「いや、あんたはムッツリだと学部長も言ってたからな」

「何の話をしているんだ！」

「おい、僕は絶対に嫌だからな!? ヴィンセントの結婚式に出るくらいなら他国を煽って戦争を仕掛ける！」

「往生際悪いな。子供かよ。もしかしてユオンは歌が下手なのか？ なるほどな、いいぞ、許す」

「そんなわけないだろう！ 僕の美声を知らないのか！」

「知らねーよ、知るわけねーだろ気持ち悪いな」

喚き合いつつ歩く私たちに、すれ違う魔術省の役人たちがぎょっとした目を向けてくる。

中庭を挟んだ向こう側の窓辺に二人の女性研究者が並んで立ち、こちらの様子を見守っているのが分かった。心配そうな顔をしたはちみつ色の髪の女性と、呵々と笑う赤毛の女性。

まさかと思うが、兄弟らしく見えてしまっているのだろうか。

ここに来て？　今までただの一度たりとも互いを思いやったことなどなかった私たちが？


私の顔を覗き込んだヴィンセントが、両眉を持ち上げた。

「すげ。オベロン・クロウが笑ってる」

「えっ。……嘘だろ。初めて見た」

ならいっそ、クロウ家当主にして魔術省長官、そしてこのクソ生意気な弟たちの兄として、この私が完璧な歌と踊りを披露してやるのもいいかもしれない。


断じて、それが何かの償いになるなどとは思っていないのだけれど。

書籍版書き下ろし④　世界で一番の魔術師

「ヴィンス、どこに行くの？」

「エステルすげー汗かいてた。気候に今すぐ干渉して、季節を冬に変えてくる」

窓から外に出ようとした俺を、リュートが羽交い締めにしてくる。

「ヴィンス落ち着いて！　温かいお茶を飲んで深呼吸だ」

「落ち着いていられるか！　あー駄目だ。心配すぎて心臓がキリキリする。もう駄目だ。限界だ。もう一度様子見て手を握って抱きしめてくるしかない」

「駄目だってば！　およびじゃないんだから我慢して！　さっきもそんなこと言って、興奮して魔力暴走させたから追い出されたばかりだろ！」

なんだよ、ふざけるなよ。

普段さんざん、人を魔術古道具研究の天才だとか最後の魔術師だとか意味分からない方向に持ち上げといて、何でこの局面でよってたかって役立たず呼ばわりするんだ。

分かった。おまえら中身がなんか悪い奴に乗っとられてるな？　よし任せろ、そういうの慣れてるんだ。さっさと中から追い出してやる。

「うわあ、やめろよヴィンス、剣をしまえ！　クポ手を貸して！」

「くぽ――――!!!」

リュートの肩から舞い上がったクポが一気に巨大化して、俺の上に躊躇なく、でかい尻を落としてくる。

どしーんという地響き。学術院魔術医療研究所の床の上で、俺は無残に下敷きになった。

「ヴィンス、君にできることなんてないんだよ。今頑張っているのはエステルだ。エステルが、もうすぐ出産するんだから!!」

ふざけるなよ。何が最強の魔術師だ。

この大切な局面に、何の役にも立たないなんて。


「いやあ、それにしても感慨深いね。エグモントの事件から、あっというまに一年半か」

我に返ると、いつの間にか椅子に座らされた俺の目の前に、リュートが湯気の立つカップを置いたところだった。

クポは何事もなかったような顔で小型犬くらいのサイズに縮んで、俺の膝の上に鎮座している。

「本当にいろいろな変化があったねえ。魔術省は一応再興したけど今では学術院と蜜月だ。それもこれも、ベティ・エンダー学部長が、魔術省を完全に掌握したからだけどねえ。来月には学部長も晴れて学術院長になるわけだし」

リュートはしみじみと頷きながら、カップに砂糖を入れてかき混ぜている。

「ねえ、君の兄上と学部長は、結婚しないのかい？」

「は？」

「あの二人の関係は、僕の情報取集能力をもってしてもいまいち分からないんだよな。時には下僕と女王様、またある時はしっとりと寄り添う美男美女。関係性が全く定まらない。相変わらずハンスさんも側にいるし。安定した三角関係って言うの？　男性二人は納得してるのかな」

男と女は奥深いね、なんてリュートは笑っている。

ちょっとどうかと思うほどにどうでもいい話題だ。最近魔術医療研究学部の副学部長に就任したリュートのことを、エステルは「対人関係の達人」と評するけれど、こいつはもしかして他人のどうでもいい恋愛にただ興味津々なだけじゃないか？　どうでもいいけど。

それにしても、一年半か。俺とエステルが両想いになってから、もうそんなに経ったのか。

俺の肩書は今なんだっけ。「魔術大臣」とか「魔術王」とかいろいろ上げられたダサいのを全部却下して、最後に妥協したのが「王国魔術師」だ。

ラセルバーン国王と同等の権力とやらを持たせられて、たまに面倒な会議に出ることもあるけれど、基本的には自分の魔力を国中の人間が幸せになるために使っている。

なんでこんなことをしているのか時々首をかしげたくなるけれど仕方がない。元々は、エグモントから身体を奪い返すためにとっさに結んだ契約だ。

だけど、自然災害に対処したり魔術古道具を複製して人々の生活を豊かにしたり。俺が魔術でそういうことをすると、たくさんの人がお礼を言ってくれる。

貴族の奴らだけじゃない。エステルの故郷で出会ったような、ごく普通の暮らしを送る、たくさんの一般階級の人たちもだ。おじいちゃんもおばあちゃんも、おじさんもおばさんも子供たちも。キラキラした瞳で俺のことを見て、ありがとうって笑ってくれる。

そうしたら、エステルも笑顔になる。幸せそうに、俺を見上げて笑うんだ。

俺は驚いて、大いに戸惑って焦り、かなりの居心地の悪さを感じながら、ああ、これが幸せなんだって、だんだんと理解していった。

理解がやがて実感となった一年前、俺とエステルは小さな結婚式を挙げた。

田舎町に小さな家を建てて、王都とそこを二人で行ったり来たりしながら暮らしている。

ちっちゃくてあったかくて、でっかいベッド（重要）のある家だ。

あ、俺の肩書はもう一つある。「魔術古道具研究員」。これだけは絶対に手放さない。エステルとおそろいだ。暇さえあれば相変わらず、二人で一緒に魔術古道具をいじっている。

エステルは、魔術教育にも力を入れ始めた。

元同級生の貴族たちと連携して、各地の一般階級の子供たちが等しく魔術について学ぶ環境を整えているのだ。恐らく次の学部長はエステルで決まりだ。エステルは、ますますまばゆく輝いている。元々輝いていたけど。それはもう、最初に会った時からずっと。

「ああああああ……」

呻《うめ》きながら椅子からずり落ちると床にあおむけに倒れ、両手を顔の上に乗せた。

「うわ、その体勢懐かしいな。よくその格好で不毛な愚痴をまき散らしていたよね」

「くぽ〜」

俺の腹の上でぼよんぼよん跳ねるクポは、今や大家族の頭領だ。

クポとクピの間に生まれた子供たちが王国中に散らばって、普段は伝書鳥として王国の通信網を一手に担い、非常時には巨大化して国の治安を守っている。

「あの魔術鳥はもはや一個師団だね。大陸中で恐れられてるって知ってる？」

そう言っていたのは次兄のユオンだったか。結婚式で披露した歌は、案の定へたくそだったな。

「なんだよクポ、先輩ヅラしやがって。言っとくけど両想いになったのは俺が先だからな。それを忘れるなよ」

「クポと張り合うなよヴィンス。君だってもうすぐだろう」

俺は、顔の上に乗せた両手を上にずり上げて前髪を掴んだ。

もうすぐ、俺に初めての子供が生まれる。

ずっとずっと、楽しみにしていた。だんだん大きくなっていくエステルのお腹に、そっと触れて優しく撫でて、毎日毎晩毎朝毎昼毎時間、あらゆることを話しかけた。

エステルのことがさらにいっそう心配になって、片時もそばを離れないことにした。

服もベッドもおもちゃも絵本も、一つ一つ自分で手に取り検証して集めていった。職権乱用すぎるとリュートに言われたけれど無視して、学術院に初等科も設立した。

準備は万端だと、俺は自信満々の余裕綽々だった。

だけど今朝、手洗いから戻ってきたエステルが「ヴィンセント、そろそろかもしれない」と言ってからの記憶は、ほとんど曖昧だ。

苦しそうに息をするエステルを柔らかな布に包んで、転移魔法で学術院の魔術医療研究所に運びこんだのだけれど、そうしている間もずっと、地に足が着いていないような気がしていた。

「俺、本当にいいのかな」

ぼそりとつぶやくと、リュートが怪訝そうに見下ろしてくる。

「俺みたいなの、増やしちまっていいのかな」

「は？」

「俺みたいにわけわかんねー力持ってて、家族も先祖もクズばかりで、こんなくだらねー奴が、子供なんかできてよかったのかな」

「おいヴィンス、何言ってるんだよ」

「だってそうだろ」

髪をぐっと掴んで、俺はぼそぼそと続けた。

「俺みたいに面倒な奴に愛されて、ただでさえ、エステルにいっぱい迷惑かけてるのに。俺の子供とか絶対やべーもん。面倒くせーもん。そんなのまで、エステルに背負わせることになるんだぜ？」

余裕綽々なんて大嘘だ。この十か月間、エステルは本当に大変だった。

まず、悪阻《つわり》でものが食べられなくなった。エステルが餓死したらどうしようと俺は慌てて、伝説の魔術の果実を探しにいくしかないと旅支度をしていたら、エステルのお母さんが大量の食材を抱えてやってきて、お粥や営養価の高いジュースをたっぷりと作ってくれた。

エステルは、悪阻が落ち着いてからも大きなお腹を抱えてゆっくり歩き、出産が近付くと大好きな仕事も減らすことにして。上を向いて寝るのも苦しそうだった。俺は一晩中エステルの背中を撫でていたけど効果なくて、そうしたら、エステルのお父さんが巨大な枕を抱えて現れた。それを抱くと、エステルはしっくり眠れる体勢になれた。

そして今、額に汗をびっしりかいて、必死で出産に向き合っている。

「リュートの言うとおりだ。俺なんかとんでもない役立たずだ。エステルは俺の子供を産んでくれてるのに。あんなに頑張ってくれているのに、俺みたいな危険人物の子供を……いてっ」

いきなり、頭頂部を何かにぺしりと叩かれた。

見上げると、そこに両腕を組んで偉そうに立っているのはエグモント人形だ。

「くだらんな小僧。少しは成長したかと思ったら、まだまだ膝を抱えて駄々をこねる餓鬼のままか」

「なんだよ、ふざけんなこのボロ人形！」

ボロ人形と言ったけれど、俺はエグモント人形をこの一年半でだいぶ改良してやった。今はもう手指もあり、生意気なことに服まで着ている。時々学術院で教鞭をふるうことすらあるらしい。何だこの生き物。

「おまえはこの吾輩から最高の肉体と魔力を受け継いでいるのだぞ、泣き言を言うな！」

「ああそうだよ、俺はしょせん、おまえと同じクソ野郎だ。つい一年半前まではエステル以外どうでもよかったんだからな。国だって滅んでも別にいいと思っていた。今だって疲れるとそう思うことあるし。なのにそんな俺の子供まで、エステル、あんなに大変な思いしてさ」

「ねえヴィンス」

リュートがゆったりとした口調で遮った。

「何年もずっと君たちを見てきた僕に言わせてもらうと、エステルは、君が思うよりずっと逞しいよ」

一つ一つの日々を懐かしむように、俺たちの親友はくくっと笑う。

「なんてったって、世界で一番面倒くさいヴィンセント・クロウを、誰より愛しているんだからね。あと、医者の立場から言わせてもらうと、君を今ほど馬鹿野郎だと思ったことはない」

ずがん、と頭を拳で思いきり殴られた。

「生まれてくるのは君だけの子供じゃない。君とエステルの子供なんだ。あんまり舐めたこと言ってるんじゃないよ」


――にゃ、ほんぎゃ。


かすかな声が響いてきた。

かぼそくあやふやで、だけど確かに聞こえる、柔らかな声。

ふらりと立ち上がって見つめた先、徐々に開いていく扉の奥から、光がこぼれてくるようだ。

「ヴィンセント、入りなさい」

額の汗をぬぐいながら現れた学部長に促されて、俺は部屋に入った。

明るい窓辺のベッドの上に身を起こし、エステルが俺を見て微笑む。

「ヴィンセント」

その腕の中、白い布にくるまれてもぞもぞとうごめく小さな小さな……新しい、命。

「男の子だよ。すっごく元気」

エステルのお母さんの、嬉しそうな声。

わずかに濡れた、黒いくせっ毛。みゃーみゃーと猫みたいな声を上げて。

「抱いてみて？」

促されるままに差し出した両腕に、エステルがそれをそっと乗せてくれた。

温かい。鼓動が速い。しっとりしていて、ちゃんと重くて……そして、いいにおいがする。

口を力いっぱい開いて、小さな両手をにぎりしめて、真っ赤な顔で、泣いている。

目が合って、エステルが笑う。

「ヴィンセントが毎日気遣ってくれたおかげで、無事にここまでたどりついたよ、ありがとう」

頬は紅潮して汗で髪が額に張り付いて。神々しいくらいに、綺麗だ。

そうか。すごい、すごいな、エステル。

どんな魔術もかなわない。はじまりからぜんっぜん、かなうわけがなかったんだ。

腕の中で泣きじゃくっていた温かな存在が、不意に「ふぐ」と泣き止んで、ぱちりと目を開いて俺を見た。

爽やかな風が吹き抜ける、初夏の草原みたいな緑色。

俺の大好きな、エステルの瞳と同じ色。


「エステルが、一番の魔術師だった」


俺に手を伸ばしてくる。俺の腕の中で、俺と、エステルの赤ん坊が。

「やだヴィンセント、泣かないで」

小さくて柔らかな手に頬を触れられながら、俺はエステルにそっと額を寄せた。


このかけがえのないあたたかさを、これからもずっと抱きしめていくんだと思いながら。

あとがき

『「今日中に処女を抱かないと俺は死ぬ」と片想い中の伯爵令息に告げられたので、抱かれることにしました。一度限りと思ったら実は執着溺愛ルートだったなんて!?』をお手に取ってくださいまして、誠にありがとうございます。

茜たまと申します。ケンカップルとじれもだ両片想い、素直になれなかったり不憫だったりの自業自得系男子。その溺愛を一心に浴びる女の子が、それでも「えいや」と自ら踏ん張って物事に立ち向かおうとするお話などが大好きです。

今回のお話も、そういう大好きなものを最高に詰め込んで生まれました。

ある日「両片想いを書きたくてもう駄目だ!」と禁断症状を起こしまして、「魔法道具とあわせれば、色々ドキドキする事件が起きる話になるはず!」と、第一章を一気に書き上げたものです。

魔術古道具オタク・エステルと、マイペースヒーロー・ヴィンセントは、書いていてとっても楽しい二人でした。二人の不毛な会話だけでも、永遠に続けていきたいほどです。

「面倒くさい、だけど好き」とのたまうエステルの肩をぽんとたたいて「ならしょうがないね」と薄く笑ってあげたい気持ちです。恋とはそういうものだと開き直っていただくしかありません。

二人のことをリュートの立ち位置で見守って、学部長のように無責任に揶揄って、オベロン兄のように頭を抱えたりしたいものだと思いつつ、周りの登場人物たちも楽しく書いていきました。

エグモント人形も含めて、それぞれにいろいろな事情を考えていたので、書籍版の書き下ろしでとことん詰め込むことができて感無量です。本編では本人の台詞は一つしかなかったユオン兄まで、根性で紛れ込んでくるとは……！


これから先のエステルとヴィンセントの生活は、おそらく本文でヴィンセントが綿密に（？）計画していたものと、そんなにかけ離れることはないと思います。なぜなら、ヴィンセントが絶対にかけ離れさせないからです。

二人は、これからもたくさんの出来事を二人の力でねじ伏せていくでしょう。

ヴィンセントはものすごく子煩悩で、だけどもちろんエステルが一番大切だと公言してはばからないパパになるでしょう。子供たちもエステルも、生あたたかい目でそれを見守りながら愛し慈しみあって暮らしていき、そしてもう少し先の未来では、この国には魔術師が再び増えていくことになるのかもしれません。

それはとっても幸せな、エグモントもヴィンセントも予想できていなかった、まったく新しい時代なのだと思います。


さて。そうやって生まれた『今日処女』を、今回こうやって、とっても贅沢な一冊の書籍にまとめて出版していただく運びとなりました。

WEB掲載時から応援してくださったみなさま、本当にありがとうございます。

お声がけ下さった担当編集のY様には、書籍版製作においてとても心強いアドバイスをいただきました。紙版でも電子版でも、一冊の本が読者のみなさまのお手に渡るまでには本当にたくさんの方々のたくさんの仕事があると思えば、どこの方向を向いても感謝の気持ちでいっぱいです。

そして、装画をご担当くださったくまのみ鮭先生。

くまのみ先生が、エステルとヴィンセントたちに本当の意味での命を与えてくださったと思っております。まさに画竜点睛、最後のひとふで。改稿と書き下ろしは、すべて先生の描いてくださったみんなの姿を見つめながら進めました。本当にありがとうございます。

さらになんと……あまりに感動で震えるのですが、この『今日処女』は、くまのみ先生によるコミカライズ企画が進行中でございます……!!　なんということでしょう……。くまのみ先生によるエステルとヴィンセントにまだまだ会えるのかと思うと、完全に一読者として楽しみで足元がふわふわします。

どうかみなさま、引き続きこれからも、『今日処女』を、エステルとヴィンセントを、見守っていてくださいましたら幸いです。どうぞよろしくお願いいたします。

始まりは、呪いにかかったエステルをヴィンセントが救おうとしたことでした。

だけど今となって思うのは、このお話は、ヴィンセントを救うまでのエステルの（ちょっと（?）大人な）大冒険だったのかもしれないなあ、ということです。